人坐在世界的边缘，笑

Am Weltenrand sitzen die Menschen und Lachen

［奥］菲利普·韦斯
（Philipp Weiss） 著

陈早译

华东师范大学出版社
·上海·

图书在版编目（CIP）数据

人坐在世界的边缘，笑 / (奥) 菲利普·韦斯著；
陈早译 . -- 上海：华东师范大学出版社，2023
　ISBN 978-7-5760-3932-0

Ⅰ.①人… Ⅱ.①菲… ②陈… Ⅲ.①长篇小说—德
国—现代 Ⅳ.① I516.45

中国国家版本馆 CIP 数据核字（2023）第 100593 号

Am Weltenrand sitzen die Menschen und lachen
by Philipp Weiss
Copyright © Suhrkamp Verlag Berlin 2018
All rights reserved by and controlled through Suhrkamp Verlag Berlin
Simplified Chinese translation copyright © 2023 by East China Normal University Press Ltd.
All rights reserved.

上海市版权局著作权合同登记 图字：09-2019-554 号

人坐在世界的边缘，笑

著　　者　[奥]菲利普·韦斯
译　　者　陈早
责任编辑　倪为国　彭文曼
责任校对　王　旭
封面设计　刘怡霖
出版发行　华东师范大学出版社
社　　址　上海市中山北路 3663 号　邮编 200062
网　　址　www.ecnupress.com.cn
电　　话　021-60821666　行政传真 021-62572105
客服电话　021-62865537　门市 (邮购) 电话 021-62869887
地　　址　上海市中山北路 3663 号华东师范大学校内先锋路口
网　　店　http://hdsdcbs.tmall.com

印 刷 者　上海景条印刷有限公司
开　　本　890x1240　1/32
印　　张　34.75
字　　数　500 千字
版　　次　2023 年 8 月第 1 版
印　　次　2023 年 8 月第 1 次
书　　号　ISBN 978-7-5760-3932-0
定　　价　168.00 元

出 版 人　王　焰
（如发现本版图书有印订质量问题，请寄回本社客服中心调换或电话 021-62865537 联系）

我之百科

Enzyklopädien eines Ichs

[法]波莱特·布兰查德（Paulette Blanchard） 著

[法]路易斯·德·纽夫维尔（Louis de Neufville） 编

目　录

致出版人路易斯·德·纽夫维尔

[7]　1880 年 8 月 17 日，于巴黎

尊敬的先生：

　　请允许我把这样一份古怪的小手稿寄给您，并冒昧请求您，以您行家的智慧检验它。

　　那是 1870 年，还是年轻女孩的我得到两样东西：一本空日记，一部达朗贝尔和狄德罗的恢宏《百科全书》，那两册落满灰尘的巨著是我在病重祖母家的阁楼上发现的。作为文人，您也许会理解，我在翻阅这包含着世界的大书时油然而生的喜悦。那时我悄悄决定，自己也要成为百科全书的编纂者——虽然后来只是记了记流水账。我开始在日记中写作，一页又一页地，陷入一场秘密庆典，纪念那个没有人知道、也不会有人知道的我。接下来的几年——在战争、起义、疾病、世博会、婚姻、远东之行的印象下——出现了数千页的内容。那重重的一大摞纸，早已被我抛在脑后、很久没再碰过，其实，是我自己把它们藏在了房子的角落。然而，过去的一年，由于我的生命越来越衰颓、败毁，我再次取出手记，开始系统地阅读，一心希望，能整理所有这些躁动和后果，并最终明白它们何以汇成当初我那走投无路的境况。我开始把我的记录按某些概念分类，因为我迫切地想要

1

知道，那个我曾发生过怎样的变化，她为何在不同时间会显现出不同质甚至极其矛盾的样貌。简而言之：我剪碎，重排。[8] 就像杜彻尼·博洛尼在他的研究中解剖人脸、通过对每块肌肉的电刺激解析出情感表达的面相机制，比如把喜悦的肌肉与痛苦及欲望的肌肉分离开来，然后将其重新排列为怪异的鬼脸，我也开始解剖和重排我灵魂的各块肌肉。它们成为被我安插在字母表中的对象。因为我认为，这种将一切并列而不是依序编织在一起的规则，对于那些在动荡时期始终层叠交错的事件和活动更为公平，远胜于我一页页没完没了接下去的日记。这时我才意识到，一如少女时的梦想，我已经成为了一名百科全书的编纂者。可我的百科全书多么不同！不止一部，而是相似的若干部。狄德罗说过："若纵览一部百科全书的浩繁素材，就能看清一件事：它绝不可能是一个人的作品。"最后我记下："若总览某人一生的浩繁素材，就能看清一件事：绝不可能只在一部书里找到自己。"因此，我创建了若干部百科，或者说：每份字母表都界定着我生命的一个阶段。我加了评注，通过参阅提示关联起各个条目，并在我认为合适的地方，润色了所写的内容，但丝毫没有改变其含义。初稿就这样诞生了，约4000页大开纸。但只有1000页有着被我记录的梦。您一定可以想象，从中精简出高度浓缩的新手稿，要花费多少精力。如果没有书写球，这项工作将难以想象。我攒了很多年的钱，终于幸运地在巴黎的一次清仓活动中买到这台马林-汉森书写球。有了这台机器，我才能彻底打碎我的记录。[9] 笔记连结处，机器切断。它把一个个念头变成陌生的雇佣兵，让我能从纸上远远地旁观，好像它们来自另外一个世界，与我毫无瓜葛。用笔写时，我不得不时刻关注笔划、字母和单词，可现在，笔迹与我分离了。一个个完整的字母，远离紧跟我们时代节奏的敲击着的手，也摆脱了眼睛，一下子就落在纸上。最终抽出写完的一页，我就读到了陌生的文字。如果说，日记最初教会我书写自我，那么百科就教会我观察自我，就好像我完全站在自己的外面。

您手上的稿子就是这样完成的，也许您现在能明白，我为何说它古怪。但我是个幻想家，我梦想一个世界，古怪能在其中堂而皇之，而不会被定罪、不会被碾碎在合时宜者的磨坊里。我寄给您的这份手稿，不是私密文件或感怀之举，亦非科学或艺术作品，而可能是所有这些轮流交错的汇总。也许您会像我一样，发现一些普遍性，亦即那些世界向我汹汹袭来的时刻。也许那个我已经在世界的重压下粉碎，目光已被遮挡，只在真实的空白处看到幻想的画面。倘若如此，您尽可销毁这份小稿件。它不应成为您的负担。

您十分谦恭的

波莱特·布兰查德

第一编

耶 尔

1870 年 6 月

[13] 对于此书中的我，为即将成为人妇人母者所准备的虔诚学业无异于漫长的无聊与厌倦。因此，在凡尔赛的格朗尚圣母院修女会的寄宿生活终于结束后，这位刚刚17岁的年轻女士，急不可耐地希望回到巴黎父母家中。但她的父亲另有打算。他不许她回家，而是把她送到耶尔生病的祖母家中。最初几篇日记即写于这段辗转期。开始还怯生生，但很快就激烈起来，而这种热情，将成为未来几年的基调。

AÈRONAUTIQUE（飞行术）—— **1.** 现在我终于能写下来，希望就这样留住它，不再怕某一天会忘得一干二净。还是小女孩的时候，尤金叔叔第一次给我讲了这个故事，从那时起，我反反复复给自己讲过它多少次！晚上，睡前——可让我的布娃娃无聊透了。我想，有几千次了吧！可我不由地怀疑，故事到底还是不是原来那个，在想象带走我或记忆抛弃我的地方，是不是偶尔也会添上或删去了什么。因为我觉得它根本就不符合现实，反倒更像童话，甚或是我自己的杜撰，是我为了让自己一次次振作起来而虚构的——我的高祖母、皇家飞行员玛丽·玛德琳娜·苏菲·布兰查德的故事。

2. 有两幅画面叠存在我心中。这些年来，它们在我旺盛的想象力里逐渐成形，越来越巨大、越来越生动，如今我再也忘不掉！第一幅是那一夜升起在蒂沃利公园上空的气球，小得出奇的燃气气球由有着丰富刺绣的白绸制成。[14] 华丽的飞行器高悬于巴黎上空，仿佛法厄同（Phaeton）的太阳车。吊篮只是一层银罩，几乎能展现出高升过程中飞行员光芒四射的全貌。她穿着起皱的白裙、戴着鸵鸟毛装饰的帽了飞入天空，看起来就像天使。那位女士身材小巧，纤弱得像个孩子，可她微尖的鼻子和炯炯逼人的眼睛却有着鸟儿般迷人的空灵之美。（我大概遗传了她！）

燃气气球

她手中的白旗在风中翻飞。气球继续升入黑漆漆的夜空，吊篮下光轮中的孟加拉火照亮整个场面。现在，在第一幅画面上，褪去华丽装束、随气球降落入乡间、被无知村民认作是神圣玛利亚的她，确确实实超越凡俗地出现在我眼前。

第二幅画面上，银雨落入夜巴黎，闪烁的星辰和烟火如同无数太阳照亮大地，甚至直射入欢呼人群的咽喉。巴黎从无如此见闻！女飞行员也大张嘴巴，却是出于惊愕。她拳中紧握绳索，帽子和下面的头发烧焦了，整个气球都在火焰之中！燃烧的气体仿佛从地缝中喷出。她掉下来，落到普罗旺斯街的屋顶，一声巨响，外壳撞到斜顶上的砖，沿它滚落下来，被烟囱挡住，甩出支座的天使随长长的哀号坠入普罗旺斯街，在铺石路面上粉身碎骨。

BEAU&JOLI（美 & 漂亮）——有时我自问，我到底美不美，美又究竟是什么。可惜我不可能直接拉过来一个年轻人甚至一位成熟的先生，征求他的可靠判断，[16] 所以我常常手拿的确算得上美的卓越女士的肖像，对比那个从镜子里古怪凝视着我自己的镜像。为此目的，我从祖父书房中找到的画册很有用，他去年去世后，书房就像小博物馆一样始终保持原貌，受奶奶委托，它会被每天打开一次，以便让路易丝用掸子打扫干净。有一次她疏忽大意，干完活后没再锁起来，我于是看到，机会来了。画册里有祖父搜集的女士像、女演员和我不认识的太太们的照片，以及各种平版印刷的小画，主要还是女士肖像，因此我得出结论，祖父这份收藏并非出于对摄影、戏剧或绘画的喜爱，而单纯是对女士世界的兴趣。在画的背面，我果然找到祖父写的评论，通常只有几个字："出色！""致敬！""我所谓的嘴唇。"里面有，比如说，有奥维尼伯爵夫人的照片，奶奶对我保证说，她可

[15] 雷卡米耶夫人

根据弗朗索瓦·热拉尔的油画绘制

很受先生们的器重，或著名的瑞吉尔小姐，她有时演罗克姗妮，有时是费德尔，还会装扮成希梅娜，她幽暗的眼睛里总是带着悲剧女主角的痛苦，她从不直视，却总是向一旁看入不确定的远方。相反，我的眼睛多不一样啊，它们安静不下来，说着可怕的意愿！我认为，雷卡米耶夫人的肖像，不论在大卫还是吉拉德笔下，都缺少一种可爱，虽然她的鬈发也让我倾心不已。我的头发又蓬又厚，长得太随意，杰维丝每天都要费好大力气理顺！我在画册后半部分找到几张著名画家的裸体人像，可吓得我不轻。我不敢把祖父潦草写在背面的评语抄在这里。[17] 只是在安格尔画的一位东方女人身上，我似乎看出与我的几分相似。她裸卧在睡椅上，越过肩膀看过来。然而总体上，我不怎么喜欢这些画——所以今天早上我花了几个小时研究庚斯博罗，脖颈、肩膀和胸部的苍白，身形和面部线条的协调比例，束紧的腰和剪裁精致的衣裙，最后只能感叹：不！我看起来根本不是这样子的！——因此我得出结论，我不美。人们赞叹美人的高贵和中规中矩，漂亮的人身上则是灵气的个性。是的，我认为我很漂亮，但对我而言，美根本不算什么！它甚至让我感觉虚假而空洞，完全不合我的口味！

BIENSÉANCE（规矩）——今天，亲爱的杰维丝已经第二次帮我换掉全套装扮。她走进来，只是用安静的眼睛看着我，好像能猜出我的每个想法。她低下头，带着那种秘密的浅笑，我也就立刻感觉好起来。不，我换装不是出于虚荣，甚至不是因为无聊，虽然这也情有可原，因为我在这里真是无聊透了。我多么孤独！奶奶说我脾气怪，严厉地批评了我，她坚持认为我举止糟糕，把"17岁的我当成皇帝的配偶"。她责备我，把本该匹配我的谦逊和温柔忘得一干二净。在我身上，修道院嬷嬷们的教育大概失败了。现在，亲爱的奶奶，以我对您的所有爱和尊敬，请您允许我提出这个问题，像3岁的孩子一样监管一位年轻的女士，真的合适吗？即使您多年未见过我，即使您并未觉察到，尊敬的奶奶，我也早就学会了跑，直立行走时根本没有跌倒的危险。倘若能飞，飞行服才更合适我，而不是把我紧紧绑起来！[18]虽然我那么喜欢看天，却时时感到不再有乘儿童车的振奋。因为，坐在这间屋子里，只有窗子能看向远方的世界，又何异于儿童车？亲爱的奶奶，让我惊奇的是，您竟会认为我举止粗鲁如蛮兵，只因为我，在谨守孙辈本分的前提下，呼吸了一点新鲜空气、炎炎夏日在耶尔河洗个澡放松或是偶尔骑着您厩中威风凛凛的大黑马散散步。我当然知道您健康状况如何。我很担忧，希望尽可能对您表达出我的挚爱和关心，亲爱的奶奶，让我不由几分讶异的是，您竟想让我和您自己一样，在这里生病。啊，亲爱的奶奶，我也许还年轻，几乎还是孩子，但绝不是傻瓜！我当然明白您痛苦的目光，当然明白您的谴责，它一定与亲爱的爸爸的计划一致！因为我不是看不出，你们在这里一致地阻拦我回巴黎。那么您说说吧，奶奶，阴谋后藏着什么呢？要隐瞒我的是什么？

如果您能在这页纸上回答，我就会轻松多了。我不必只是恭顺地点头、微笑，不必是那台您培养出来的自动机器。可是好的，亲爱的奶奶。如您所愿。当然，亲爱的爸爸，我会悉听尊便。

CORPS（身体）—— **1.** 哦，我多喜欢洗澡后偷偷看几眼镜子，在羞惭难当、重新穿衣之前，看看那赤裸的身体。还有我自己。

2. 我甚至梦到，我的骨架已经萎缩、完全融化，脂粉下只有虚空。

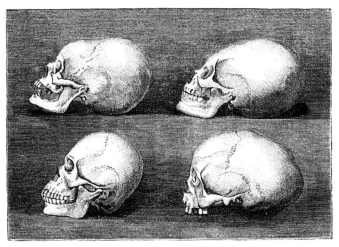

人造畸形头骨

CORSET（紧身胸衣）——墙，墙，墙！我想我要窒息了。这件裙子真紧啊！空气，空气！今天早上已经是第三次，[19] 我不得不叫来亲爱的杰维丝，松一松我的胸衣。它是多么丑陋、多么恶心的装置！根本没有用处。因为它不

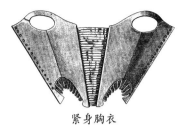

紧身胸衣

相信解剖，想从外部托起里面早就支撑好的东西。人在自然状况下是柔软的。并且灵活！为什么要给身体套上甲壳？这台胸部压缩机推挤、压迫着器官，把它们抻长，让我如此憋闷！胸衣是阴险的囚禁。不是与野蛮人的原始行径如出一辙？最近我震惊地读到，那些印加部落为把新生儿的脑袋弄平，居然把它夹在两块板子间、剥夺其天然形状。莫不是同种伎俩？就算压碎大脑，把被如此塑形的人变成蠢驴，扁平的头颅也要高贵得多？为何总是压制？为何总把我们体内长出、希望得到表达的东西杀灭？有那么多东西想在我体内生长！那么多！我最想把胸衣扔出窗去！[20] 最想看它被风吹走，远远飞过田野，欣喜地看它被猛禽当作无头敌人、撕碎在空中！

CULPABILITÉ（罪）—— **1.** 如此沉重，我却不敢写。我曾以为，如今有了日记，我就会轻松很多。我会从中找到那个我期盼已久的伴侣，他不责备、不算计，我反倒能对他直言不讳，敞开而无所隐瞒。我错了。我不能！我写下的一切都死死盯着我！我不能。就好像文字本身有罪。

2. 我哭得很凶，因为我知道，这很罪恶。我能控制吗？几乎不！虽则如此，还是不对。啊，我在转圈子！现在我熄灭蜡烛，再次尝试入睡。明天就会好了。

ENCYCLOPÉDIE（百科全书）——楼梯可真响！我轻

手轻脚地溜上去。发现通往阁楼的门没锁。我还是迟疑了片刻，沉浸于遐想之中，门后的世界或许正期待着我，挂满蛛网的角落，尘封的神奇物品，厚重的织物与祖父从东方带回、谨慎藏于布料之下的珍玩。可多么幻灭！我发现，空荡荡的阁楼干干净净。似乎昨天才打扫过。只有几根晾衣绳挂在那里，能在雨天晾干净的裙子。太阳穿过斜屋顶上窄窄的小窗暴晒进来，我于是坐到那块光斑上，任性地独自生起闷气。这时我才注意到，在这间被裸木撑起的大房间尽头的昏暗角落里，有一只朴素的箱子。我在里面找到了怎样的宝贝！[21] 比我此前梦想的一切都好，比所有童话讲过的都更贵重！不，如果我说，这只木箱包含着整个世界，也不夸张！最初我以为，只是几本旧书而已。然而，是 34 本厚册子，皮面装订，有着繁复雕饰的镀金书脊。刚翻开一本，我就呼吸到一种气息，一种我从未如此强烈地感觉到的——知识的气味。《百科全书，或科学、艺术和手工艺分类字典》。一部百科全书！我希望发现一间宝藏满满的储库，却找到了一份满满都是储库的宝藏！那里汇聚了成千上万个头脑的珍宝。收集于世界各地和不同时代、从无数人的观察和思考中凝结而成的知识。第一次，整个世界都摆在了我面前。我终于有了一个同伴，能耐心地给我解释所有那些——从我能够思考起就压在我心中、折磨我、拉扯我的问题。有 16 卷大开本、排版极为紧凑的文字和 11 卷铜版插图。我看了整整一个小时的暗箱图片，又花了差不多一个小时观察两性人的

身体构造！此外还有 7 卷补充本，其中有很有用的 2 卷分析
推理表，再次把所有条目通览性地编为索引。我想，如果这
套书一卷都不少，现在我的幸福就完满了。可我绝望地查

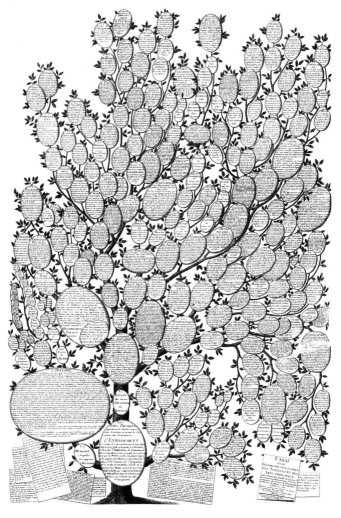

[22] 人类的知识之树

算、整理了一遍又一遍，搜寻阁楼的其他角落，却始终找不到那一本。它是此系列里的首卷，也就是在我看来最珍贵的一卷。从索引推断，它包含从 A 到 Azymites① 的条目。若把已找到的所有知识从头到尾看一遍，大概就会带给我几年幸福的阅读，我却并不为之欣喜，反倒始终耿耿于怀，[23] 感觉这一卷的丢失几乎会让我错失一切！单是想到 Amour（爱）这一条，就让我绝望，因为它或许会是我最先贪婪读掉的东西。若我终生对爱情之事一无所知该怎么办？

FAMME（女人）——奶奶刚才把下面这句不知她从哪偶尔听到、为感化我而记下来的滑稽的话说给我听："有责任感的女人不在生命中寻求浪漫，因为她不以之为善。她也不从中寻找诗，因为责任并不诗意。她甚至弃绝激情，因为它无异于放荡的委婉名号。"

FUTUR（未来）—— **1.** 波莱特小姐，您接下来想读什么？一切！波莱特小姐，如果终于回到巴黎，您想做什么？一切！波莱特小姐，您想学什么？一切！波莱特小姐，您想去哪些国家旅行？一切！波莱特小姐，您会爱哪位男人？

2. 我的上帝！要是我知道，将会发生什么。要是我能确定，一切都会好的。

LETTRE（信）—— **1.** 我担心妈妈。她的信很远，有

_____

① ［译注］阿兹米特人（Azymites），是 11 世纪之后东正教会对拉丁教会信徒的蔑称，指用无酵面包庆祝圣餐的人。

种让我不寒而栗的冷。她似乎整个人都变了，我真怀疑，她那时不时让人带给我的几行字，到底是否出自她手。今天早上，我甚至用那些仍对我满心温暖和关爱的旧信比较了字体。虽然字母看上去更硬、更小，缺少平素那些圆弧、连笔和过渡所特有的轻盈，我还是断定，信是她手所写。她似乎在每个词后都顿了顿笔，只有倾尽全力才能继续写下一个。字行在有些地方斜得那么厉害，几乎让我眩晕，我紧绷的想象力已看到那些句子摔倒、坠落到纸的边缘外。我多么痛苦地渴望得到提示，是什么不想让我回家？［24］在寄宿学校的那些年，我常常好几个月见不到她，却从未感觉她如此遥远。忠告，机械的格言，就像奶奶本人在命令！还有上帝？妈妈，何时起你竟对上帝说起话来？到目前为止，我们没有他也一直活得很好。难道我离开修道院的墙，就是为发现，他已在我身边铺天盖地？啊，妈妈，这一切多让我伤心。"乖，我的孩子。听奶奶的话。去教堂。"

2. 一封尤金叔叔从阿尔及利亚的来信！当亲爱的杰维丝把信递过来的时候，我变得好热，脑子里嗡嗡作响，已经开始害怕自己随时都会晕倒。"天哪，小姐，您怎么了？"亲爱的人儿问道。我装作若无其事，好像随口说起让我难受的天气。啊，我心跳得那么厉害，脸颊发烫，简直要发光了。不，我不会立刻拆信！我要封存好它，直到明天、后天，甚至下个星期，好让我的时间一直甜到那个时候。我要自己想象尤金叔叔经历的趣事，想象他会对我说哪些可爱的话。也许信封里还会有礼物？我闻它、摸它，甚至按了按皇帝的脑袋，我似乎能感觉到，里面不仅只有纸张。啊，我根本不敢做梦，尤金会告诉我他即将返家，可若非如此，又能是什么呢？他可能已经上了路，最终会把我从这里的痛苦中解放出去！

MOI（我）—— 1. 我——如今它在此，这三个字母长的小词，有人会以为它毫无重量，也许只是一丝粗糙的气流，一声轻咳或叹息。它跳出我的笔，立刻铅一般沉重地落在纸上。把它置于此处，我花了好多年，现在的确发生了。那么，马上再来一遍，重新写：我！哦，这让我多么幸福！

[25] **2.** 我想要一切！掌握、理解、体验一切。一切——这是近来我最喜爱的词。一点都不少。我现在让自己显得很可笑，也许吧。可只在我独自一人之时。这几个时辰里，我心跳得那么剧烈。这可怜的器官疯了。

3. 必须提高自己、塑造自己，最后超越自己。就像雕塑家，坐到石头边，只需释放出已在其内部坚守多时的塑像，只需凿去包裹它的材料，最终让它显现在众人眼前，释放自我也是如此。必须辨认出从出生起就存在的、萌芽中的天资。一旦救出种子，就要以之为未来一切的主题，永远在心中存护它、服务它。一尊塑像会变成一组，会从中脱胎而出宫殿，继而是城市，它将成为整个地区建筑的典范，有一天星辰也会模仿它的图样！

4. 我多么渺小！多么卑微！多么平庸、拙劣。我闲坐于此，无所事事，一无所知，丝毫不解我到底为何存在于此世。不论是谁，当他造我之时，可曾想过什么？恐怕没有！不论是谁，当时他一定心不在焉。谁会喜欢我呢？我不知道。

MOUCHETTE（烛芯剪）——奶奶坐在她的小屋里，自言自语，钩她的小帽子，煎熬着。唉，她可真爱受苦！爱到她自己决定，日日夜夜非如此不可！而且不是默默忍耐。不，奶奶进攻式地、响亮地煎熬着，就像舞台上的悲剧女演员！难道她认为，一声叹息会有人听不到，所以一再重复，每次都更大声，直到我最后没有办法，只能注意到她，然后担心地问："您很不舒服吗，奶奶？"或者："奶奶，您又痛了？"对此她只是沉默着点点头，皱起额头，撇起嘴巴，表现出她正遭受的痛苦，最后再发出一声沉重的叹息，[26]宣布什么都说完了。所以，只要有可能，我都尽量避免第一个走进奶奶的小屋。有时候却身不由己，因为她会叫我进去，更何况按规矩我也得向她问安，以便让她满意地重新检测她的叹气技术。于是就会有种气息扑面而来，一种全世界只存在于奶奶房间里的怪味。混合着奶奶自己发甜的体味；老物件散出的罕见香气；厚重窗帘的尘埃；奶奶坚持要用的老式脂肪蜡烛的臭气，要不停剪烛花，否则它们就会产生可怕的烟炱，而奶奶手中那种叫作烛芯剪的远古器械看上去就

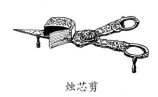

烛芯剪

像阴险的刑具；最后还有香水，她想用它掩盖所有这些气味。它们全都混成奶奶房间的气息。进去之前，我总是深吸几口空气，大声敲几遍门，然后就会发现她并未注意到我，她晃着脑袋，戴着打褶的软帽，沉浸在她的钩织和自言自语中。那是没完没了的喋喋不休，我认真地自问，她怎么能一直说话，连气都不喘一下："……不，从头再来，一定会更好，更好的，唉，是呀，我喜欢这个，喜欢这个，它会是最可爱的小帽，当然，当然，小孩又在搞什么，小废物，就会瞎想，那个丫头，真奇怪，很奇怪，唉，那样不会好的，不，不，但突发奇想，各种各样的，就是她，很快她就会把头发剪掉，等着看吧，唉，如果真的很快，就希望她戴帽子吧，我也只能如此，那个孩子，是个好伴，唉，是呀，那份财产，她爸爸给的，体面的嫁妆，[27] 倒可以骄傲，只要她有规矩，只有操心，除了操心什么都没有，唉，这疼痛……"要不是我大声咳嗽几次，然后碰碰她的肩膀，她就会说个没完，她吃惊地大叫起来："天啊！别吓我，我的孩子，还是你想把我送到地底下去?"这套仪式走完，奶奶最喜欢做的事情就是，骂我一会儿，再给我读一段她年轻时保留下来的可靠的礼仪书，它们会教给我所有那些我这个阶层的女士应有的温良恭俭。

NATURE（自然）—— **1.** 现在我的表哥爱德华来访，唉，奶奶自己出不来，如果我出去，她就嫉妒得要命。但她不敢像对待我那样反对年轻的男士。所以爱德华就带我去耶

尔河上划船！我已经渴望了多久，能在户外过一天！总缩在
那可悲的房子里，不仅会失去理智，还会失去健康。恐怕我
已经染上那种气味了。可爱德华大笑着对我保证说，根本没
有。他似乎觉得我很可爱。不管怎么说，我们可以开最有趣
的玩笑，过了这么久，我终于第一次开怀大笑，这让我很放
松。外面的自然多么华丽！在这样的夏日午后，河流在我看
来就是天堂。到水上没几分钟——爱德华是真正的绅士，划
船带我四处转——我就彻底陷入那轻柔的潺潺水声，陷入在
我身边唧啾翩飞的求偶鸟虫的合唱，陷入穿林而来的清风和
岸边低垂向我们的树木。有些卖弄风情的柳枝甚至轻拂过我
的脖子，让我脊背一凉。一只淘气的鸭子差点想亲吻我不经
意浸入流水中的手。我所有的苦闷似乎一挥而散！［28］当
一只金翅雀从身边扑簌簌飞过时，我欣喜若狂，不知怎么失
去平衡，不等反应过来就已经到了水下。大惊之中我完全忘
记闭眼，于是面前开显出五光十色的画面，满是悠悠荡荡的
水草和气泡，直到吓得面色发白的爱德华重新把我拉回水
面。我们可笑坏了！奶奶看到我落汤鸡似的穿着便裙，就再
也没法镇静了。气得面红耳赤！

2. 今夜大雨滂沱，我几乎认真地想，这就是末日了。
我从混乱的梦中惊醒，梦中的我在但丁的地狱中游荡，穿过
被诅咒的生物，它们向我伸出手臂、寻找光。我吓坏了，发
现房间里亮如白昼。可那是多么恐怖的光！冷而强，刺痛眼
睛，把长长的影子投到墙上，我只能从中看出那些曾在梦中

追赶过我的鬼怪。雨抽打着窗子，我正想把被子拉过头顶保护自己，就响起一声惊雷，我已经看到房子倒塌，不由尖叫起来。我已无法区分内心和身外的风暴，绝望如此之深，从智识与理性去看简直夸张至极。然而，即使当我稍稍冷静下来，点亮几根蜡烛，最终站在窗边向外看出去，即使当时风暴已停，雨又开始平静地滴落，这种可怕的想法仍向我侵袭而来：我心中也肆虐着这样的自然，它无法缓和、不可控制，我只能听之任之。

PIANO（钢琴）——如果什么都帮不了，我就坐在钢琴前，闭上眼睛，开始弹琴。肖邦，最爱的小夜曲，费里西安·大卫的《东方清风》，或圣桑的曲子。弹着琴，一切都忘了，世界骤然消失，［29］不，正相反，它开始在我眼前诞生，就像清晨的太阳，升起在克莱西的旷野上。几缕光，钻入此前还是夜的地方，它们在露珠上反射，仿佛遍地弹珠。

钢 琴

此前的油画没有地平线也没有风景，现在却突然出现森林、河流、道路，它们通向远方，翻山越岭，直至未知之地或偏远的外省。它带我离去。我什么都不知道，什么都看不见，很快忘记了我的手、我的头，忘记了钢琴键、客厅和房子。仿佛我身体的原子震荡起来，仿佛它们已经离散、开始了飘荡，它们如琴声般在房间内旋转，飘出窗缝，飘过菩提树、最终升起在草地上空。于是我飞起来！我飞过风景——飞过高山可感知的雄壮，飞过湖泊不确定的诗。我沉浸在大海的梦里，寻找着某处隐约预感到的远方，乘着炽热的风，被它推动继续远行，飘过荒原，就像在达维德的交响乐中，无树，无草，无人，无兽，一切都无声地静默着，永永远远。只有商队，穿过这没有影子的世界。我跟了一段路，夜色降临，可还不等我数完星星，天就又亮了，我飘过突尼斯，在雅典上空开始下降，很快发现自己落在君士坦丁堡，落入以前我只在安格尔画上见过的土耳其浴场，它由石头铺成，覆盖着闪烁的玻璃穹顶，我身处无数赤裸的女人之间，她们不遮蔽美，也不掩盖丑，躺在大理石浴盆周围，［30］在有枕垫、铺着华贵毯子的躺椅上，三三两两地谈话、喝咖啡或喝清凉的果汁，还有的合奏琉特琴或铃鼓，许多人干脆慵懒地摊开四肢，爱人般紧紧地彼此依偎，女奴们则忙着穷工极巧地编她们的头发或摇晃金香碗。当所有女人都向我看过来，好像亲眼见到地球上最迷人的生物，我就沉入滚烫的水中，那一刻，我化了，空余一丝发痒的寒战，于是风又吹走了我，而我，恍惚地睁开眼睛，重新发现自己坐在那，钢琴前。

POUPÉE（娃娃）——对这种玩具，我总有种轻微的蔑视，虽然我自己也解释不清。即便不是蔑视，每一次，只要有人充满善意、兴高采烈地拿着这些笨拙的物品靠近我，用它们的玻璃眼珠死死盯住我，我都会感到无聊，突然间就没了精神。人们置办出全套家产，就这样复制出我周遭的世界。娃娃中有妈妈和爸爸，有女仆，小小的兄弟姐妹，带有炉灶和厨具的厨房；甚至还有总是塞得满满的食物储藏间。

[31] 爱迪生的留声机娃娃

雅致的客厅中有小钢琴、座钟、壁炉，贴着壁纸的墙上挂着油画和枝形烛架，父母的卧房里有豪华的婚床、妈妈的梳妆台以及婴儿的摇篮，我颇有几分惊骇地发现，还有一个娃娃屋，它重新包含着那个世界，如此往复。尤其是，有无数裙子和一个豪华的衣帽间，里面的饰品一应俱全。人们处心积虑，试图以此激发我的热情，却让我对娃娃游戏滋生出深深的怨恨，只要那些玩偶在身旁，我就会陷入一种奇怪的萎靡状态。最后居然发展到，我的父母担心地叫来了医生，因为他们害怕他们的孩子瞎了或傻了。后来，当我的智力开始渐渐发育，心中生出一种要追问事物本性的无法遏制的冲动，我才发展出对娃娃的兴趣。可那些由瓷或蜡制成的僵硬而冰冷的玩偶，或是粗棉布缝制、塞满黏土和锯末的躯壳，多么让我无聊！然而，当叔叔尤金仿照日本木偶做了一个木娃娃送给我，[32] 轻蔑和淡漠就一下子变成了着迷。这具身体多么灵活！那些使它能够弯转的球形关节的简单功能让我多么吃惊！我把这可怜的肢体扭曲成最诡异的姿态。它也让我在欣喜的颤抖中第一次看到我自己身体的构造。

RÊVE（梦）——如果我白天萎靡不振，夜里就会进行最美的冒险。我夜夜出游。读过夏多布里昂的《美洲之旅》，我就梦到了北美大草原和野马，梦到捕牛手——苏族人（Sioux）、科曼奇人（die Komantschen）、黑足人和阿帕奇人的捕牛手，他们飞奔在旷野上、侦察着新猎物。另一次是大都市，还有可以媲美法罗斯灯塔的高楼。所有这些物与

几个苏族人

景，一直都在对我开显着纯然的宏大和无际无垠，而我所熟知者，无一能与之相比。可昨夜，我梦到极其幼稚的事情。我发现自己在一艘新蒸汽船上，在惊人的时间内，它从勒阿弗尔横穿大西洋去往纽约。我在甲板上遇见一位德国教授，他对我说，经过多年斥巨资的研究，他终于完成了著作，现在可以证明，美洲并非如常人所想，大至欧洲数倍，相反，这块大陆只是大西洋上一个正在消失的小岛。当我表现出这个全新理论让我感到的震惊，教授冷静却也不乏自负地详细解释说，由于特殊的地球磁场及其他尚未得到充分研究的因素，横跨大西洋的越洋航行中会发生渐缩过程，一种不但包括物品也涵盖生物的质料压缩，因此首次抵达新世界的人，实际上并不会大于一枚大头针的顶部！而彼处遇见的原住民，[33] 天生就已是矮人世界的造物，如果我们身高正常，就只能用放大镜或显微镜才能看到他们。该现象固然极其惊人，从他的计算来看却不可否认。如果现在原路返回欧洲，朝东的航行中会受到反力影响，它会让质料再次同比例膨胀，人们就根本觉察不到这种物理学的奇观，而是坚信美洲很大的简单幻觉。

SECRET（秘密）—— 1. 只有首饰盒能拯救我，我隐入其中，就像东方的瓶中精灵，不过路径相反。我把它存放在衣柜里，最下层的抽屉，藏在一些守口如瓶的饰品下。钥匙在小圆盒里，挂在我的脖子上。首饰盒里集齐了我拥有的他的所有东西：17 封信（最早的一封写于 1866 年 1 月 4 日！），[34] 我常常回味信里的话，如果有人要听，我全都能复述，甚至倒背；儒勒·凡尔纳的《气球上的五星期》，题词是"给我的小波莱特"； 本已经完全读烂的维克多·雨果的《东方诗集》；几张散页上的草图，是他有一次从列奥纳多·达·芬奇的《鸟类飞行手稿》里为我复印的，其中有一台带螺旋翅膀的神奇装置和一架扑翼机！一枚写着他姓名首字母的袖口扣，那个夏天他以为把它在克莱西弄丢了，他离开后，我才终于找到，把它据为己有；一只蝴蝶，他像个小男孩似的用网捕到，然后当作礼物送给了我，后来我们用放大镜研究了它好几个小时；一张他在阿尔及利亚的素描，胡子拉碴，头上像贝都因人那样缠着一块布；最后还有两张照片，第一张是家里的合照，第二张是银版摄影，一幅肖像，在我仍还短暂的生命中，我已经那么久、那么投入地观察过它，我想，我的视网膜一定已把它复刻下来，即使不在眼中，至少也在我心中抹不掉了。肖像展示着一张棱角分明、被种种奇遇画出的脸，环以黑色鬈发、傲慢的八字胡，透着他特有的聪明。他与众不同的鼻子让他的面部特征更加清晰，深色的眼睛闪烁得那么狡黠、亲切！他像个浪子似的穿了件天鹅绒夹克，脖子前系着黑白条纹的领巾，我觉得特别时髦！

2. 我试着阅读现在人人都在说的物种起源理论。昨天我说服奶奶，代她去药店取配好的药，然后偶然听到纳斯鲁拉先生与一位我不认识的博学的先生谈话，我加入时对话已进行了一段时间，而且两位先生几乎就是在窃窃私语，所以我只能断断续续地跟上，虽然如此，我想我还是听懂了，[35] 最新的自然研究说，血亲之爱会导致可怕的退化。这种爱情生出的孩子很容易患上最糟糕的疾病，舞蹈病、僵直症、萎黄病和各种各样的灵魂紊乱！我不敢追问下去，乖乖拿药道谢，迅速离开了。可此后我真是翻江倒海！晚饭时我强压着眼泪。奶奶骂我不开口、不亲人，因为我一声都没吭。今天我翻遍所有架子，可这里的书太老了，无法给我答案！我不知道问谁！回药店吗？可用什么借口才能让人相信我对此感兴趣？我真倒霉！

3. 今天早上我读了百科里的词条，再也忍不住了。我哭得那么凶、那么伤心，连奶奶敲门都没听到。这时她走进来说:"天啊!你怎么了,可怜的孩子?"我大吃一惊,对她撒了谎,说我太想妈妈了。她把我紧紧抱在怀里,安慰我,甚至给我唱了首歌,虽然我觉得很孤单,却好多了。

VOLUPTÉ(欲望)—— **1.** 车轮的振动和吱吱嘎嘎带走我的思绪,身体和想象力都因之愉快地苏醒过来,正当我沉浸在白日梦里,一位瘦削的绅士从我身旁的快速路上疾驰而过,他的马跑过时卷起了一团烟尘。我目送他很久,感觉怪怪的,好像骑士也在我心中卷起了相同的波澜。我不敢向奶奶询问这位优雅的先生。反正她好像已经睡着了。我们的马车于是继续沿耶尔河前行。河上的景色总是透过树丛和灌木显现出来,几位年轻男士正在河中洗澡,就像忘乎所以的孩子,相互打闹,从树枝跃入水中。啊,我好喜欢他们紧绷的身体和强壮的手臂!我自问,若他脱下衣服,会是什么样子?

[36] **2.** 收到贝尔特的一封信!我好想她啊,这个可爱的家伙!她说,居斯塔夫先生吻了她!对她悄悄说最放荡的笑话。啊,我本该想到会是这样!这一切可真是把我搞糊涂了!因为我认为这很轻浮、很讨厌,只是想一想就让我眩晕。可这个词多美!嘴唇。嘴唇。我不得不一遍遍重复它。嘴唇……温柔……

第二编

巴 黎

1870 年 7 月

[39] 一封短电报让这段在耶尔的煎熬期戛然而止。父亲希望见到女儿——在巴黎。这位我最初大喜过望，以为梦想的生活即将开始了，却很快便跌落得更深、更痛，因为她被迫了解到自己阶层的无耻。这是一段挣扎期，这位我对抗着她所生入的世界。

ASSOMPTION（圣母升天）——我的手抖得太凶。我在打颤，文字在眼前坍塌。可我必须写，否则我会因这丑恶的痛苦彻底崩溃！下了整夜的雨。我睡不着。直到早上，当我随爸爸登上马车时，厚重的大团阴云仍笼罩在整个巴黎上空，以某种强大的力量压抑着一切。空气湿热，石铺路上几乎腾起了蒸汽。他们什么都不告诉我。是一种病。除此之外一个音节都不多说。最后，只有奥黛特，那个我一直都受不了的厨娘，声泪俱下地对我讲述了突发之事。找到她的时候，妈妈一动不动地躺在地上，全身僵硬，起初还以为，她死了！还不等医生进门，她又陷入可怕的癫狂，肌肉抽搐震摇着她整个身体，让她像舞蹈病人似的在地上跳腾、打转，伴着刺耳的尖叫出现了多么恐怖的场面。啊，我希望从这场噩梦中醒来！一路上爸爸始终表情阴郁。他守口如瓶，在我反复催问下，才提到理性和连贯思维的突然丧失。经过植物园和新建的奥斯特利茨火车站时，又下起了雨。马车停在硝盐院的石质大门前，在我看来，它那厚重的建筑就像第二座巴士底狱。在空旷的层层院落中穿行时，两位抬尸人向我们迎面走来，已被雨水淋透的他们抬着一口棺材，[40]教堂的灯火继续无动于衷地闪烁，好像得到了屋檐的庇护。我禁不住喊道："天啊！不会是……""别傻了。过来！"爸爸叫我。他冰冷地笑着，继续匆匆走着，我从未听他发出过这种声音，我怔住似的继续立在那里，呆望着棺材抬入灵车，被马儿哒哒哒地拖走。看守，一个看上去很结实、有点驼背的人，随后问了两遍："您确定吗，先生？您确定？""她是个倔强的孩子。"看守点点头。"我在这里等。"于是我独自跟着那位矮人，穿过没有尽头的、全都笼罩在灰白光下的甬道、长廊、大厅、阶梯。经过那些死者般的人物，他们就像刚刚才从黑暗的地缝里爬出来的，死死盯着我，让我毛骨悚然。我的呼吸，又急又浅，快得像在飞。我多想转头跑回去！看守在我前面沉重地挪着脚，最后在一扇小木门前停住。他转了几次钥匙，然后对我点点头。我走进去，是一间

昏暗的狭仄小屋，几乎无法被窄窗照亮。最初我以为，这间
悲惨的囚室一定是空的，看守搞错了。裹在床单里的那一团
小小的东西，不会是人，最多是头动物。不，不。可竟然。
是妈妈！她躺在那张围着铁栅的床上，苍白、骨瘦、蜷缩
着，像石化之物，一动不动，睁着眼睛。"妈妈，你怎么
了？妈妈！是我啊，你的波莱特！"我哭着拥抱她、亲吻
她！可她……啊，我心里焦灼、刺痛，好像吞下了毒药！她
丝毫不理会我，眼睛直勾勾地向前看去，麻木得像个愚蠢的
娃娃！不被自己的妈妈认出来，我从未遭遇过更残酷、更绝
望的事！当我看到她眼里流露出的神情，我是多么惊恐！它
们闪烁着迷狂的喜悦，仿佛她正观察着某种极高、极美之
物，而它，就在她上空漂浮。可不论如何努力，我却只能看
到丑陋的黑色污斑！"妈妈，你不认识我了吗？[41] 妈妈！
你怎么了？"她坚持着可怕的沉默。这时我才注意到床单下
触目惊心的刑具，她被皮带绑在里面，我不寒而栗地发现，
一根一肘长的钝螺杆正死死压着她的下腹。这一切多么可
怕！她呻吟着，一定是金属和皮革制成的装置让她痛苦不
堪，后来有人告诉我，那是压卵巢机（Ovarienpresse）。后
来，她终于注意到我，但那是一种多么阴森的目光！她轻轻
笑了。她嘴唇动了动，拼命挤出几个音，那不是词句，而是
吸冷气，是从某种极度惊惧的状态中发出的完全没有意义的
喃喃之声，那种惊惧也把我卷进去、勒了起来。这时她伸出
手，向上看了看，好像头顶的天空裂开了。她想坐起来，刑

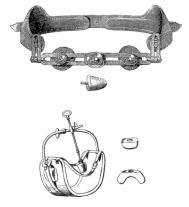

两种压卵巢机

具却不允许。唉！她叹息着。看向窗子，钻入小屋的唯一一束光落在她苍白、凹陷的脸上。她在祈祷！她为来到她身边的罪人祈祷！"天父啊，拯救这个可怜的孩子吧。"然后她在迷狂中高嚷道："我是神母！圣玛利亚！"我后退了。抗拒着。挣扎着。却不由感到一阵骇异的恶心。对这个萎靡、疲弱、分裂的灵魂的厌恶！

AVANCÉE（进步）—— 1. 于是说起了大工程，侯爵开始对奥斯曼的这句豪言大放厥词，随后哈哈大笑，听起来那么愚蠢、刺耳，我费了好大劲才没跟着笑起来，有一刻，爸爸显然自尊受伤，[42] 但他很快就轻蔑地抬了抬眉毛，讲起课来。他突然涨红脸，瞪着眼睛说，巴黎，巴黎是工程师的城市！是人类精神的胜利，是文明超越纯粹自然的象征！巴黎是一座乌托邦，在本不该有城市的地方兴建起来城市。它最初全凭建筑师的技艺才能诞生、持存、兴盛，才能

扩建德鲁奥大街，开设精品店

在我们这个时代达到空前的鼎盛。爸爸继续说，如今，它以其特有的雄辩之才高谈阔论，才引得万众瞩目，这座宏伟的世界大都市今日耸立之处，两千年前只是被塞纳河穿流切碎、没有几块坚实地面的泥泞沼泽。这片泥塘，这片亿万年前漫过法国大部的海洋的最后遗迹，根本不适合建设人类的栖居所。只有最大胆的建筑师才会突发奇想，为此目的抽干土地，在其上大兴土木。

2. 无疑，这时爸爸在自荐高职。在并非没有准备的停顿后，他继续说道，可即使把所有这些创造力的杰作、所有这些工程技术的辉煌时刻并排起来，也无法衡量奥斯曼先生为我们这座城市的荣誉、康乐和未来所做之事。第二帝国之始，巴黎人口超越有魔力的百万大关。可在荣耀引力的重压下，它再次摇摇欲坠。经济和交通瘫痪，城市陷入黑暗与阴沟的污秽之中。但这时出现了两个对巴黎另有打算的人。一位是伟大的梦想家，另一位是实干者，皇帝和他的行政官，冥思苦想着宏伟的蓝图，他们要设计的城市无异于一个新的罗马。这时爸爸说得激动起来。[43] 他在大厅里来来回回踱步，至少看起来就像忘了身边的世界。他高声说："我们不狭隘，当然不！是的，我们摧毁了旧巴黎！十分正确！是的，我们用尖镐砸碎了街区中心，那饥饿的民众推搡殴斗、在黑暗中踮起脚、喘着粗气的悲惨之地！我们用军刀在城市里劈开的那些小路，难道没有重新赋予它空间、呼吸的肺和阳光？是的，难道我们没有用火车站、用这些新城门，把巴黎与世界、把城与城之间彼此相连？难道我们没有因此让每个巴黎人都成为世界公民？金路易不是正前所未有地降雨般落入城内？我们难道没有为一整批工人和手艺匠创造收入？难道没有为城市送来健康、把它从霍乱中解放出来？难道没有规划出一个充满美、奢华与生活乐趣的地方，[44] 让城市因此名震世界？革命百年后，泥瓦工和手艺人第一次走上街头，而不再是一队队可憎的暴乱者，不是吗？这些日子，人们翻开铺路石、铺设起燃气管道和水管，而不再去建造路障，不是吗？今天不再是火炮威胁我们的房屋，而是测算好的补偿款，不是吗？加入诽谤者的合唱多容易！多么轻而易举！可是，如果我们不去衡量奥斯曼先生为我们的城市所做之事，会多么目光短浅！他在这里造出一条街，那里是林荫道或环路，还有广场和步道。他凭空做出香榭丽舍、布洛涅森林、文森森林、皇后林荫大道——120 米宽！——星形广场，巴黎的太阳！不论看向哪，所见都是宽阔和精心的构图！夜里散步穿过这一座'光之城'，它灯火通明的商店、咖啡馆和剧院让人如痴如醉！侯爵，我告诉您，您是生活在世界中心的幸运儿！多亏这位人人都习惯轻率地踩上几脚的奥斯曼先生，巴黎才成为现代世界的工程师之脑。是的，完全有理由宣称，新巴黎是古罗马当之无愧的接班人！您放心，这些伟大的作品就是自由与繁荣继续蓬勃发展、造福大众的基础！"

爸爸说得面红耳赤、举起了手。挤在大厅里的听众们发出欢呼和与掌声。可怎么啦？旁边，侯爵摊开身体，漫不经心地靠在沙发上，手中拿着烟斗，大笑着，笑声盖过自满的陶醉，尖锐且刺耳。他毫无羞耻地裸露出身体，让所有围观的人都大吃一惊，先看到他抱着的自己颤悠悠的肚皮，然后是他脸上流下的眼泪，最后盯住他大笑时露出的七扭八歪的尖牙！口若悬河的爸爸，苍白得像个鬼，再没说一个字，转身离开了房子！

[45] **BOUDER**（生闷气）——一整天都待在楼上我的房间里，有半天躺在床上，裹着毯子，把脸埋进枕头。窗帘关闭着。不，我什么都不想知道！谁都不想见！只把杰瑞丝叫上来一下，让她给我拿来那套从小就陪着我的床单和被罩，上面有月亮和星星，我会数着它们入睡，知道它们会保

护我，才闭上眼睛。

CRINOLINE（克里诺林裙撑）——不，这不是新时尚该有的样子，我大胆放言说，不是巴黎的文化，连小裙撑都不是，至少它还能显得体面点。不，爸爸犟的像头牛，执意要把妈妈装进克里诺林，它的下缘比她的身高还宽！我奉承说，他始终是个走在时代前面的人，肯定不想用昨天的陈腐时尚装饰自己，可这也只让爸爸短暂地犹豫了一下，随后却更顽固地坚持他的计划。若不是想哭，我大概会止不住笑！唉，可怜的妈妈，她被医生严格要求卧床，根本吃不消这一顿折腾！奥古斯汀娜整个上午都在忙着给妈妈打扮得漂亮些，可她一直沉默抗议。她死灰般的皮肤被画上颜色，好像她自己就是最后要上色的黑白照！她像个执拗的孩子似的拒绝配合。她死死盯着裙撑，好像人们要把她关进阴险的牢房，这样说无疑也有几分道理。我于是讲了几句逗笑的俏皮话，可妈妈的脸上始终毫无表情。更糟糕的是，弹簧箍还缠进她的头发里！最后，当臃肿的罩子终于套了上去、衣料也都整理好，［46］我们却发现，这鼓鼓胀胀的一身虽然能穿过宽敞的双扇门，却无论如何都下不了楼，楼梯最窄处只有裙摆的一半宽。爸爸本想骂那些心胸狭窄的建筑师，连这都想不到！裙撑材料却

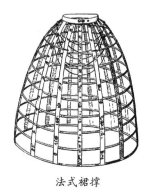

法式裙撑

表现得十分柔软灵活，所以爸爸很快又开心起来，期待能在门厅看到他极其体面的、完全可以替换成娃娃的太太。大乱中，我完全没顾上自己的穿戴，不过我根本无所谓，对此爸爸也不怎么在乎。现在有人说，应为女士们的裙撑加宽巴黎的街道！所以我们走着去，因为，穿着这个庞然大物坐马车，想都别想。彭塔格纳克先生在他马莱塞尔贝大道上的工作室里接待了我们。爸爸安排的几种布景，殷勤的摄影师早已准备妥当。夏日氛围的风景画上是池塘、草地和树木，我们要一起在前面摆姿势；新哥特风格的游廊有石栏杆和爬满野葡萄的柱子，这是为夫妻二人设计的；还有显得有点廉价的主人书房内景，中央是套天鹅绒、垂着流苏的椅子，用来给爸爸取景。我觉得一切都很讨厌！妈妈似乎也感觉不好，我们还没走进工作室，她就明显地焦躁起来。彭塔格纳克先生使用凸版摄影术，他骄傲地对我们解释说，"凸版"这个词来自希腊语的 ambrotos，大概意思是"不死的"，对此我们三个人均回以冷笑。这是唯一一个团结的时刻。这是一种湿版摄影的方法，要曝光的玻璃板被涂上一层由酒精、棉花、乙醚和酸构成的溶胶。板子随后被置入暗室的镀银槽里，这个程序使它具有光敏性，然后它被夹在一个遮蔽的小匣子里，[47] 最后插入照相机。我太好奇了！所以，彭塔格纳克先生，这个可爱的人，直接忽略了爸爸不耐烦的目光，让我透过相机看了看，让我开心的是，里面的世界上下颠倒、一切都正确无误！摄

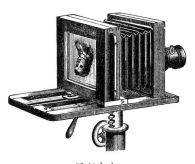

湿版相机

影师助手现在给我们摆位子。再一次拉直衣服、整理发型，我们排练姿势、在画布前安排身体的构图，做出一种极为和睦的家庭画面。摄影师消失在挂在照相机上的黑布后，又一次调整了版面，最后揭开了板子的外罩。于是曝光开始了。现在只需要静止几秒钟，直到布兰查德家反转颠倒的映像被不朽地蚀刻于湿版表面。可不知为何，妈妈如此焦躁，无法静止不动，而是把脑袋晃来晃去，惊恐地仔细察看房间。爸爸气坏了！"蠢女人！"即使我之前一无所知，至少在这一刻也明白了，所有这些装腔作势到底为了什么！两次失败后，妈妈不愿意了，紧张的摄影师就把一个助手派到背后的屋子里，他随后拿着一个老物件走了出来。那是一把椅子，带有所谓的螺栓，早年银版摄影的时候，用它固定拍肖像的人，这样就可以让他在长达几分钟的曝光期间内一动不动。妈妈一看到这个装置，眼里就露出惊惧。[48] 也许她想起了曾把她牢牢夹住的压卵巢机！爸爸突然警觉起来，大概怕她再次发作，他抓起她的手、慌忙离开了工作室，把摄影师和站在我身边的助手们狼狈不堪地留在身后。尴尬的彭塔格纳克先生礼貌地提议为我拍一张照片，我谢绝了。

DÉCADENCE（没落）——交易所维系国家，就像挂东西的绳子。这是德拉萨尔先生上星期说的。布兰查德家似乎也挂在这根绳子上！刚才爸爸跟我说，他破产了。破产！不可能！在这之前，我只听过爸爸用这个词幸灾乐祸地挖苦商业对手。"天呐，爸爸，您在开玩笑呢，对吧？"我脱口而出。"你什么时候见过我开玩笑？"他冷静地回答。我很想把这个回答也看作是闹剧的下一行台词。我甚至想笑。可爸爸，他令人恼火地毫无幽默感，只是对我说起所有那些我根本没兴趣的破事！被阴险撤职的省长奥斯曼，工程基金，几年前就已被波及的佩雷尔兄弟，地产和侵占，国库券、兑换和误判。"您也是投机者吗，爸爸？"我大喊道，毫不掩饰我的愤怒。"规矩点！"他回复并强调，好像这是他最大的骄傲："最厉害的一位。"他这样说，我不寒而栗！"无话可说，我的孩子。我们必须一起挺住。"

ÉNERGIE PNEUMATIQUE（气动学）——"未来已来！百老汇下的气动载人管！"大标题这样写着。旁边是尤金手写的字："很快，亲爱的波莱特，我们就将乘坐气动飞船瞬间环行地球。"尤金，我多想你啊。要是能把我立刻吸到你身边去就好了！

你说的"我们"，会是指我和你单独去旅行吗？这个想法可太有诱惑力了。在月亮上，亲爱的尤金，我们可以共同建造一个新世界，［49］完全按照我们的口味。没有任何地球的重力。就像格朗德维尔（Grandville）的画里，幻想的小精灵轻盈地在钢桥上从一个星球跳到另一个，一直跳到土星环上，我们也会乘着铺满软垫、沿玻璃管无声前行的车子，被管道吸入太空。我们可以，一段一段地，连起星星。

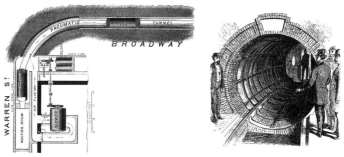

百老汇地下隧道

[50] **ÉVENTRER**（撕毁）——我只能想起家里面的样子，甚至连这也记不清了。回想童年的巴黎，我只能看到水泥灰浆和空空的街道，没盖完的建筑和狰狞开裂的住宅区。我看见聚光灯，它们在夜里也用刺眼的强光包围着工地，仿佛白昼永无穷尽。我听见绞盘吱吱嘎嘎，没完没了地

聚光灯下夜间开工的里沃利大街

把大石块拉入高空，我听见拆卸金属板、工人的叫喊、尖镐和锤子、蒸汽机的轰轰隆隆和刺耳的哨声。我听人们说，我们拆开了巴黎。我们把它开膛破肚。

FACE（脸）—— **1.** 这一切是多么激动人心呀！我喜欢站在大厅的角落里，仔细观察聚会的先生们。之前我就注意到一位极其与众不同的先生，他衣装优雅，穿着合体的燕尾服，打领结，没戴帽子，留着让人印象深刻的白色络腮胡，这让他的形象从千篇一律的面孔中脱颖而出。[51] 侯爵向他走去时，他正兴奋地与杜瓦尔先生聊天，侯爵用他那种颇有些夸张的方式大喊道："杜彻尼先生难道不想展示一下电生理表达情感的艺术，让晚会的客人们饱饱眼福吗？"他回答说："哈，尊敬的马康奈侯爵，我可不是马戏团的马。""尊敬的杜彻尼先生，您可是答应过我，今天晚上把

伏特-法拉第仪器

您那台久闻大名的仪器带过来。""如果您想看一眼，我的确也带来了。""太好了！太好了！那您就让我们开开眼吧。"事实上，这位明显有点愠怒的杜彻尼先生是生理学领域的著名科学家。他让人取来他的箱子，搬运的仆人显然费了九牛二虎之力。杜彻尼先生打开这台他命名为伏特-法拉第的独特仪器，它让围过来的客人多么惊讶！是一个涂着黑漆的长木盒，正面两个抽屉里藏着各种各样的仪器和测量装置，顶盖最上有一个倒放的铜圆柱，它上面又有一个插着横杆、似乎自身带电的球。"那么就是它了，"侯爵喊道，"这玩意儿居然能把人的灵魂分出类来，甚至解码上帝的意图！"一阵哈哈大笑，他继续说："杜彻尼先生也许想把自己伪装成科学家，实际上他却是一种新型礼拜仪的牧师和发明者！""拜托，侯爵，我恐怕，您醉了。""很有可能哦！酒啊，酒！可难道不是您认为，能在人脸上看出灵魂之门，而它让智人这个物种在动物里出类拔萃？难道不是您宣称，找到了这个灵魂的隐秘钥匙？""好吧，尊敬的侯爵，您有种用神光把事情诗意化的倾向。"［52］"抱歉！我错怪了您！"他又转向其他人："杜彻尼先生既不是神职人员也不是科学的人，而是一位艺术家！""尊敬的马康奈侯爵，我彻底看透了您的把戏，但今天是例外，因为您有庆祝的理由，我愿意奉陪到底。可我恐怕您得牺牲自己，来当一下展览的对象了。""心甘情愿！揭露我的灵魂吧，杜彻尼先生！但我恳请您要考虑到，女士们也在场呢。"这段即兴综艺节目深受晚会客人的喜爱，他们愉快地添了酒，舒舒服服安顿好自己，兴高采烈地期待着。我也坐下来，观察事情的经过。"我必须警告您，侯爵，"杜彻尼先生一边打开另一个装满器具和电线的箱子一边说，"我们的小计划会让您有点痛。平时我总在瘫痪的、感觉完全麻木的病人身上做实验，或是那些常年患病、已经习惯了疼痛的人。""好像，"侯爵嘲讽地回答，"您还忘了提那些尸体吧。"杜彻尼先生颇有些尴尬地没接话，于是侯爵继续说，"别忘了：那些发疯的少女，您可最爱对她们下手！"侯爵放声大笑。杜彻尼先生不再理会这些蠢话，而是把电线和仪器连到伏特-法拉第机上，他在设备前摆了一把椅子，示意侯爵可以坐上去了。这位于是演起小丑，装作什么都不懂，像哑剧演员杜布拉（Deburau）似的，偷偷摸摸溜到椅子旁边，［53］仔细检查了一遍，敲敲靠背，看看下面，绕着它转个圈，最后面向他的客人们，以疑问的姿势举起手、夸张地耸了耸肩膀，意思是："这位先生到底想对我干啥?"我们笑出了眼泪!"你们笑吧!"杜彻尼先生站起身,房间里所有人都安静下来。"您很快活,侯爵。杜瓦尔夫人,在您身上我看到纯粹的喜悦。您,我的朋友菲里克斯,无疑是深思熟虑的。布兰查德小姐,您警觉得就像猞猁,我的学生没人比得了。"我吓了一跳!"可您,布兰查德先生,有些闷闷不乐。很遗憾。希望不是我的原因。而您,尚普勒公爵夫人,抱歉我这么说,您几乎掩盖不了您的欲望。"公爵夫人红了脸,然后紧张地笑起来,露出她发黄的牙齿。"不,这些我怎么会知道?"杜彻尼先生继续说,"难道我是个会看水晶球的千里眼?绝不是。根本没必要!因为,哪怕情绪的迹象一闪而过,懂的人也能读出来。我们全都有天生表达感受的能力,[54]不需要说一个字。在地球上的所有国家、所有时代,人们都在说、都能理解这种语言。它通行不变!它证明的就是灵魂本身的悸动。而人脸,就是记录它们的卡片!"现在所有人聚精会神,沉默下来。杜彻尼先生继续说:"我研究了灵魂的语法,区分出 13 种不同的基本状态。然后我分析脸孔本身,为每种情感的表达辨认出一块肌肉:比如痛苦的肌肉,欲望的肌肉,哭泣和呜咽的肌肉,关注的肌肉,愤怒的肌肉,深思的肌肉,同情的肌肉,忧郁苦笑的肌肉,悲伤的肌肉,恐惧和恐怖的肌肉。人脸充满状态!"他启动了设备的手柄,它开始阴森森地嗡嗡响起来,好像有一群巨大的昆虫被套在里面。这时,杜彻尼以我所不知的肌肉咧嘴狞笑起来,他拿

恐怖与痛苦——人的面相机制

着两个挂在电线上、让人想起魔棒的法拉第仪靠近了侯爵的脸，而我们全都清清楚楚地看到，幽默尽失的侯爵做了一个惊慌的鬼脸。"放松，侯爵！放松！否则您的礼物还会让您更痛。"电棒已经从左右两侧放到侯爵的面颊上，他的脸忽然绽出大笑！只是他的眼睛和额头看起来与画面并不和谐，笑容越灿烂，眼中就流露出更多的惊恐。"这是法拉第电击，我以此来刺激笑的肌肉。"为了让在场所有人放松，杜彻尼先生停下，把电棒从侯爵脸上拿开。侯爵难以置信地摸了摸自己的脸，然后做了个鬼脸，好像他必须亲自赶走魔鬼。"现在您感觉如何？"［55］杜彻尼先生问。"如果我没记错的话，杜彻尼先生，您有一次写过，每张脸都能变美，即使是一位愚蠢的老人？"侯爵反问道。"十分正确。只需精准呈现纯净的情绪，脸就能展示出灵魂的美。""我的也行？""好吧，您来看看吧。是的，我认为，就连您的脸也暗示出了那种潜能。"所有人都笑起来，气氛一下子轻松了，因为先生们无伤大雅继续着他们的闹剧。"那么我恳请您，尊敬的杜彻尼，把我变成美丽的海伦吧！您会证明自己有这么可爱吗？"杜彻尼先生重新举起电棒。

2. "留点脸吧！"爸爸说。

FORNICATION（私通）——我想哭！想笑！我要大吼。我想我要窒息了。怎么会，波莱特，呼吸，呼吸。不，我希望医生能来，把我也带进硝盐院去，至少发疯看起来很适合我！我用了多久才明白这一切？几个星期？说什么呢？17年。我再也不知道，应该思考或感觉什么。我不知道。我想我要病了。我很难受。也许应该叫杰维丝来。可是别，我要一个人待着。再也不见人了。亲爱的安妮！可怜的安妮！我以为她只比我大几岁。如果她真的比我大！我必须问问爸爸。这个恶棍！我要直接去敲他办公室的门说："爸爸，我有话要和您谈。它让我灵魂难安。"怎么能！然后呢？干什么？为了知道是不是真的！可怎么会怀疑？对我来说一切都塌了。我必须整理一下。我要把所有事情都慢慢记下来，然后从头到尾看一遍，反复地读，直至我知道该做什么、该想什么。

我到了巴黎。所有人都守口如瓶。爸爸对我极为亲切。他随口提到，妈妈病了。她不在这。我立刻就慌了起来，后来当我终于被允许去看妈妈的时候，也还是一团混乱，所以我竟然没有注意到，少了安妮。一个星期后我才意识到，还没见过她。[56]"安妮呢？"我问爸爸。他冷冷地说，他必须辞退她。"为什么，爸爸？我们亲爱的安妮？发生了什么?""她不知道,一个女仆该怎么举止得体。"他说话的方式根本不允许追问。所以我找到查尔斯,他对我说,由于安妮举止轻浮,先生辞退了她,因为先生说过,这个家里不允许错误的行为出现。"天啊,那她做了什么?"我问。可查尔斯对此一无所知,或是他认为最好闭口不谈。还是胖胖的、多话的奥黛特可以靠得住,她告诉我,是怀孕。安妮,怀孕!奥黛特说,孩子的爸爸是街上的混混,她被他玷污了。我本该立刻就此打住,甚至理解爸爸的决定。要不是妈妈说的话,我倒更愿意不把那些暗示当真,而是将其归于她高热时的幻想。可前几天她反复对我说,要想知道真相,就该去问问雅森特。所以我决定追查到底。今天我找到她,妈妈的这位女友坚持让我称她为拉格朗热局长夫人,这让我觉得很荒唐。拉格朗热局长夫人,您那位古怪的丈夫的身份与我何干?管他是局长还是流浪汉!难道您没有自己的生活?大概没有吧!反正拉格朗热局长夫人起先装得一无所知。她让人端来茶和点心,不停地说:"啊,亲爱的孩子!"这让我特别恼火。我这个亲爱的孩子磨了局长夫人那么久,直到她相信我即将成年,才终于把忧愁的心里话说给我。可她讲了一个多么恐怖的故事!很久以来她就在担心妈妈的状态,可她三缄其口,局长夫人猜测,消沉的原因是夫妻不和,所以她鼓起勇气——谁知道哪里来的!——找到穆里洛街。她被请进门,查尔斯告诉他,[57]布兰查德先生正和人谈话,她要耐心等一等。于是她坐在门厅里,成了无意的证人，因为她听到了发生在二楼走廊里的一场可怕的争吵。起初只有模模糊糊的声音，后来她终于辨认出来，是我的爸爸和那个女仆。最后能很清楚地听到爸爸的声音，他大吼道："放肆，你这个无耻之徒！要退休金，要房子！而我只是希望你对此保持沉默！你还想要什么，你这个猖狂的荡妇?!"局长夫人吓坏了，立刻逃离了房子，可还是藏在蒙索公园里等了一会，不久后，她果然看到，亲爱的安妮泪流满面地从仆人门里跑了出来。

啊，妈妈！就是这件事让你失去了理智！你这个乖女人。你因此受到致命的伤害。现在你只会祈祷了。

FUTUR（未来）——当然，妈妈和爸爸只想把最好的给我。所以我想好了一个计划，一找到合适时机，我就会对父母透露我的打算。首先，我想重新好好弹琴。终于能再去找埃托莱大人了！练新曲了！重新找回指头的感觉，手肯定是生得厉害，我本来已经能从乐器里引出美妙的音调，可全被那位让人无语的嬷嬷用她的邪门歪道毁了。一年或两年，全心投入艺术和音乐，在这方面成熟起来，让我对美的感知变得精致。然后上法国的大学！科学系！物理学家在对自然的观察中找到他的出发点。他用心智看穿所见，从中造出理念，并用实验验证。啊，我的一生就应该是这样一场独一无二的实验，只追随一个伟大的理念：超越！我曾读到——此规则为何不可同样用于女人？——科学的人始终追求不可能，并致力于把它带入可能的范畴。[58]他的思维深入到前人无法企及的领域。知道一切、理解一切，将是我至上的幸福。

GALOP INFERNAL（地狱加洛普）——一种恐怖的噪声让我吓了一跳，我四周看看，发现我的房间完全变了！其实已经没有房间了，没有盖着我的被子，没有地板，没有墙壁，只有黑漆漆的昏暗。这时我听到一声三角铁，周围的一切骤然进入强光之中。我看到一大群人围在我床边。妈妈和爸爸、伊莎贝拉、爱德华、彭塔格纳克先生、侯爵、尚普勒公爵夫人、埃托莱夫人和其他好多人，他们守灵似的严阵而列，我只能认为，我一定命不久矣，或者已经到了鬼魂之中！这时我才看出来，我在哪。我的睡席根本不在有保护的壁龛内，而是在一个大舞台上，被台前刺眼的聚光灯照着！是巴黎喜剧院！舞台上到处是神灵和魔鬼！楼座里塞满各式人等，没有一点空隙，精致的先生和女士、农夫、女仆和脏兮兮的手艺人！他们全都在怪声怪气地叫嚷、鼓掌，好像陷入了突然的狂喜。他自己，皇帝，坐在一个包厢里，透过他的长柄眼睛仔细观察着我。现在妈妈走上来，靠近我的床，穿着她的白袍，圣母玛利亚，周身散发着耀眼的光芒。她对我微笑，大张开嘴，开始发声，然后嘶哑而刺耳地大喊起来："哎嗷！圣火！哎嗷！在我心中燃烧！哎嗷！我要侍奉你！哎嗷！拯救你吧，巴库斯！"这时音乐响起，一切都开始发疯般舞蹈。我不知道，那是马赛曲、华尔兹还是康康舞？妈妈抓住胸口，扯下身上的玛利亚衣服，随一声狂叫露出了胸，下一刻她就成了酒神的女信徒，装饰着葡萄，只有兽皮覆体。其他人和她一样，这些地狱中的女人一圈圈旋转着。爸爸，一会儿是巴库斯，一会儿是冥府之王，额头上戴着魔鬼的角，发出一声声吼叫，［59］我身下的大地都震动起来。这时楼座中爆发出恐怖的笑声。女士们露出大裙撑下的内衣。飞快的乐队释放出强力，鞭笞着一切向前猛冲。嘭！嘭！嘭！加洛普舞万岁！这时，皇帝在军号和野兽的嚎叫声中，登上一辆光火熊熊、两侧有塞壬和萨提尔的神车。人们欢呼、叫嚷，按节拍呼喊我的名字：波-莱特！波-莱特！波-莱特！皇帝张开血盆大口飘到我上空，向我吻来。我四周的人群挤过来，围住我，不停大笑着，他们的斗篷黑鸟似的翻飞，他们踢着腿、露出丑陋的生殖器。他们在这场地狱加洛普中旋转得越来越快。腿踢得越来越高。笑声越来越刺耳。他们大喊道，帝国就是和平！哎嗷！哎嗷！彭塔格纳克先生拍着照片。报社的先生们笔尖飞舞。笛子、弦乐、打击乐和长号，鞭打着那些赤红的身体向前，离我越来越近，这场滑稽剧。脚灯灯光刺得我眼花。哎嗷！哎嗷！一场狂欢。可怕的娱乐！千万只手向我伸来。把我拖下了床。我尖叫着醒来。

INSUPPORTABLE（难以忍受）——拜访伊莎贝拉。终于。亲爱的姐姐。我有多久没见过她了？她在怀孕，我的天，我几乎高兴不起来！她变得太厉害。我差点认不出了。我机灵的姐姐哪里去了？那个一头卷发、满脑子主意和梦想，那个总能用她棕色的大眼睛发现我忽视的东西，那个时髦的小裙子上污迹斑斑、比我的裙子还脏的姐姐？我最亲爱的伊莎贝拉。唉，她现在称自己是福歇夫人，我的姐姐深深地藏在她体内！她和弗朗索瓦终于把她二楼的房间搬去了帝国大道。多时髦！房子有一台液压升降机。我不知道什么会更好！如果我一整天只乘它上上下下，［60］就会少一些不开心！房子的豪华与高雅无与伦比。400 平方米，不论看到哪，都富丽堂皇。我觉得要

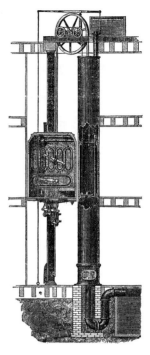

液压升降机

窒息了！所以我们去了布洛涅森林。炎热难耐，可树木投下长长的影子，湖水也让空气凉爽了一些。伊莎贝拉走在前面，穿着奢侈的礼服，打着阳伞，对绅士们抛着媚眼。"你幸福吗，亲爱的姐姐？"我问。"一切正常。""正常？好奇怪的词！""好啦，婚姻是一种无聊的义务。我知道如何尽责。""可爱情，伊莎贝拉？爱情怎么办？""波莱特，拜托，别说这些小儿科了！"她斥责我大惊小怪，教训我说，轮到我的时候我也就懂了。可我早就懂了！这样说就简单多了：我投降，我顺从于人们对我的期待，只有委身于他人为我蒙

在镜子上的形象，我才能找到我的幸福！"找情人就是来对抗无聊！"这样说的时候，伊莎贝拉自以为特别时髦新潮！我怒不可遏，她却补充道："你以为妈妈有什么不一样吗？""闭嘴！我们亲爱的妈妈……""哈，小妹妹，你真的以为，她为爸爸失去理智？杜瓦尔先生抛弃了她。找了个年轻的！她受不了了。"我正心乱如麻时，她小声说："振作起来，波莱特。有人已经看过来了。"

[61] **KALÉIDOSCOPE**（万花筒）——品红和海蓝，绛紫，明黄，猫眼石色，靛青，阿拉伯绿，石膏白，波斯蓝，玄武黑和波尔多红，路易金和珠母银，茄紫，日本粉，杏色和猩红，芥末黄和风信子蓝！菱形、圆形、椭圆、三角和梯形，光点、轨道和直线！花朵变成眼睛变成太阳变成迷宫变成星图变成花园、烟火和雀斑！啊，我能沉浸在这景象里几个小时！

万花筒反照的画面

MUTISME（沉默）——妈妈，我永远都不想变成您这样。虽然我那么爱您，尊重您，虽然您是我在地球上最重要的人。您睡着，整日整日地睡着，而我在这里守护，在您身旁，在床边，握着您的手。妈妈，您如此精疲力竭。我很明白，您有多么疲惫。您受了很多苦。妈妈，您的痛苦让我难受。让我多难受啊！我希望能为您分担。妈妈，我希望有一天您能听到我，相信我对您说的美和幸福。妈妈，我会继续悄悄对您说的，幸福是存在的，您只需要去抓住它。妈妈，我在这里支持您。永远。只要您别这么固执！妈妈，您看起来老了。我去那家可怕的疗养院看您的时候，几乎没认出您来。当然，我在那里也一样会崩溃的。妈妈，我当时好生气！现在仍然那么愤怒！我大喊，"你们毁了她！现在你们想把她留在这间地狱屋里？"可他们说，您最好待在那。他们说，伟大的沙可先生会亲自照顾您。您这种病例他有几千个！他知道该做什么。妈妈，我受不了。我说："我们带她回去！立刻！"［62］可爸爸说："生病的人就应该在医院里。"现在您在这。我看到，这对您有好处。我看到，您在渐渐恢复体力。妈妈，您一定要吃掉您的汤。我留在这看护您。我很爱您，妈妈。可我永远不想变成您这样。

SECRET（秘密）——我再也忍不住了。就在这里爆发吧，一了百了。我爱他！我爱他！我爱尤金，我的叔叔尤金！

UTÉRUS（子宫）——他们谈得真高明！妙，妙，妙！

在这美好的时刻！他们多么出色地为我们这些低等生物讲授了他们的崇高理论，这些先生！我心醉神迷！爸爸，您给我们上了一堂大课。为这些指点我鞠躬致谢，虽然我卑微的心智肯定无法全然领略其壮观和伟大。棒极了，我的先生们，我为你们鼓掌！

爸爸通知我们，泰奥非勒博士要来赴晚宴。他明确无误地让我们明白，他希望我们在场，并建议"体面着装"。"爸爸，您认为妈妈的状况能受得了这样的劳顿？""放心吧，孩子，是泰奥非勒自己提出来的，我认为，拒绝一位德高望重的医生是很愚蠢的。"妈妈穿着薄纱和缎子制成的华丽的荷褶裙露面，这无疑给她的丈夫挣足了面子。我自己则穿了一件简单的白布裙。"埃米丽！我太高兴了！您看起来多么迷人！我几乎得说，您懂得如何施展您的魅力来吸引医生训练有素的眼睛。我还以为，您健康得很呢。"妈妈，脸色苍白，回了一个谦卑的屈膝礼。"这一定就是小波莱特吧！不可思议。一位年轻的女士！"我低了低头，立刻又抬起来观察雷诺阿先生。他显然很讨喜。这个矮胖敦实的男人，半秃，蓄着小胡子，戴一副不安分的夹鼻眼镜，所以他不停地把他丑陋的鼻子皱起来，我对他的外貌真是无话可说！第一道菜上来，雷诺阿先生就开始了：[63]"让-巴蒂斯特，我猜，诊断结果是歇斯底里吧？""正是，泰奥非勒，沙可先生甚至提到一种大发作。""大发作？没想到！痉挛期，举止激烈，背弓反张！然后动作狂热，伴随尖叫和恐怖的幻觉。最后是癫狂！""我曾亲眼目睹。"爸爸抿了一口开胃酒。"有什么持续症状吗？""都是暂时性的。左手半麻木，有时会挛缩。""反复发作吗？""唉，亲爱的泰奥非勒，两次。我痛苦不堪。但出院后就没有了。"雷诺阿先生吸溜着他的法式浓汤，皱了皱鼻子，仔细观察着妈妈。"让-巴蒂斯特，要表现得强硬。"这时夹鼻眼镜松了，差点掉进汤里。他继续慌慌张张地说："我们男人是社会的脊梁，而社会最小的单元是家庭。我的女士们，请恕我直言。这绝非暗示。我恰恰是在以科学的声音本身陈述。""那当然！"爸爸大声说，"请您继续吧！""那好，女人天生素质较差，因此她们在生活中比男人艰难得多。很可惜，不是吗？她们的脑子较小，这对她们的思维能力产生了很不利的影响。另外，她们缺少男性的生命力，而只有生命力才能让她们升华成完美的生物。不仅如此，如果以你的夫人为例，亲爱的让-巴蒂斯特，我们就会观察到，女人永远是子宫的奴隶，它把她们判入痛苦状态，决定了她们的神经结构。这一点古希腊人就已经知道了。柏拉图写道：'子宫是一种炽烈渴望孩子的动物！如果久不受孕，它就会发怒，让怒火充满全身，堵塞气管，抑制呼吸，用这种方式把身体逼入极大的危险和疾病。'或者，就像我们常说的：女性，所以生病；生病，因为是女性！只是，抱怨自然的不公平又有什么用呢？女人需要婚姻，婚姻是她们的保护和自由！［64］而你，亲爱的让-巴蒂斯特，现在就要担当起来！男人就是女人的医生。啊，第二道菜来了!"在查尔斯上山鹑和生蚝的时候,爸爸大声说:"也许,泰奥非勒,这种义务是男人的沉重负担,因为它阻碍了他自身的发展。可你忘了,男人的配偶作为互补的、自然的同时又超凡的人,怎样丰富了他!"雷诺阿先生点点头,皱起他丑陋的鼻子:"根据统计,女人在体格、心智和道德方面落后于男人,总体比例为 27:8!可是在美的领域刚好相反,女人要远远超过男人!""为了女人!"爸爸喊道。"为了女人!"两位先生于是举起他们的酒杯。妈妈也机械地照做。只有我垂下头,呆呆地坐着。矮胖的医生感到有必要再次发言:"很容易观察到,一旦偏离预定路径,女人会遭遇什么。比如说,想想桑德夫人或斯太尔夫人吧。她们会任随天性的放荡,直奔堕落而去。她们会委身于道德和社会的腐朽。女人只能作家庭的主妇,受婚姻保护,或者当情妇。"他们就这样 直说着!多么狂妄自负!妈妈呢,盯着一根柱子!我多想碰碰她、抓住她或者大喊:"妈妈!你醒一醒啊!我请求你!支持我吧!"唉,多么耻辱、苦闷!忍耐着,拼命咽下生蚝和山鹑,一口口吞下我的愤懑!不,不是这样的。不,我根本不相信先生们的话!不可能!我宁愿死掉,也不想活成如今他们精明地把我们设计成的那种人。

第三编

巴黎与克莱西

1870 年 7—9 月

[67] 1870 年 7 月 19 日，拿破仑三世对普鲁士宣战。战争一词，在这个我心中重炮般炸响。此后，即便不是天下大乱，也至少让家庭和巴黎社会失控、国家兵连祸结。巴黎陷入特异的战争狂热。这位因一切宏大、一切能使之预感到真实生命之事而惊心动魄的我，发现自己正在对改变的恐惧和期待间挣扎不定。仅仅六星期后，法国就在色当惨败。帝国灭亡，共和国宣告成立。布兰查德一家逃往他们在克莱西的地产。当巴黎被普军攻占、轰炸期间，这位年轻的女性被迫面临着另一种形式的操控。

ARMES（武器）——爸爸回来，对我们说起武器！他的冶炼厂如火如荼。他的股票燃烧着死者。爸爸竟歌颂升起的烟！现在他倒是好。我却想嚎啕大哭！爸爸在客厅里给我

蒙蒂尼机枪

们讲授最新的武器知识、为国家的强大及其高明手段大唱赞歌，让我觉得，他正亲自站在前线上！他把长椅变成壕沟、钢琴看作活动炮架，甚至扑倒在地，在地毯上匍匐移动，好像他也发了疯。人们用剑和盾、用弓和矢战斗了几千年，可我们这个世纪，科学为战术装上翅膀。今日的战场一片空旷，因为能在百米外、千米外击毙敌人。墙纸被爸爸当成了作战图。他把我的画架和咖啡磨拉过来，组装成一架机枪，[68] 组装出我们军队的秘密武器、法兰西帝国的骄傲和武器艺术的革命！这时爸爸摇起磨，仿佛数百枪炮瞬间齐声鸣响。对方兵营七零八碎。最后当爸爸拿出一支真枪时，妈妈禁不住一声尖叫。"刚从工厂里出来！"大名鼎鼎的夏赛波，将带给我们胜利。我们全军都装备着这种出火迅速的后膛枪。在它永远灭亡前，普鲁士会瑟瑟发抖！300支夏赛波就足以对付500支普鲁士德累斯针枪。"我们工程师已经完成了我们的任务！现在轮到士兵干他们的活儿了！"

FATALITÉ（命运）—— **1.** 总要有个意义！世上没有无缘无故的事情，没有风会毫无收获地吹过田野，没有草茎会毫无原因地折断，任何战争都是出于深层的、看不透的必要性。我必须反复对自己这样说，永远不要忘。哪怕我卑微、无知、不能了解更高的计划，我也要知道，一切都是为我好，一切发生之事都因为必然如此，一切都会最终皆大欢喜！

2. 所以，我屈服了。天命是什么，我就做什么。我又是谁，能反抗世界的进程？什么让我会突发奇想，竟要改写秩序？然而，不论如何，我都会保持我自己。外表也许顺从，可内心，我对自己发誓，必须时刻贴近我自己。我不会迷路。一定不会！我不能迷路。

FUITE（逃离）—— **1.** 出去！离开！整个城市都在逃！人们战战兢兢，垂头丧气，因为不知道，还会发生什么。倘若有所预感，那就是黑暗。这样活不了。天还不亮，我们就被叫醒！"打输了！"爸爸喊道，"皇帝被俘！"整个房子乱成一团。只拿最重要的东西。毕竟不知道，这段路到底能走多远。甚至来不及最后看一眼这座其实让我憎恶的房子。[69] 也许再也见不到了？马车载着一层又一层的篮子、箱子驶向蒙帕纳斯火车站，途中我发现，巴黎摇摇欲坠，被笼罩在一种令人生畏的恐怖之中。他们幽灵般在街上横冲直撞，脸颊凹陷，失魂落魄。报亭被人群团团围住！街心的人影僵立成柱子，他们一遍遍读大字标题，却一个字都

火车头

看不懂。雀跃的队伍在其间摇旗呐喊："拿下皇冠！"一切都在嗡嗡颤鸣，震木了我的感知。当然，我坐在火车里，一定会这样，可如果它是在空空宇宙中滑行的火箭，我也会有同感。蒙帕纳斯火车站就像疯人院！满载行李而来的车子水泄不通；窗口的推搡把国家文明的言论统统揭穿为谎言；还有托运行李时的大呼小叫！搬运工，卖报人！可怕的混乱。我们终于被带到我们的站台。谁能想象，这座为永世辉煌而建的城市已成废墟？随着响亮的笛声，机车动了起来。黑色的巨怪喘息着、呼啸着！长有这硕大头颅的铁蛇，以轨道为脊柱、以道岔为关节、以分轨为四肢、以终点站为手足。它像驯顺、忠诚的动物把我们运走！巴黎—格兰维尔（Granville）的路线上上个月初才开通。328 公里不到 8 小时！几乎以为在飞！风景驰过，我头晕目眩。

　　[70] **2.** 我们收留了从鲁昂出逃的罗盖特一家。这当然

天经地义，贫穷的家庭却很不自在。他们不停地为给我们造成负担道歉，却只让我有些厌烦。现在我们的农庄里有 14 个人，其中 3 个是吱哇乱叫、对战争和国家一无所知的孩子，我几乎想说，因此这里才进来了一点生气。今天我甚至看到妈妈笑了一下，立刻就禁不住涌起了眼泪。我与伊莎贝拉和杰维丝睡一个房间，有时候我们大半个晚上都小声嘀咕着蠢话。这唤醒了往日的回忆，竟让我突然感到幸福，暂时忘记了所有不快。

GUERRE（战争）—— 1. "战争！"爸爸大吼道，"战争！"我几乎以为，他会随时跳上铺着桌布的桌子、脱去短外套、跳起康康舞。"这是我们的救赎！打倒普鲁士！"

2. 我伤透了心。爸爸允许我今天去拜访我亲爱的贝尔特，从周二起，她终于放假从萨尔布吕肯（Saarbrücken）回来，又住在巴黎。想到能见到贝尔特，整个早上都甜了，我那么开心，几乎忘了所有的不愉快。我们一定有 3 个月没再拥抱亲吻过，要知道，在寄宿学校人们说我们是分不开的，所以这可是好长一段时间！贝尔特的妈妈很亲切地接待了我，但当我发现施奈德家乱成一团时，着实吓了一跳！到处都堆着箱子和推车；为运输之便，大部分家具已被拆成零件、叠放起来，随时就能处理；墙壁空空如也；一群忙碌的手艺匠和搬运工匆匆穿过房间和走廊。我在贝尔特的房间里找到了她，房内全空了，看起来很不舒服。她只把一把椅子移到窗边，下巴支在手上，看着外面的新宝纳大道。"我可爱的、活泼的、亲亲的贝尔特!"我满心欢喜地大喊着向她跑去,她却毫无反应,［71］继续背对我坐在那里看着窗外。"你怎么了,贝尔特?""我叫贝尔莎。"她冷冷地回道,转过身来。这时我才看见她哭肿的眼睛。"贝尔特,亲爱的!发生什么了?你们的房子怎么了?说呀!你们要搬走了?我们会是邻居,对不对?"这时她突然大发脾气,我根本不知道她的怒火从何而来。"你们这群自负的罗曼人。你们自以为是伟大的民族,对吧?其实你们只是贪图享乐、放荡又堕落!你想要战争?别客气!反正我们会碾碎你们!"我万箭穿心般跑开。再也忍不住哭了起来。

3. 人们唱着马赛曲!这座城市疯了!人们完全丧失了理智!我和妈妈乘出租车经过星形广场时,上千人呼天抢地地冲了过来。他们摇着三色旗;把帽子扔到天上;因兴奋而脸色苍白,或是被酒熏得满面通红;他们又唱又跳,庆祝着自己的堕落!这时一伙年轻人跳上我们的车,大吼:"法国万岁!""打倒俾斯麦!"

4. 他们把爱德华征入了机动卫队!还有吉尔伯特舅舅!和弗朗索瓦!妈妈哭了一整天。根本安抚不了。所以医生来了,给她放血。这个措施之后,她才安静地睡了。伊莎贝拉显得冷静而淡漠,在我看来,几乎是松了一口气。

5. 爸爸说,我们会打败敌人。

6. 报纸报道说,在麦克-马洪的领导下,我们的军队在弗罗埃斯克维莱附近获得大捷!啊,我没法掩饰我的自豪。

也许一切都会有好的结局！

7. 如果这就是真正的伟大呢？如果法兰西帝国是天选注定，不得不承担起诸国之首的重担呢？如果恰好轮到我们去遏制普鲁士人无度的狂妄呢？

麦克-马洪

[72] **8.** 撒谎！撒谎！我们连连惨败，很快就会输掉一切！

9. 我恨你们！我恨你们所有人和你们恶心的战争！我的心被撕碎了。爸爸吩咐过，不要告诉我。现在我知道了。我们突袭了萨尔布吕肯！已经是两个多星期前了。死了几千人。几千人，几千人！我亲爱的、亲爱的贝尔特。要是你在这，在我身边就好了！我刚给你写了信，亲爱的贝尔特。我刚刚才得知。我好担心！你说得对。我感到耻辱，为法兰西耻辱！写信告诉我你很好！写信告诉我，你很安全！还有你的家人！写信给我吧，求求你！哪怕只有一行字。现在我甚至开始了祈祷。我主，请你让贝尔特安好。请你，让贝尔特安好！

10. 帝国崩溃了。只差倒下。人们做了最坏的准备。我们整天像病人、像难民一样坐立不安，等着消息。脸庞像我们的世界一样陷下去。人们武装起来保卫巴黎。以防万一，连工业宫和杜伊勒里宫也变成了战地医院。

11. 爸爸焦躁不安，闷闷不乐，一直在写电报，整天整天吸烟，搞得乌烟瘴气。明天他要离开，但没说去哪。我猜，他嗅到了商机。

12. 就这样。完了。

13. 我问妈妈看法，她只是回答，政治是男人的事。她和我说着上帝。可我知道她多痛苦，因为吉尔伯特舅舅和爱德华正在前线，很可能就被普鲁士人杀了。每天邮差来之前，我都能看到她的紧张和焦虑，如果还是没有消息，她整张脸都吓得发黄。

14. 我一直以为爸爸是个狂热的波拿巴主义者，可他似乎并未因痛惜皇帝而流泪。

15. 布洛涅森林被砍光了！我从未见过更悲惨的画面。[73] 千年古林、绝美的郁郁葱葱——变成一片满目断树的平地，残桩坟冢般钻出泥土，之间是被农夫赶来此地、为给城市补给的成群的牛羊。

16. 巴黎被围攻。政府最后宣战。他们大喊：或胜，或亡！我的心彻底干了。我太沮丧，不知还要写什么。

OUILLE（煤）—— **1.** "波莱特，我亲爱的孩子！"今天早上，他前所未有地这样叫我，热情地拥抱我，挽起我的胳膊说："你能给你的老父亲一点点宝贵的时间，陪他散个步吗？"啊，爸爸，我多愿意相信您的关注！您说自己老，也可以看作是情有可原的自嘲。但我的时间一下子被您看成是宝贵的东西，也显得太蹊跷了。说吧，爸爸，怎么了？您一定不会无缘无故伤感！"你那是什么表情？"他问。显然，他感觉到自己被看穿了，赶紧补充说："波莱特，我的宝贝，战争让人思考，所以我意识到了，我真正在乎的是什么。"爸爸啊！他给我讲了桑德鲁因先生的悲惨命运，先是儿子战死，不久后妻子病逝，现在他只能独自熬着这绝望的时间。几周前他还来穆里洛街（Rue Murillo）做过客。我却无论如何都想不起来这位先生。

2. 桑德鲁因先生这！桑德鲁因先生那！除了这个人的出色和商业头脑，这座房子似乎再不知道别的事了！只是，和我有什么关系？我觉得他就像个幽灵，看不见，却盘踞在屋子里，用黑魔法给所有人下了蛊，这位杰罗姆·德·桑德鲁因！真够傻的。好像不谈论他，这些天就无话可说！

3. 桑德鲁因先生是首批得到许可、能在加来海峡采煤的人！桑德鲁因先生具备那种真正的商人所特有的"我不知道"（je ne sais quoi）！桑德鲁因先生多年前就有好几座

[74] 里昂附近冒烟的大烟囱

矿，那时候普遍的狂热还没开始，还没什么人把化石岩石从地下挖出来、扔进炽红的高炉和机器的大嘴！当矿业公司雨后春笋般纷纷出现、翻找大地的宝藏之时，最大胆、最有远见的桑德鲁因先生却在其中鹤立鸡群！什么都拦不住桑德鲁因先生，不论是勘探失败、矿坑坍塌还是致死数十人的倒灌，不论是讨厌的工人暴动还是恐慌的股东！桑德鲁因先生行动极富远见，他总是把利润投到最新的设备上，所以他每年开采不止几千吨，而是几十万吨，很快就会上百万！桑德鲁因先生不仅把一堆石头做活，还有股份！[75]桑德鲁因先生把它翻了100倍，1000倍！桑德鲁因先生！英雄！天才！神！天啊！我听不下去了。

4. "英国人有曼切斯特、格拉斯哥、谢菲尔德！普鲁士人有鲁尔区。可我们有洛林和加来海峡！"

5. 爸爸又开始对我抱怨他财务上的麻烦。他和我说我们的破产。如果不发生奇迹，我们就完蛋了。

6. 家里兴高采烈！桑德鲁因先生终于从幽灵世界里浮出，亲自光临，让我们蓬荜生辉。他绝不是从天上掉下来的，却像弥赛亚本人似的得到接待！这位先生很优雅，肯定能当我的爷爷了。爸爸装成因战乱而陷入钱荒的难民，满嘴抹蜜，阿谀奉承得太殷勤，简直让我感到耻辱。客人也欣赏不了，应承着那些油腔滑调的谄媚话，却同时轻蔑地撇着脸。多么丑陋的表演！为了不干扰台面，这一天罗盖特一家被事先送走了。仆人们夹道欢迎，我们则被依次展览。妈妈尽职地使劲夸耀布兰查德家人丁兴旺，还提到伊莎贝拉，说她一结婚就怀上了孩子。"太好了!"桑德鲁因先生评论道。现在轮到我，被拿去花园亭子里展览。之前一个小时，我被涂涂抹抹、装饰打扮，就像一只松鸡标本! 爸爸一定要推销我，好像我刚从工厂里出来! 现在终于来了。卑鄙的真相! 他想干脆卖掉我! 爸爸，您怎么能? 您怎么能? 我宁愿去死，也不想屈服! 爸爸现在做了个手势，人们都退下，只剩我和那个满脸皱纹的老人，真是丢脸。他叫我小丫头，像对小孩子那样和我说话。"亲亲! 亲亲! 我的小丫头， [76] 告诉亲爱的杰罗姆，以后你想要几个孩子?"单片眼镜后那只直勾勾的眼睛纠缠不休地打量我! 我想大哭着跑开! 我坐在那，僵得像根莫里斯柱，只是点头，一句话都讲不出。我要在心里碎了! "你不说话吗，我的小丫头?""当然，我的先生。"这场可怕的酷刑终于结束了，先生们退回吸烟室。想到他对我说过的话，我感到恶心。

7. 爸爸说，我必须承担我的那部分。"他已经求婚了。我希望你同意。""可是爸爸!""我的孩子，我们都必须做出牺牲。""可我不爱他!""别说这种小儿科。""他老得要死。爸爸，我怕他!""啊，孩子，我只想做最有利于所有人的事。""我不能，爸爸! 我不能!"这时他用可怕的声音吼道："不许顶嘴! 你这个被惯坏的捣蛋鬼!"

8. 妈妈说，女人的地位在家庭里。"唉，我的孩子，幸运的话，他过几年就死了。"

HUMANITÉ（人性）——有些人，他们在梦想中前进，他们在想象和计划，他们以无穷的艰辛建设着，始终心向伟大，垒起一块块石头以靠近天空，如果后来之人瞬间毁掉一切，前者的所有努力又有何用？可我愿意相信，是前行的，只是前行，我愿意相信，世界遵循着帕斯卡的法则，先少两倍，然后空前爆发！也许我们正经历着古老野蛮世界的最后抽搐。也许是最后一次回落于残酷的迷误，仅剩下寥寥几个昏盲的教训要学。是的，我坚信，恶一定会带来善，我们不会白白牺牲！

INSOMNIE（失眠）——我清醒地躺了几个小时。多么可怕的争吵。可是梦境更加不堪。恐怖的、苦涩的、恶毒的梦！我看到自己在抽搐，眼睛充血，滞重的黑色舌头和惨白的脸，[77] 耳中响起死亡的钟声，像包法利那样一命呜呼！我尖叫，我呼喊自己，可是没有人来。这时我抬起头，只看到枯萎的世界，发霉、腐烂，没有清晰的轮廓。我听到牧师祈祷。普鲁士人发射了炸弹。触目惊心！啊，画面旋转了。有时我是爱玛，在亲吻和激情中窒息，有时我在旁观，像呼唤同盟者一样呼唤着她。然后我又参与进去，先扇了她一耳光，然后是郝麦和查尔斯。

爸爸离开了。我溜进藏书室，寻找安慰和知识，我果然在猜测的地方找到了那把小钥匙，用它打开了柜子，那个我心心念念的柜子，有一次爸爸说，里面的文件不适合女性，这却让我觉得，再也没有什么比打开它更诱惑、更令人向往。第一本拿出的是福楼拜的书，我似乎听说过，它是一部淫荡、渎神的作品，我把它珍宝似的捧在手中，只用一个晚上就颤抖着一口气读完了它！太阳升了起来，我躺在那，感到惊骇和无度的困惑。不，不能如此结束，不能如此。我脱口而出，你们毁了她！这残酷的无望！这时我心中不禁生出可怕的怨恨，先是对男人，那些混蛋，然后对整个世界，然后对包法利自己，我突然发现她愚蠢、自负、虚荣！不，这是个谎言！我会证明，人可以活成另一种样子。我会展示给你们看！昨天我在床上躺了一整天，不舒服，也不能写。我让人传话，说我病了。晚上爸爸回来，不知从哪就知道少了书。"你固执、无礼、行为让人脸红！你走上了歧途，我的孩子！"我们也把房子抵押了？我们所有的财产都没了？如果我只对爱情坚信不疑！这可怕的战争啊！要是结束了多好！

[78] **OUBLI**（遗忘）——她好像突然从一个困了她几个月，甚至几年的长梦里醒过来；她抬起十分年轻的眼睛，说她想去骑马！妈妈身上突然点亮的生命火花显然让罗盖特太太大吃一惊，她怀疑离开农庄是否安全。我们可不知道，普鲁士骑兵是否在附近转悠。"才没有！"妈妈喊道，她洋溢出的欢快和自信让所有疑虑瞬间烟消云散。我们之间无需言语，一个眼神就足够达成默契。我们让人给两匹黑驹上鞍，很快就骑上套好的马。离我上一次骑马一定已经有好几年了。妈妈像换了个人似的，一上马背就给了一刺，冲出去

在田野上疾驰，好像要飞起来！突然间只剩下一个口号，那就是：往前！我们比苦恼快得多，所以把一切哀伤都抛到了身后。妈妈在风中飘起的头发，是很久以来我在这个世界上看到的最漂亮的画面。空气紧紧地爱抚着皮肤，刹那间生命回来了、被抓住了。陷入爱情时就是这种感觉！我相信，我听到了妈妈大笑、欢呼，但也许，那只是风。走路时，为了不绊倒，不得不总往地上看，可现在不一样，我抬头，看出去；是自然，是地平线，是天际外的景象。思考完全停止。我们飘荡着。没有了阻力。没有马蹄越不过的树根、泥潭，没有沟壑或溪流。往前，妈妈！我们又活了。

PATRIE（祖国）——伊莎贝拉指责我不爱国。也许她是对的。我从未意识到，自己生活在祖国。现在，因为被教训过，我知道了。

第四编

克莱西

1871 年 1—2 月

[81] 巴黎被围，随后遭受轰炸，战争发展得越来越野蛮，严冬和饥荒侵袭了这个国家，首都的人们只能以老鼠和泥灰为食。而在克莱西，这位年轻女士身边的人们关心的却是，如何挡住府邸门前的穷人大军、驱散对汹汹逼来的普鲁士人的恐惧。他们苦熬着，准备婚礼以分散注意力。婚姻之所以推迟，是因为桑德鲁因先生被困在加来海峡，而普鲁士军队已挺进诺曼底，订婚者根本不可能在这种情势下结合。

就在这位我几乎放弃自己、似乎要听顺人们对她所说的天命之时，出现了新转机。1871 年 1 月底，那位被暗恋的叔叔尤金，在签署停战协议前不久，从阿尔及利亚回国。与他同来的一位盟友踏入年轻女子的生活，预示出另一个世界。随后一段时间里，写作和行动的渴望再次达到新的高潮。

AMOUREUX（恋爱）—— **1.** 我彻夜无眠，没合一下眼。尤金回来了！我亲爱的叔叔尤金！他又在近旁，睡在同一个屋檐下。一下子，所有寒冷都消失了。啊，我在发烫！我已经上了床，正要入睡时，被脚步、声音和敲在冰上的马蹄铁吵醒。没有梦比这次醒来更美。整个房子都忙碌起来。开始我吓了一跳，怕是普鲁士士兵。可向窗外看时，我发现，雅克在院子里，一手提着灯笼，泰然蹚过暴雪，把两匹马牵进圈里。就在那一刻，浓密的云层裂开一道宽缝，月光银灿灿地从昏暗中照亮风景，当时我就已经有了美妙的预感。我只穿睡裙跑下楼梯，上气不接下气，几乎是跌跌撞撞地冲进了餐厅。[82] 我看到所有人都围在烛光边，查尔斯正把临时做的夜宵端上来。他在那！"尤金！您终于回来了！我亲爱的尤金！""拜托！你这急脾气！"我听到爸爸说。"先让他吃饭！"妈妈喊，尽管她看到我这么兴奋也很高兴。站在旁边昏暗角落里的爸爸吼道："你的叔叔走了很远的路。他现在需要休息。你还有压榨他的机会。"啊，我多开心啊！尤金！您经历过什么？看过哪些地方？有过什么样的奇遇？我对自己说：波莱特！丢开一切烦恼吧。现在一切都会不同的。尤金回来了！

2. 我看起来一定很蠢！多可笑！我显然中了邪，一种恶毒的高烧，所以不论如何努力，也只能想这一件事：尤金！我已在房里来来回回不安地走了一整个早上，换衣服和发型、换发型和衣服。世界转得厉害，我几乎感觉头脚颠倒。我一心只想见到他；可想到此事我却浑身发抖。真傻！我等了好几年，可久盼之日终于到来时，我却无法再聪明一点，只能把自己关入房间、拉上窗帘、躲在枕头下。振作啊，波莱特！镇定一点！昨天你直接飞到他怀里迎接他。谁能一夜之间剪断你的翅膀？哪怕合上一只眼也好！可我彻夜未眠，现在面色苍白，难看死了。我不能这样子向他走去。他已经敲过三次门。他会怎么看我？我转了一圈又一圈，简直要炸了。我想大喊，因为我太蠢。我这个傻瓜！他又敲门了！

3. 我一句话都讲不出。然后又喋喋不休，我不知道自己说了什么，一定是各种废话，只为掩饰我的尴尬。我多幸福啊！

[83] 4. 我在爱着。一定是的。爱得发狂。

5. 他看起来变了，我想说：更好看，更让人心动。络腮胡取代了他钟爱的八字胡，所以第一眼让我吃了一惊，但随即我就发现，这深色、浓密的胡须把他的特性映衬得更加清晰了。我们的目光只碰了一下，那一瞬间我却发现自己被催眠了，全身都被一种美妙至极的感觉渗透！尤金在他的鬈发上戴了一顶高高的波斯帽，加上那件有东方阿拉伯花纹金饰的红色天鹅绒马甲，让我觉得就是另一个世界的幻象。尤金说，马甲是私人礼物，来自伟大的埃米尔·阿卜杜·卡迪尔，他曾把法国殖民者的生活搅得鸡犬不宁，长达15年之久。啊，尤金，我好想知道，当那种不存在的火光在你的眼中闪烁时，发生了什么，就好像，你正看着某物从天边而来，其他人却始终一无所见。

6. 伊莎贝拉说他是个粗人。我认为，只是因为她嫉妒。头脑简单的姐姐！在他身上，灵魂的高贵平衡了肉体的力量。

7. 他一定也爱着我！今天，我从他微微颤抖的声音、似乎在寻找我的姿势里看了出来。他猛一抬眼，就像个突然看到或想到禁物的男孩，又匆匆低下了头。我甚至觉得，他有点脸红了？可能吗？难道我们在分享秘密、共有着这种激情？还是想象力在捉弄我？因为昨天我跑去找他的时候，他正坐在那埋头读书，我一定笨拙得可怕，劈头盖脸问了那么多问题，他的反应如此淡漠，让我难过极了。要是我会读他的眼睛就好了。

8. 今天，罗盖特先生看着我，放下他的烟斗说，爱情是小说的孩子，仅此而已。

9. 要是能嫁给他，我会马上照办！

[84] ARABES（阿拉伯人）—— 1. 我们全都坐在餐桌旁，气氛好极了，这时爸爸转向尤金。"我看你最近穿得很时髦啊，可敬的弟弟。"我们吓了一跳，停了肉汤，放下餐具。我听见伊莎贝拉吞下她那口。爸爸继续说："看来你混到了阿拉伯人中间。坦白告诉我吧，已经彻底背弃法兰西民族了吗？如果是这样的话，我倒是轻松了。"所有人都紧张地盯着尤金。他继续吃他的汤，毫不在意地回答："让-

巴蒂斯特，很高兴你满意我的装扮。我回了可爱的家，又怎么会背叛法国？""恕我直言，只是，我不得不颇感疑惑，你竟公然同情一个已被证明是劣等的、朽木难雕的民族。"这时，查尔斯进来上下一道菜，却突然停下，转身退下。只有尤金继续吃着，头都不抬。罗盖特太太显然受不了接下来漫长的沉默，热心地匆匆说道："生活在一片如此贴近自然的土地上，一定很棒！"她声音刺耳。所有人再次沉默下来。我忘了呼吸。尤金在他的盘子里盛了新肉汤。爸爸还没说够。"有各种各样的证据！我们给他们带去文明和进步，准备与他们分享，他们却固执地坚决拒绝接受，这难道还不足以证明阿拉伯民族令人发指的狭隘？据我所闻，这个懒惰的种族不工作，最近又开始反抗我们！我的上帝，他们呼吁战争！告诉我，尤金，你自己也被感化了？""好了，我亲爱的哥哥，"尤金开始说话，慢慢抬起眼睛。"我恐怕，不敢苟同。你称之为文明和进步，因为我们解散了当地人的公共福利机构、关了他们的神学院？因为我们废了他们的学校？你指的是侵占、吞并了数十万公顷的土地？还是指毁庄稼、烧村庄、［85］给井水投毒、赶跑牛群、屠杀、熏毒气、强暴或驱逐？我有幸亲历了我们的光荣文明，在卡比利亚（Kabylei），在高原，在奥兰（Oran），在达拉（Dahra）。我见过让男人变老的耻辱！你会反驳说，这仅仅是不愉快的必要，是优越性自身的负担。当然，让-巴蒂斯特，我愿意相信，这种负担对你而言比脑袋还重，但不要指望我赞同你装腔作势的自怜。我在这个国家过了几乎 20 年，和法国移民一起——顺便插一句，可真是一批出色的人物——他们就像乌勒德伊亚（Ouled Riah）洞穴上空被尸臭引来的秃鹰，只想抢走每一平方米有收成的土地。我看得够久了，我亲眼看着他们，伟大的持证经营者们，巴黎和马赛的资本家先生们，把所有国家推向破产。埃及！突尼斯！然后开膛分脏！你所谓的进步和自由，让-巴蒂斯特，我看得够久了。狗的权利比每个阿尔及利亚公民都多！似乎只有光荣的欧洲人才有权享有权利。他们喊道：买啊！用漫天高价，买我们给你们摆出来的东西！我们还谦虚地请求你们，用荒谬的低价输出货物！如果你们不这样做，我们就拧断你们的脖子。如果这种买卖让你们负债累累，也不要担心。我们的银行早就准备好了贷款。因为你们要知道，我们可是高贵的民族。如果遥远未来的某一天，你们陷入还不起贷款的窘境，那就是因为你们这些可怜的狗根本不懂经营，所以，现在，你们没辙了。看吧！多丑恶！这洋洋自得的殖民地，在一片用尸体施肥的土地上睡觉、工作、致富！三分之一的阿尔及利亚人！丧了命！而我们自己，成百上千倍地增长！我亲爱的哥哥，不是高等数学，这只是政治！铁，磷酸盐，矿物！如果一个村子挡了路，就收了它。如果抵抗，就烧毁！[86] 皇帝来了，与伟大的阿拉伯人和解，还有，也是为了让他的将军们练一练大屠杀，这样，以后在巴黎面对不幸的暴民时，就知道该怎么办！这地狱的血盆大口让我头晕！"

[87] 阿拉伯艺术

2. 我睡不着。一闭上眼，我那深受恐惧折磨的心智就会用阴森的梦影控制我：尤金骑着一匹阿拉伯马连夜离开，我赤脚站在房前雪中，他再一次转过头对我喊道："保重！我将去赴死。" 我们盼了几个月的停战，却无法让我开心，我感到惭愧，却仍然如此。因为我只有卑劣、自私。因为，如果战争现在结束，尤金就会离开，我就要嫁人。我的思绪就这样盘旋不定。我走到窗边，看见光从尤金的房间里透出来，在雪上画下最奇特的图案。我决定去找他，于是点了蜡，偷偷溜过房子。我在尤金门前僵立好久。后来还是鼓起所有勇气，敲了门。"波莱特，亲爱的侄女，你还没睡吗?"壁炉里烧着火，尤金拿给我一条毯子，裹在我肩上。他什么都没问，就做了此刻似乎最能安慰我的事情。他开始讲故事。他给我讲阿拉伯人几千年的文明。给我讲精美的清真寺和宫殿，讲12、13世纪的早期哥特艺术如何以更古老的东方艺术为基础。他给我讲阿拔斯王朝统治下伊斯兰教的鼎盛，讲巴格达的图书馆和11世纪的阿拉伯大学者，是他们从黑暗的中世纪拯救了欧罗巴，因为他们出现在萨莱诺和托莱多，随阿拉伯手稿一同带来他们的天文、医学、数学和哲学知识。讲了有史以来最伟大的学者阿布·阿里·侯赛因·伊本·西纳和他百科全书式的惊人成就；讲了康斯坦丁和他的医学、植物学著作；讲了阿尔-花剌子密，［88］是这位著名的数学家把零及虚无的理念引入西方；讲了伟大的亚里士多德注疏家阿布·瓦里德·穆罕默德·伊本·鲁施德。(我让尤金把所有这些名字都写了下来。) 他给我描绘了那些欧洲学者们的喜悦，当那些被认为早已失传的古代财富的译本在阿拉伯图书馆中被重新发现时，他们定曾欣喜若狂：托勒密，阿基米德，欧几里得，亚里士多德。(保险起见，这些名字我也让他写了下来。）尤金说，阿拉伯的自然科学是 11 世纪的萌芽，它渐渐瓦解了封建的中世纪、削弱了教会的权威，它最终启动的历史过程在法国大革命时臻至巅峰。一切都是因为，它发挥了理性的力量。我不知道，他讲到哪里时，我的眼皮沉了下来。今天早上，我在床上醒来，紧紧地裹着好几条毯子，一个噩梦都想不起来。

BADINGUET（小石匠）—— **1.** "小石匠，这个白痴！"尤金用这个绰号称呼我们下台的皇帝，连爸爸也无可奈何！胜利！他只是咕哝了几句听不清的话，沉下脸，搞出一副傻傻的、阴郁的怪表情。实在太滑稽了。我真想大声笑出来。

2. 我一无所知。和凡尔赛寄宿学校里唠叨的故事简直天壤之别！那边告诉我们，民众欢欣鼓舞。我们能读到的是，帝国就是和平。撒谎！如果书里充斥着欺骗和花招，还读它干什么？尤金给我讲了，路易·拿破仑如何

拿破仑三世

政变称帝，就在我出生前两年，这些事我一个字都没听说过。他讲到屠杀、枪击、可怕的镇压、发动在殖民战争中训练有素的武装力量。[89] 反对他的人，被成千上万地驱逐或流放。尤金自己也是！先到罪犯流放地，救赎岛上，后来去了阿尔及利亚。因为最终爸爸插了手，当时他已经有了影

响力。("尤金！放肆！你欠我一条命！"昨天爸爸吼道。)

DÉPART（离开）——**1.** 尤金只说巴黎、巴黎、巴黎、巴黎！还有到来的起义。"时机成熟了，波莱特！"这似乎是他唯一的念头。"现在必须行动，现在！"一旦有可能再去首都，他就会离开。尤金，带上我吧！我心中已有了你的火光。

2. 今天早上，我发现尤金的房间空了。我几乎无法平静下来。他习惯晚起，虽然有爸爸阴阳怪气的嘲笑，也很少在上午 10 点或 11 点前露面。所以，每天早上出太阳的时候，我都会把他的房门开一个缝，尽管有轻轻的响动，尽管怕吵醒他，我还是会看一眼睡梦中的人，然后才幸福得几乎碎掉、心怦怦跳着去吃早餐。可今天早上，我发现床空了。我焦躁地在院子里跑来跑去，愚蠢地怕他会不带我离开。后来雅克笑着朝我走来，解释说，先生今天睡不着，很早就骑着大黑马出去散步了。

EUROPE（欧洲）——尤金今天送了我雨果先生的演讲。那景象如此迷人，我禁不住读了一遍又一遍。我还在信里给亲爱的贝尔特抄写了一遍。现在我几乎能背下来，我坚信，越是频繁地对世界重复它，它就会实现得越快。所以，再来一遍：

> 总有一天，巴黎与伦敦、彼得堡与柏林、维也纳与都灵之间的战争，会荒唐得像鲁昂和亚眠、波士顿和费

城开战。[90]总有一天，你们法国、俄国、意大利、英国、德国，你们大陆上的每个国家，都会紧密联合成更高的共同体、建立起欧洲的兄弟会，却不丧失你们辉煌个性的特质。总有一天，世上再无战场，除了对贸易开放的市场和对思想开放的精神。总有一天，将不再有子弹和炮弹，取而代之的是选票、是民众的普选权、是独立的大议院，对于欧罗巴，它就是英国的国会或法国的国民代表大会。总有一天，大炮将被陈列在博物馆，而人们会讶异它是什么。总有一天，两大群体，美利坚合众国和欧罗巴合众国，会面对面，隔着大海，彼此伸出手来，交流他们的产品、贸易、工业、艺术和思想。这一天，无需等上400年，因为我们生活在一个飞速的时代。

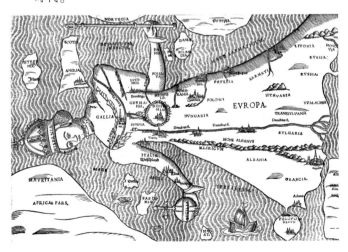

欧洲女王

[91] **FAMME**（女人）—— **1.** 他到底会不会把我看作女人？把我当成与他平等的女士，还是只是个小姑娘？或是没有性别的生物，无非是个亲戚？他学说的信徒？一个心甘情愿的听众？他究竟有没有发觉，在我心里、在我身上发生的变化？他是否觉察到我的模样？我的皮肤？我的目光？他是否意识到他对面的这位女性？他在我的外貌中看出美了吗？激情？啊，有时候我真想去摇一摇他、大喊："尤金！别说了，吻我吧！"

2. 他给我解释了一条神奇的隐蔽规律，虽然我自以为一直对此有所预感，却无法如此清晰地表述。说的是，在人类历史上，那些给予女人最多尊重和自由的文明，总会发展得最成功！比如日本人，他们是亚洲最可敬、最勇敢、最勤劳的民族，对女人则极其宽容、很少嫉妒。相反，奴役女人的民族会越来越衰败。不仅因为，一个民族半数是女人，更重要的是，构成整个民族的所有儿子和女儿们都取决于母亲的幸与不幸。正因如此，法国才如此糟糕！

GUERRE（战争）—— **1.** 巴黎投降了。可我没有。我有新的理由充满希望。大战结束，小战却开始了。爸爸发动了他自己的战役，目标居然是我的幸福。"结束了！"他今天喊道，"停火了！我们又能呼吸了！"几个月前他不是还在欢呼，战争是我们所有人的救赎？他说战争拯救我们，意思难道不是：救了他的生意？上帝啊！我们又能呼吸了，他这样大喊着，却丝毫看不见他身旁的女儿脸色发青、几乎窒息。

2. 弗朗索瓦回来了，毫发无伤！我们所有人都松了口气！连伊莎贝拉也情绪爆发，[92]扑到她丈夫的怀里——带着圆滚滚的肚子！——流下喜悦和如释重负的眼泪。灵魂在这一刻摆脱掉多少压力！我们办了场盛宴，决定这一晚不谈政治，只是庆祝！所有人都照做，唯独尤金郁郁寡欢。

3. 丑闻不久就来了。又能如何？重选了国民代表大会。人们刚刚在大厅里打破了脑袋！太棒了，我的先生们！弗朗索瓦，伟大的爱国者，还在一味说着丑恶的战争、吹嘘他的英雄事迹。可是，早在夏天，这位乐观主义者就已经把财产深谋远虑地转移到英国！要是他领导我们的军队，就一定会在鼓号声中把普鲁士打得落荒而逃！他说到新拿破仑，我简直怀疑，是不是指他自己。爸爸最近却成了共和国、那场公认的拙劣闹剧的卫士，他提到他的新英雄梯也尔（Thiers），说他是唯一把传统观念与合理尺度及秩序结合起来的人。听上去真是妙！我不寒而栗！罗盖特家现在指望着奥尔良王室。说到底，所有人都本能地一致守旧，蛮可以在共济会成员的有产者中忽视掉小小的意见分歧。唯有其中一位，是所有人的眼中钉！狂妄得不可救药的暴乱者，只说高烧的糊涂话！与敌人勾结的谋反者！与暴民沆瀣一气的懒骨头！红狗！无耻的雅各宾派！尤金！只有他勃然大怒！只有他，敢指出溃烂的伤口。只有他，破口大骂可怕的罪行、大骂统治阶级的穷兵黩武、大骂掠夺和征服的政治，唯因如此，我们才陷入这场自相残杀、自甘堕落的冲突！他大骂背信弃义的政府，它抽走巴黎的血、榨干巴黎的力气、用无能和愚蠢把我们逼入深渊。"寒冷，饥饿，轰炸！［93］成千上万的孩子，一个个死去！突围中一排排倒下的亡魂！"尤金喊道，"这一切，到头来只为了让我们蒙受耻辱，成为第二个梅斯（Metz），把我们像羊群一样交出去？40万人，装备着武器枪支，却在20万人前投了降！这种蠢事让我失去理智！"

我们自己家里也开了战，陷入荒谬的打斗。我差点以为，他们会干脆杀死尤金以免难堪，他居然毫不避讳地说出了真相。罗马花瓶大声地摔碎在地上，椅子被掀翻，祖父的画像从墙上掉下来，因为斗牛士撞了上去。我的天啊！12世纪的野蛮人也不过如此吧！尤金吼道："我们或者死守着旧世界的废墟，或者选择一个属于后代的新世界！我们可以选择，再一次沉入无能的坟墓、沉入奴役和野蛮的地狱里几百年，还是跨越国家和大陆的边界，开始为建立另一个社会而战！政治已经被瞄准了，那是旧世界的遗留！现在有了人民的位子！有了公社的位子！"对于资产阶级的可怜灵魂而言，这太过分了。尤金最后逃入了花园，几个小时后才回来。毕竟大家都感到难为情。他们聊起天，好像什么都没发生过。

ÎLES DU SALUT（救赎岛）—— **1.** 我向妈妈问起罪犯流放地。她顿时脸色苍白，只是摇头。

2. 说起此事，他似乎毫不在乎。可追问下去，他的表情就阴郁了，脸完全沉下来，随后陷入什么都改变不了的沉默。几个小时后，他又微笑着站在我面前，若无其事。

INSURGÉ（起义者）—— **1.** 尤金说，革命者是诗人。因为他们发明了新世界。

2. 尤金在"光荣三日"（Trois Glorieuses）出世，正值1830年革命，在街垒之间！兴高采烈、[94] 喝醉了的人群把小婴儿裹入三色旗，欢呼着抛入空中，高喊："乌拉！乌拉！绝望之子，你将在一个自由的世界里长大！"他们怎会错得如此离谱？不到18岁，他就已经在巴黎酒馆后堂的政治俱乐部参加辩论，已经在那里起草宣传册、写秘密宣言、为起义出谋划策。还没有今天的我大，他就已经亲自站在1848年的街垒上！

3. "波莱特，"尤金今天说，"他们可以迫害、镇压、谋杀，把我们投入监牢或流放他乡，但所有这些都无法中断那条坚定的路，无法阻止错误秩序的崩溃，更无法阻止新秩序从废墟中诞生。一个更年轻、更美丽的世界将随之而来。"

INTERNATIONALE（国际）——今天，尤金在家里正步走，放声高唱：

> 各族人民都是我们的兄弟，
> 我们的敌人是暴政！

最初我吓了一跳，这种事情我当然从未经历过。但当他对我眨眼睛时，我立刻就喜欢上他的游戏。要不是爸爸把脸拉得那么阴沉，我差点和他一起正步走起来！

LIBERTÉ（自由）——这时，尤金好像凭空说出这些句子。在我听来，从未有过更美妙的东西。他爱人类，爱谁，就要唤醒他反抗和独立的本能，要召唤他感觉他自己、感觉他的力量和他的权利！祝愿他人最大可能的自由，就意味着爱，因此爱的第一个举动是释放。赋予人力量、使他成为他自己的一切都真实，其他的一切都虚妄、扼杀自由而荒唐。这是他所有行动最私密的意义。

"您在爱吗?"我忘乎所以地喊道。"我在怎样地爱着

欧仁·德拉克罗瓦，《自由引导人民》

啊!"尤金大喊。

[95] **LISTE DE MOTS BRILLANTS**（闪耀的词汇单）—— **1.** 那些美好的事物!我紧盯着他的嘴唇,充满渴望,一个音节都不错过。那些思想,怎样地闪闪发光!他取笑我说:"你为什么那么严肃?"

2. 我收集着,为了什么都不丢。每次与尤金谈过话,我都会坐在书桌旁记笔记,试图一个一个音节、一个一个词、一句一句话地回忆。唉,人的记忆多么漏洞百出!而尤金对我讲话时,就好像我是他留着大胡子的革命伙伴。我常常想提问却不敢打断他,因为他正沉醉在激情中侃侃而谈;反正我觉得自己实在太傻了。可是!我收集。我已经开始把出自尤金之口的概念和想法列成清单,其中有很多我是第一次听说。我的清单,在增长!我的幸福,在增长!

[96] **MARHCE NATURELLE**（自然进程）——我们在地下室发现了钢滑板!迅速绑好,我们就从步行变成了滑行动物。多精彩的变形!尤金最近谈到了演化,我弄不明白,为什么演化没给北极熊装备冰鞋?奥恩河早就上冻了,它多么渴盼我能最终在风景里滑过!太妙了!只是妈妈有点烦,她站在河边,没完没了地对我大嚷说,我不应该闯入冰盖,对这种明智的建议我深表谢意。尤金和我各牵着一个罗盖特家的孩子,小马克西姆已

滑冰鞋

经可以自己滑了。终于从家里跑出来，孩子们可开心坏了。我们在冰上待了好几个小时，这种调剂让我们如此放松、如此释放！此外它也给精神插上了翅膀！尤金又演讲了。因为我担心地问起他未来。这一次，他从波斯帽里变出了怎样的魔法啊！他给我讲起社会物理，一种政治科学，他说，人类注定在越来越完美的路上百折不挠地前进。尤金说，文明进程是人这个物种的天性之果，正如成人是婴儿的天性之果。人类会经历三个阶段，我们已走完其中两个：古代阶段，人自以为是诸神的玩物，在自然现象前瑟瑟发抖；在精神发展的阶段中，人类开始支配环境，通过研究自然现象的关系发明了科学；最后，我们现在正站在最后一个阶段的门槛上，在此期间人类精神将会彻底展开。天文学脱离了占星术，[97] 物理学脱离了炼金术的幻想实验，以最终在理性的基石上重新确立自我。政治，这人类最高级、最复杂的发明，也终将如此上升至精确科学的领域：成为社会物理学。不再有神授的君主统领人类命运，不再有社会契约，不，唯有公式，唯有被发现的自然法则。它将是平等的公式，是无阶级的、自由的公式。这时我摔了一跤，把尤金也拉倒在地。啊，要是就这样躺着该多好！

MARIAGE（婚姻）—— **1.** 几个星期的忧愁后，我第一次重新看到了光。此前重压、切断了一切、只能让我感受到严寒的积雪，一下子变成外衣，用它微光闪烁的安宁覆盖了一切。我怎会对这种美久久地视而不见？我怎会如此迅速地丢失了自己？不，现在过去了。我不会再想了！从现在开始，我有了希望。我永远都不会姓德·桑德鲁因。我预感到，一切都会截然不同！

2. 今天早上，我忧心忡忡地说出了心事。

"这个暴徒！"尤金大吼道，"他要把你卖给出价最高的人？倒是真像我的哥哥！"然后他看着我说："不会的。一位丧妻、有钱的实业家决定不了你的命运。别担心！我会帮你。"

3. 尤金说，他已经想出了计划。有一个惊喜在恭候着奴隶主和他富有的顾客。

4. 爸爸心情很差。他垂头丧气，整个早上都闷闷不乐，像头动物似的走来走去。到底发生了什么？所有人都躲着他。大家屏住呼吸，生怕一个错误的动作就会招来可怕的爆发。小心起见，我退回到房里，决定读点东西分散注意力。

[98] **5.** 他突然出现在我面前，面红耳赤，狂躁得什么悲剧都能演，大喊道："婚礼吹了！我很难过，你不嫁了，我的孩子！"我被这个突如其来、几乎不可能的转折惊得呆住，赶紧抓住爸爸的手，在他可怕的目光中暗自发抖。"爸爸，怎么了？""我们被毁了！"他用一种可怕的声音吼着，离开房间，砰地一声摔上了门！

6. 现在搞清楚了！弗朗索瓦把一切都详详细细地告诉了我。爸爸收到一封德·桑德鲁因的信。信中他说，普鲁士人在一场令人发指的野蛮突袭中毁了他的矿，这次打击让他的竞争力倒退了好多年。因此他已万念俱灰。唯一的牵挂就是娶我。他的财富、妻儿均已被夺走，在生活被彻底毁掉的一年之后，只有我才是他此刻的安慰。爸爸承诺过的丰厚嫁妆，连同他自己尚还残留的财产，可以保证我衣食无忧。他决定，放弃生意，不再做实业，而是盼望着与他的新妻子共度宁静的晚年。再过几天，一办完需他在场的要事，他就会启程赶往克莱西。他希望，婚礼已经准备就绪。

7. 尤金说，他永远不会结婚。这让我无法呼吸。"你怎么能说这种话呢，尤金？"他解释说，婚姻是奴役爱情的制度。虽然它被覆以最美艳的花朵，也决不能落入这个陷阱。真正的激情只能在自由中寻找，而婚姻的枷锁与之水火不容。之所以编造出家庭的谎言，只是为了奖赏反自然性。听他这样说，我惊骇不已。

8. 今天中午，德·桑德鲁因先生来了。爸爸冷冷地接待了他。"我们在恭候您。""多可怕的一段时间啊！"［99］他大声说道，"但现在要往前看了。都准备好了吗？依我看，我们一秒钟都不用耽搁了。"这时他看到楼梯上的我。"啊，她在这！最亲爱的！来啊，亲爱的孩子，到你丈夫身边来！""波莱特，你别动！"爸爸喊道。我不敢不听话。"布兰查德先生，这是怎么回事？"德·桑德鲁因先生惊讶地问。"喏，您问过我女儿本人吗？"爸爸答道。片刻沉默。"那好吧！"桑德鲁因先生说。于是这位老人就跪倒在我面前！"尊敬的布兰查德小姐，您愿意成为我的妻子吗？"我不知所措，轮流看向爸爸、妈妈和尤金，希望有人能帮帮我。最后，我结结巴巴地拒绝了。桑德鲁因大吃一惊，脱口喊道："没教养的孩子！"爸爸走过来说："不会有婚礼了！""布兰查德先生！我从您口中听到了什么？我想我们都定好了吧？她是我的。""定好了！"爸爸吼道。"但是在极其不同的前提下！您认为，我会把女儿交给一无所有的人？交给一个穷光蛋？亲爱的朋友，这样的价钱得不到布兰查德家的人！"得到这种称呼的人勃然大怒，抓起查尔斯刚刚从他身上脱下的帽子和大衣，转身出了门。"这辈子从来没人敢这样侮辱我，布兰查德先生！真卑劣！多么狂妄自负！我的财产比你多几百万倍。任何一个流氓都比您脑子好！您在搞什么阴谋？是什么让您在虚伪的诡计里沾沾自喜？您竟敢！我会碾碎您的！不要以为，这样贬损我后，您还能全身而退！"他再没回头，离开了房子。

9. 是他！他用德·桑德鲁因的名字写了那封信！尤金！

10. 现在一切都结束了。我完了。爸爸用步枪赶走了尤金。"如果再敢让我看见，就让上帝保佑你吧！"我绝望了。

[100] **PROPRIÉTÉ**（财产）——
1. "财产，就是盗窃！"尤金今天说，"有产者和小偷，当然，我们一直以为是相反的概念，但我们错了！拥有财富

皮埃尔-约瑟夫·
蒲鲁东

的人连手指都不动一下，却靠着创造的人发财致富，可后者却一无所有，这不是抢劫又是什么！"

2. 在阿尔及利亚，人们没有财产的概念。"在我们带到世上其他地方的种种疾病中，这种瘟疫最为恶劣！"

QUERELLE（争吵）—— **1.** 没完没了的争吵！斗鸡似的！每一天，每一分钟，爸爸和尤金都会打起来。所有人都不堪其扰。罗盖特家已经在考虑另寻安身之所，伊莎贝拉和弗朗索瓦也提过要离开。妈妈苍白得像个幽灵。我能去哪？德·桑德鲁因的怀抱吗？

2. "这里！看好了！睁一次眼吧！"爸爸大吼着把尤金扯到镜子前面。"你看不到多可笑？一个彻头彻尾的资产阶级——不论你喜不喜欢，尤金，你都只能如此！——居然在放肆的虚伪或精神错乱中，冒充蒙昧的工人，假装是个阿拉伯人——我的上帝！居然令人感动地关心起人民的事情！这是讽刺，仅此而已，尤金！可敬的兄弟，你是个可怜的小丑！我至少还知道，我是谁，我属于哪。"

"真的吗？我以为，你的想法只跟着股市行情变呢。"

3. 爸爸说，尤金一直是个不安分的人，道德上天生薄弱。

4. 和妈妈长谈。她那么善良，她的命运就是要理解丈夫。她说，尤金的侮辱气坏了爸爸。事实上他深受伤害，[101]忧心忡忡。他担心弟弟。他很难过，也无法理解，怎么会有人如此浪费生命。"您怎么能这样说呢，妈妈？！"

他是个可怕的暴脾气，一个脱离实际的空想家，他唯一的天赋就是给他自己和所有其他人找麻烦。您真的这样认为吗，妈妈，还是您只是学舌爸爸？尤金的忘恩负义伤害爸爸很深。那次可怕的流放让全家都陷入极大的不幸。爸爸忍辱负重，试图与尤金握手言和。可他对哥哥只有冷嘲热讽，甚至把他看作是魔鬼的化身。她宣称，尤金鼓动阿尔及利亚工人，挑唆他们罢工，因此丢了工程师的职位，这才是他回来的真正原因。"你的爸爸很难过。我知道，你埋怨他，亲爱的孩子，可是相信我，他是个正直的人。"

SPIRALIFÈRE（螺旋桨）——我们决定穿雪散步。有些地方雪深及腰。我们在森林旁的小山坡上躺倒，滚下来，像小孩子一样四处嬉闹，所有的烦恼一扫而空。尤金给我讲了北极，他脸庞四周的鬈发和胡须沾满冰雪，在阳光下闪闪发光，很容易以为他是个雪人！我忍不住大笑起来！走到引

拉兰代尔的螺旋桨船

水渠边时，尤金突然从口袋里掏出一个东西递给我，说这是礼物，让我永远别忘记梦想飞翔。啊，尤金，你真好！那是个做成玩具的螺旋桨，能自己旋转着升入空中，［102］有一条缠在木轴上的线，尽快拉开它就能驱动升空。我毫不担忧地放走了我的螺旋桨，默默坚信，还会在白色的风景中把它找回来，我想，它几乎和高祖母玛丽·玛德琳娜·苏菲的气球飞得一样高！

VOLUPTÉ（欲望）——我们一下子站得好近；他的腿紧贴着我的；我感觉到他的呼吸。我全身发抖，好像冻得寒战。可我多热啊！

第五编

巴 黎

1871 年 3—4 月

[105] 三月初，布兰查德一家返回巴黎。穆里洛街上死气沉沉。他们发现，在轰炸、围攻和占领之后，不仅城市萧条，内心也同样阴郁。人们躲闪、沉默。尝试与富有的实业家德·桑德鲁因和解、让他回心转意的一切努力均以失败告终。心爱的克莱西地产将被出让清债。按爸爸套话，"节制、规则和秩序"将把家庭和国家重新带上正轨。

此间，被逐出家门的尤金杳无音信。直至 3 月 17 日，叔叔的消息才到达年轻女士的手中。这正是革命前夜，那件突如其来、以颠覆之力袭向巴黎的大事也把这位我卷入其中，并让一切改天换地。接下来的时间里，这位我表现出持续的狂热，数周之久，如在梦中。

ARMES（武器）——我发烫了一整天，可以像雪茄上的烟灰一样直接被弹掉！脑袋彻底屈服了重力，直往下沉。我能怪他吗？天，我醉了！一切都嗡嗡地转着。上千碎片如何拼出画来？到底要怎样理解这一切？慢一点，波莱特。一件一件事情来。今天早上：有人敲门！我一惊而起，杰维丝大喊："小姐，快醒醒！醒醒啊！到处是士兵！在敲警钟，进行曲奏响了！士兵们已经占领了山顶！"我希望这是个梦，可她却不停地叫嚷："小姐，是蒙马特啊！"这时我渐渐清醒了。尤金，消息！我想早点起来，爬上蒙马特高地，去找他给我的地址。士兵？"天啊，怎么了？""政府想偷走人民的大炮！凡尔赛向巴黎宣战了！"杰维丝苍白得像月亮。打自己的人民！什么都拦不住我了，10分钟后我已经站在街上。城市一片大雾。［106］我几乎看不见自己的脚在哪。现在内战开始了？政变？小个子的梯也尔想要复辟？永远没完了？去穆勒街！去找你，尤金！我脑子里只剩这一个念头。终于能再看见你了！不，我不坐家里的车。不能让任何人知道我在哪。我被这个想法吓到，下一刻却大胆起来，再后来已是满不在乎。我在蒙索街上找到一个车夫，他放肆地对我喊道："尊贵的女士想去找那些悲惨的强盗干什么？他们可是把大炮对准了资产阶级的城市！""您问什么？您想不想做生意？"我知道要怎样对付这种人。大雾笼罩着蒙索公园。我的心也是一样。蒙马特公墓之后，街上愈发拥挤，越来越多的人涌上通往高地的路。这些人都从哪来？武装和没有武装的人们，老人，妇女和孩子，所有人都走了出来！国民军部队跑步经过；靴子有节奏地踩踏着路面。一个半裸的女人从敞开的窗中大喊："前进吧，同志们！打倒叛徒！"我继续步行往前走。然后呢？穆勒街！一栋二层楼；我敲了敲狭窄的木门。"尤金？你在吗？尤金？"无人作答。窗帘拉着。当然，这不是待在家里的时候。现在呢？街上是无法形容的混乱、吵嚷。钟声大作，仿佛最后的审判。一位满脸皱纹的老妇在我面前举起手杖。"女市民，大炮是我们的，明白吗？先饿死我们！然后把我们出卖给普鲁士！再抢武器！最后踩死我们！没门！让这些无耻的叛徒去死吧！"她吐了口唾沫，一瘸一拐地走远了。一小群人站在一张政府布告前，一个男孩读道："现状不改，则商业受阻，门店凋敝，信誉不兴，资金惨淡！愿良民自绝于刁民！必要即刻重

蒙马特大炮

建完善坚固之秩序！"他们高声谩骂着撕下公告。［107］
"打倒混蛋！"激愤不已的汹涌人潮此时几乎要把我举起、
冲走。我想逃到墙边去，房门就在眼前；我向行人伸出手，
却无济于事。人群继续拖着我。"大炮是我们的！花了我们
的钱！是我们忍饥挨饿攒下的！"我被卷到炮场，所有人都
挤在100多尊大炮前。可怕的骚乱；数月以来因围困、屈
辱、窘迫而剧增的愤怒，一触即发。拳头如海，伸向天空！
政府的红裤子们，那些几乎乳臭未干的年轻人，站在他们的
指挥官身后，步枪放在脚边，被汹涌逼来的人群吓得瑟瑟发
抖。"叛徒！""凡尔赛去死！""贼！""你们要把我们的大
炮送到柏林去吗，白痴？""无耻！""来吧，小伙子，我怀
里暖和和的，还有酒！""打倒梯也尔！""公社万岁！"我想
我要像甲虫一样被踩死了。我眼前发黑。透不过气来！
［108］可怕的拥堵！我想离开这里，离开！受尽磨难、干
瘦而愤怒的女人，不再等待男人，她们向前飞奔、包围了枪
支。"耻辱啊，小伙子们！对妇女和孩子亮武器！"这时我
感到裙子上有一只手。口臭、汗味和酒气扑面而来。"甜
心，流浪汉能得到你一个吻吗？"这个家伙靠得那么近，我
甚至能在脸上感到他呼吸的湿热。"别装了，婊子！热火朝
天的骚乱里可是干什么都行。你觉得我太腌臜？傲慢的
妞！"就在此时，马上的一个人喊道："第一排，跪下！"一
片哗然大怒！女人们推搡着哨兵。"怎么，士兵，人民的儿
子，你们要奉无耻将军之命屠杀我们？""棒极了，你们这

些戴肩章的胖子！杀妇孺来赢奖牌吗？""先是普鲁士人，现在你们也要击毙我们？"这时将军举起军刀，大吼道："开火！"我倒吸一口气，闭上了眼睛。我想活，活着！人群中一阵嘶吼。士兵们放下了武器！转动活塞，挥起手帕！"懦夫，叛徒，开枪！"根本没用，士兵站到了人民一边！人们跑过来相互拥抱！成了兄弟！雀跃欢呼！一个红裤子抱起来一个小女孩。他因此得到了母亲的吻。指挥官还不明白，大吼道："消灭暴民！"人们干脆把他拉下马！他自己的士兵想枪毙他，千钧一发之际，几个人掩护着他离开了。"共和国万岁！""太好了！棒极了！"将军的马刚离开骑手，就已被数十把军刀刺穿！体温尚存的尸体被碎成几百块！女人们急忙带着战利品和辘辘饥肠赶回灶边。人群在马血中踩来踩去。这时我找到一个缺口，冲了过去。离开这里！离开！人们在我身边高唱："C'est la canaille! Eh bien j'en suis! ［这是群下等人，我也在其中！］"

BAIL（租金）——我们在庆祝！没有任何地方能像此刻的穆勒街这样兴高采烈！公社万岁！ ［109］租户没钱，就不必交租金。公社就是这样说的！看啊！凭第一条法令，上个月该交的租金就免了！整个巴黎都在欢呼！这样就对了！给普鲁士人的50亿战争赔款和100亿战争损失，应该由谁来支付？倘若凡尔赛胆敢对此问题放肆地答复："工人！"——那么巴黎的明确答案就是："资本！"克莱门汀流泪不止。因为这些催债鬼，居斯塔夫最终不得不卖掉他的锁匠作坊。这种日子结束了！肚子要填饱，小儒勒淘气的蓝眼睛会看到自由的未来！几个邻居不知从哪里搞来一架旧钢琴、推到了街上。天啊，真漂亮！乐器走音得厉害，这个或那个键按不响，但根本无所谓。酒！人们跳着舞。我也坐到钢琴旁唱了起来。尤金久久地拥抱着我说："波莱特，我太开心了！"

BARRICADE（路障）——今天我站在那，撬街上的铺路石。太阳毒得厉害，空气有春天的味道。恍然间，我突然感觉，一切都像嗡嗡颤鸣的大梦。几个星期前，尤金告诉我这些事情的时候，我还不知道路障到底是什么。我把一切都

路　障

想象得无比英勇！现在呢？我擦破了膝盖；裙子上满是尘土；肌肉发抖酸软；我累得要死，因为几乎没睡过；手上起了老茧；指甲折断了。可居然发生了！我们推倒车子，排成行，一只只手传着石头，[110] 我们把袋子塞满瓦砾，把所有东西层层叠起，勤勉而坚决，直到堆出第一层、第二层，每个人都按自己的头脑和想象行动，没有谁命令或监视，可一切都有条不紊。巴黎的直觉！我们唱着："公社万岁！终于！公社万岁！"旗子在敞开的窗中飘扬。女人们带着汤来，铺开她们的毯子。有人坐上去休息，让阳光照在心满意足的脸上，从一个瓶子里喝酒，再把它传给下一个人。"为了我们的自由！"人们聊天、唱歌、大笑。行人停住，惊叹地欣赏这场面。突然间，在一种前所未知的喜悦中，我的心怦怦直跳，竟让我大笑出来。我甚至在街上来回跑了一趟，把所有快乐从身体里抖出来、撒到石铺路上，我抱起一个脏兮兮的、正咿咿呀呀的小孩子，亲了她一下。

BURGEOIS（资产阶级）—— **1.** 我蹑手蹑脚，偷偷在角落里张望，绕大圈围着房子转，在蒙索公园的一棵树后等了很久，最后才敢走上前来，一定会有人把这样的我当成了贼。我发现，我们的别墅大门紧锁，百叶窗关了，连花园的门也严严实实地闩着。情急之下，我突然大胆起来，翻过隔开家宅和公园的矮篱，穿过灌木丛，又站在花园里。现在，摆脱掉所有目光之时，一种巨大的哀愁猛地向我袭来，让我情不自禁地泪流满面。怎么会有让我感到如此亲切、又同时如此遥远的东西？我曾在这个花园里度过了几千个小时——可它却与我毫无关系。我绕着房子走来走去，无助，孤独，是的，突然间，阴影笼罩了我，把我内心的一切都化作巨大的悲伤。我在这里做什么？入口处，夹在门板和门框之间，我找到一个写有我名字的信封。一封妈妈的信！她们逃去凡尔赛了。上面附着地址。"波莱特，我亲爱的孩子，我日夜祈祷上帝，希望你过得好，［111］希望那些可怜的人们没有伤害你。请联系我们！我伤心极了。你的妈妈。"

2. 佐伊突然从桌旁站起，把一排酒杯撞到地上，还推倒一个烛台。房间半明半暗。歌声停止了。佐伊盯住我，"你想加入，对吧？你想掺和工人的事？"为什么生气，佐伊？我怎么啦？尤金来到我们之间安抚。卡里姆也站了起来。"佐伊，你醉了。"可她直接把他们两个推开，上前一步对着我："你到底明不明白，波莱特，你和我们不一样？"我耸耸肩。"你知道吗，虽然财富都是工人创造的，他们却注定在痛苦、无知和奴役中生活？波莱特，你知道痛苦是什么吗？"我胆怯地点点头，她继续说道："你明白吗，重压着我们工人的恶，根源是贫穷？而贫穷是经济秩序使然，尤其是资本，也就是资产阶级的枷锁对无产阶级的奴役？你懂吗？"我试图反驳，她打断了我。"你明白吗，无产阶级和资产阶级之间存在致命的仇恨，这是两个阶级不同的经济立场所导致的不可避免的结果？波莱特，你理解吗，有产者的富足与劳动人民的自由水火不容，因为他们只有靠劫掠、奴役工人阶级才能占有过剩的财富？所以，你理解吗，劳动人民的成功和尊严必然需要彻底铲除资产阶级？波莱特？"酒冲上了头。我双手颤抖。佐伊，你为什么这样对我？"你真有那种必不可少的坚定，能忠诚于人民的事业？放弃你的个人利益，不对你出生的阶级做任何软弱的让步，波莱特，你准备好了吗？"

酒冲上我的头。我的手在颤抖。佐伊，你为什么要这样对我？"你真有那种必要的力量，去忠诚于人民的事业吗？您准备好了吗，波莱特，去超越你的个人利益、不对你出生的阶级做任何败坏的妥协？只要你回归资产阶级、[112]成为无产阶级的敌人，你就能立刻脱颖而出、高出你的同志，你真能抵挡这种诱惑吗？因为资本家和工人唯一的区别在于，前者在集体之外、以集体为代价追求利益，而后者的整体富足取决于集体和集体的团结！"她深呼吸了一下。又继续说道："扪心自问吧，波莱特。给你自己一个答案。如果不能，就请滚吧。去凡尔赛！"

CLUB DES FEMMES（女子俱乐部）—— **1.** 我们围在长桌旁，坐在椅子上、盒子上，在长凳上挤成几排，坐在地上、彼此的腿上，我们靠墙或倚背而立，有些怀里抱着孩子或给婴儿喂奶，女人们，也就是老妇、母亲、女学生、女工人、家庭主妇们，我们谈话，我们讨论，有时笨拙，有时机智，我们跳起来，我们指手画脚，我们结结巴巴，我们愤怒，我们甚至哭泣，我们彼此安抚，我们相互激励；有吼叫，当然，争吵，然而，我们属于彼此，每个女人都发了言，哪怕最安静的那些，甚至蹲在角落里的人，最后也都发出她们微弱的、呼吸般的声音，于是一下子全都安静下来，她们的话在房间里回响，在另一端也可以大声地答复、赞同、反驳。在我看来，就像一场音乐会，一首粗糙的复调歌曲。每个声音都各自独立，没有谁凌驾于其他人之上。我们只是说话，但我觉得，我们正在这里创造一个世界。

2. "如果你们问我，我才不稀罕什么投票！我想往嘴巴里搞点吃的！我不想让小崽子们死掉。其他的都可以等！""这就是为什么您必须投票！正因为如此，才应该让人听到你的声音！""我的孩子每天拼死拼活地干 12 个小时，这样我们才不会翘辫子！我快疯了！我要把这些写在选票上！""我们不能投票，但是我们可以组织起来！我们已经做好了战斗的准备！""奴役和剥削已经够了！够了！我们的待遇比要屠宰的畜生还差！""尊严，女人需要尊严。""如果真要让人民参与进来，女人就必须有加入的权利。我们一起干过革命，[113] 所以也必须继续下去！""多亏了我们，军队没有开火。我们女人！我们是这场革命的心脏！"

3.（a）筹措救护车、食品，准备路障。

（b）建立世俗女子学校（为自由而教育！）

（c）孤儿院。

（d）工作改组！合作社，车间（合理的工资）！

（e）动员，建立网络。

（f）游行，演讲，传单，海报，
报纸文章（我多想写）！

（g）为战斗的女公民购买煤油和
武器。

4. 路易丝！安德烈！米歇尔！克
洛伊！热纳维埃芙！娜塔莉！啊，整
个委员会！佐伊的红色女子俱乐部！

路易丝·米歇尔

是的，我找到了我在世界上最爱的位子。我几乎想说：我回
了家。突然之间，我意识到自己曾经多么迷茫，多么孤独。
现在都过去了。

5. 路易丝，永远黑衣——有人告诉我，她的男朋友诺
瓦尔先生死后，她在他墓旁发誓，要戴孝至死——只有她那
条红色的腰带，仿佛是要宣告的真理。她结实的、过于瘦削
的身材，她清醒果断的头脑！

6. 我赶紧做笔记。措辞大致是：

48年的老革命者最近问我：路易丝，告诉我，为
什么有这些可笑的骚动？女人打哪来的歇斯底里？我们
难道不是有更紧迫的事情要解决？难道不应该对抗外
敌？好吧，朋友们，我们女人已经沉默了几年、几十
年、几百年。现在，正是我们，比所有其他人都更愤
怒！无产者是奴隶。[114] 可无产阶级的女人是奴隶

中的奴隶！在街上，女人是种商品。在修道院，她就好像藏进了坟墓，她被无知束缚着，如齿轮般被规则塞进机器，粉碎了心脏和大脑。她在这个世界上卑躬屈膝，在家里被重担压垮，旧世界想把她封存入这种状态。正如莫里哀所说，女人仍然是男人的汤。就我而言，女社员们，我拒绝成为任何男人的汤，到目前为止，我过着我的生活，从未给哪位凯撒当过奴隶。我永远无法理解，为什么人们偏要竭尽全力废掉一个性别的智力，就好像这世界上已经有太多智慧。不，我们陷入了愚蠢。可现在，女社员们，需要我们的智慧。革命开始了一个新时代。我们正建立属于我们的未来。所以要做得彻底，以防它第二天就再次崩塌。认为工人和妇女的问题互不相干是愚蠢的。它们本就是同一个。我们难道不正在并肩为新世界而战？男人，难道你们不够强大，无法理解女人的努力也是这场战斗的一部分？我们像你们一样，渴望知识、教育和自由。我们知道我们的权利，我们在争取。我们受够了，也不会放手，因为强韧在我们这里安了家。公社需要女人。我们有我们的武器，奴隶的武器，安静但可怕。无需谁先把它放到我们手中。早就发生过了。是哪些？女社员们，是组织和觉悟！那么，聚集起来吧，交谈，学习！公社万岁！

7. 这时，路易丝打断混乱的辩论，转向我，一切都安静了下来。她用平静却能看穿一切的眼睛看着我，问道："波莱特，你对此有什么看法？"我的心脏开始发疯般狂跳。我脸色苍白，感到羞怯和狂喜。是真的吗？还没有人问过我这个问题，这可能吗？

[115] **COMMUNE**（公社）—— **1.** 公社选举了！互不相识的人们在街上打招呼、微笑、眨眼睛。不，我们不再是陌生人，从现在开始，我们是同一种意愿、同一种爱的孩子。我正在街上走着，顺便草草写下笔记。一切都生机勃勃！漫步者快活地在林荫大道上闲逛，咖啡馆人声鼎沸。巴黎舒了口气，就像长期监禁后第一次瞥见阳光。无需再怕任何事情。选票永远驱逐了枪支。

2. 每2万名居民分配一位委员，因此20个区共选90位。结果：17名国际组织成员，13人的中央委员会，7人是布朗基派，9名激进新闻界的代表，不同俱乐部的21名成员，还有来自资产阶级阵营的15人！（希望最后这几个人够胆小，能拒绝他们的授权！）老人和年轻人、新雅各宾派、社会主义者、权威人士、无政府主义者、浪漫主义者——形形色色的一群人！订书工、桶匠、屋顶工、泥瓦匠、鞋匠、画家、科学家、演员、会计、医生、律师和新闻工作者。担当责任，随时效命，始终在全体公民的监督下！

3. 尤金今天大声说道："波莱特，你清楚吗，我们正书写历史！在这个非同寻常的世界上，这是人民首次自治。没有皇帝，没有教皇，没有国家！自由的掘墓人已经退位，你听见了吗？巴黎放下了它的皇冠，欢呼着宣告它自己的罢黜，为法兰西、欧罗巴，为全世界送去自由和生命！波莱特，我太高兴了！"

4. 公社颁布法令：废除常备军，武装人民；豁免租金；典当行的抵押品无偿退还；学校和教育对所有人免费；教会和国家分离；限制官员薪酬；固定面包价格；禁止面包师夜间工作；付清寡妇和儿童的养恤金；分配空置住房；废弃工厂移交合作社。

［116］**5.** 公社，是蜂巢式的整体，而非军营。

CRI DU PEUPLE（人民的呐喊）—— **1.** 不知怎的，我就到了队伍最前方，手中挥舞着红旗！它怎样在我头顶飘扬，怎样在春风中飒飒作响！向林荫大道前进。向前，向前！这时我才转过身，看到他们，看到我身后成千上万的人们，他们歌唱、欢呼——声音震耳欲聋！——他们不停前进，跟随我，不，毋宁说是我被他们推向前方；是的，我感觉我的肌肉已无需用力，好像我正被推移、被一种我从不曾了知的力量抛向前去，而拥有这强力的民众，说不出是让我兴奋还是恐惧，人群似乎变成一个我能感觉到、却成百上千倍大于我自己的身体的整体，似乎我们所有人合而为一，唯有前进、唯有一声呐喊：自由！

2. 只是我怕，那种席卷一切的肆无忌惮，那种准备好攻击一切怒火，那些有时让我觉得太鲁莽的民众。谁来领导他们？他们领导自己吗？真的可能吗？他们是否会被引上歧途？受到哪些恶棍的诱惑？如果革命让一切更糟怎么办？如果与人们的预期、希望背道而驰怎么办？如果触发了某些再也无法估测、无法控制、无法遏止的东西怎么办？啊，我担心，一切都会走上可怕的道路。他们把两名将军拖走、刺成了筛子，只是为了满足私欲！不，波莱特，那只是短暂的黑暗时刻。你的心告诉你，这样是对的。放心！

ENNEMI（敌人）—— **1.** 现在，那些愤怒的人们想效法普鲁士人轰炸首都！不可以！巴黎态度温和，只要它的权利，可凡尔赛呢？要饿死它、隔绝它，如今竟还要用手榴弹和霰弹燃烧全城！把自己的国家推入内战！太棒了，梯也尔先生，您这位卑鄙的凯撒！您想怎样？讷伊已经遭到袭击。[117] 听到可怕的炮响时，我正在城中路上。我看到白色烟云从西边升起。惶恐不安的巴黎人聚集到凯旋门高处。他们爬上门墩，抓住纪念碑上的突出物，试图一览全貌。一个小流氓甚至立即做起生意，他在几把椅子上架起一块木板，拿他的临时看台收费。唉，可真是天大的讽刺寓言！当政府部队从大军团大街开向城市时，巴黎人正紧紧抓着凯旋门上的"和平"浮雕！

2. 也就是说，现在开战了。也就是说，无路可去凡尔赛。也就是说，现在我是你们的敌人。（大概之前就已经是了。）如果我被枪毙，爸爸会欢呼吗？尤金说，1789 年大革命时，1830 年波旁王朝垮台时，甚至 1848 年 2 月，我们还在共同作战，资产阶级和工人，肩并着肩！难道我们不能合作到底？不，双方都在大吼：绝不可能结盟！唯一的解决方式：暴力！可你们错了！你们犯下了怎样的大错！

FAMILLE（家庭）—— **1.** 佐伊的父亲亚恩，那位银发、蓄白须、佩戴七月革命勋章的老上尉，今天喊道："我搞了40年革命！从没见过这种事！"起义不经他手就已经开始，这似乎伤害了老战士的感情。可这很快就被忘在脑后。在我看来，每一分钟、每一句"公社万岁"、每一块撬出的路石都让他更年轻了一点。尤金和亚恩曾一起在罪犯流放地，救赎岛上。他们是1848年的老朋友！

2. 卷发的佐伊！黑眼睛的佐伊！阴晴不定的佐伊！也小孩子似的疯玩搞怪！她多爱咬和抓，就像猫！玩羊毛球的时候真可爱。可是混蛋们，佐伊有爪子！和头脑！要是抓到巴枯宁，她还会吐火！〔118〕佐伊，亲爱的佐伊。革命之前她在路易丝学校教书。闲暇的每分钟她都在照顾孩子们，她像母亲一样爱着他们。有时我感觉，我也是那些小孩子里的一个，我甚至梦想，坐在佐伊面前的学校板凳上！

3. 我终于见到了卡里姆，那位让尤金好话说不完的阿尔及利亚朋友。捣蛋鬼！此外我也必须承认，一个漂亮的人！（西帕希是阿尔及利亚国民军的一个兵种，战间被我们可悲的法国人送到前线去给普鲁士人当炮灰。我感到羞耻！是的，我理解他的愤慨，我懂他的怒火！）

4. 他们说，我可以留下来。他们说：波莱特，有你在，我们会很开心！他们拥抱我。我幸福得哭了。

5. 可真怪！在穆里洛街的那栋别墅里，只要我巧妙行事，很容易就能一整天在空旷的客厅、房间和花园里散步，一个人都不必碰见。那里空间大得没边，却从没有我的位子。在那里我总是觉得快窒息了，好像我必须把自己变得特别小，才能穿过勒住我的狭小索套。可这里？我们四人共用一间小屋，我却每天都在成长！大家挤在一起，却前所未有地松快。我们会站起来，继续开心地跳舞。

6. 一份报纸！给女人的！多好的主意！佐伊，给你一个吻！必须摇醒人们。清除这种无知无觉。我们可以挑起辩论，联合起来！给女人声音！一个碰面、交流、讨论文章的小办公室！名字？"红妆"（Le Rouge des Femmes）怎么样？啊，我马上就开始做梦了！佐伊也神采奕奕！

7. 在我们的邻居西蒙家，我感到前所未有的温暖！你能听见他们的肚子咕咕叫，可他们分着吃一条鲱鱼，好像这是世界上最自然的事。［119］居斯塔夫是锁匠，可因为旧政府催租金，他丢了作坊。讲起这事，他满脸忧伤。然后是克莱门汀，哪怕再悲痛，充满她心间的爱也会光芒四射、迷倒所有人，我整晚都粘在她身边，因为她那么温暖着我。她希望，能在公社想建立的一个合作社里工作，当个裁缝。还有金发的小儒勒！和他玩的时候，我就忘了周围的整个世界。

8. 酒，酒，酒！难道公社的第一条法令是降酒价？我的脑袋！讨论直到深夜。但那是多么炽烈的谈话！加里波第的队长亚历山德罗，舌头厉害得像刺刀。在这我能学到多少东西！在认识尤金的朋友蒂莫特兹，在他告诉我这些事情之前，我知道波兰也有起义、有十几年的革命战争吗？不，一无所知！我知道加里波第是谁吗？毫无概念！我知道西帕希骑兵返回阿尔及利亚后发生的起义吗？当然不知道。我知道什么是家庭吗？

9. 妈妈，你可还好？我多自责啊！把你一个人留在暴君身边！你一定为我担心死了。想到你，我总能感到孤独和迷茫，这让我心痛。可一切都无济于事。我不能给你写信。你会懂我的。是的，会的。

FÊTE（节日）哒哒嘟-铛铛！哒哒嘟-铛铛！前进！前进！马赛曲！我唱得停不下来。它回响在整个巴黎！全巴黎都汇集在欢欣和狂喜之中，这样的它千年不遇！公社在市政

市政大楼前，公社宣告成立

大楼前宣告成立。成千上万人集聚在格雷夫广场，又从这里四散开来，继续去往塞瓦斯托波尔大道和河畔！这是怎样的节日啊！亚恩的朋友莱奥是一名烟囱清洁工，也打扫贵族的家宅，要追踪这场奇观，只有他才知道我们想象不到的最美、最独特的广场：蒂沃利街的一个个屋顶！

为了能及时穿过拥挤的人群，我们很早就起了床，[120] 带着恶作剧的快乐，在混乱中从门卫身边溜过去，爬上楼梯，直到仆人住的黑漆漆的阁楼，又钻过天窗，继续沿窄梯爬到斜屋顶上，果然在那里发现了一个可以坐下来的平台。我们悬在了巴黎上空！我紧紧抓住尤金，一切就旋转得更厉害了！我握着他的手。啊，多希望这一刻永远不会结束！太阳猛烈地照着，把汹涌的光浪抛向广场，好像它也在为我们的事业激动，好像它想对我们表明：从现在起，世界就在最亮的光下！竖起的军刀光芒闪烁！现在一切都要变了。一切！他们，被人民选出的公社成员，坐在市政厅前红旗围绕的看台上，共和国胸像高耸而出，戴有象征独立和自由的弗里吉亚帽。整个广场是一片旗海；窗子里有两三排观众争先恐后；孩子们坐在胸像的脖子上；路障上全是人，就像挂着一串串葡萄！这时，一位发言人对人群说："请允许我赞颂巴黎人民，[121] 他们为世界树立了伟大的榜样！以人民之名，宣布公社成立！"接下来，我经历到一种空前的场面。掌声阵阵雷动，千万人的喉咙只发出一声欢呼："公社万岁！共和万岁！"随后音乐响起，鼓手敲起进行曲，军帽被插到刺刀尖上，旗帜挥舞飘扬。马赛曲！哒哒嘟-铛铛！千万人潮水般齐声高唱。"光荣之日已到来！"这时一声炮响，地面都在震动！我大叫起来，更紧地抓住尤金，把头压在他的胸口。掌声翻倍！歌声在更响亮的合唱中冲入云霄。大炮继续轰隆隆长鸣。什么都拦不住我们：尤金、佐伊、亚恩、卡里姆、居斯塔夫、克莱门汀、莱奥，我们跳起来、相互拥抱，开始在屋顶上跳舞。巴黎属于我们！

FUTUR（未来）—— **1.** 我们正站在门槛上。能亲历此事，成为其中一员，我是多么幸运啊。贫穷、疾病和战争将很快属于过去，属于被我们抛在身后的黑暗时代。人有能力自救！

2. 巴黎在前进！即将到来：世界共和国！

GUILLOTINE（断头台）——它在燃烧，断头台！它在怎样地燃烧！这卓越的性能为何此前不为人知？人们在拉罗凯特监狱找到这两架古老的杀人机，决定永远销毁这恐怖的设备。在伏尔泰的塑像前，137营支起柴堆，两架断头台被埋在各种能想到的可燃物下。发言人手持火把，走上前去："我们鄙视任何形式的政权，因为它除了统治别无目的，所以它建立在恐怖和暴力的基础上！让独裁观念本身也就此烧毁吧！[122]公民们，这火，也是对我们

断头台

新自由的献礼！"于是它燃烧起来，在这料峭之夜温暖着我们。我似乎觉得，俯视着一切的伏尔泰正在微笑。今天，我在穆勒街上一本旧伏尔泰文集中看到下面这句话："待理性照亮一众头脑、缴下暴力之武器，暴力的裁定也就到了头！"这一天已经到来！

JALOUSIE（嫉妒）—— **1.** 跑来一个女人，她手拿一块新鲜的马肉，在人群中开出路来，撞到了我。血染在我的裙子上！太过分了。这狂热的人群。他们会把我踩倒的！"你这个资产阶级小姐怎么了？在暴徒面前怕了？好极了！看啊，你滚了！"人声鼎沸，乱作一团。从苏法利诺塔边经过时，三声炮响雷动。我惊得一身冷汗。只想离开！这时有人拦住我。一只手放在了我的肩膀上。刚才那个流氓？"波莱特？是你吗？波莱特？你在这做什么？"我什么都不要听，只想走。那个混蛋把我拉向了他。"你冷静一下啊。"这时我才抬头。扑过去，搂住他的脖子。我身体里的一切都变得好重。我脑袋里嗡嗡的噪声。"终于，尤金！"

我在一个小屋醒来。"群众醒了！"欧仁喊道。群众？"平凡的人们到处结为兄弟，在贝尔维尔，肖蒙山上，在卢森堡。""你呢？坐在这个彼得迈耶小姐身边装好人。这留不住我。人们需要我们！"那个穿国民军制服的女人骂咧咧地下了楼。尤金跟上她。"佐伊，等一下！""市郊的石铺路撬开了，我们得去修路障，尤金！反动势力可不睡觉。大炮必须安全。部队会赶去市政大楼。我听说，愤怒的人群想在红城堡屠杀六月屠夫!""我们必须阻止!""那就走啊,尤金! 这是我们所有人的大日子!"我仍在发抖,双腿不稳,尴尬地清了清嗓子。"抱歉……"女人对我吼道:"虚头巴脑! 要想放下身段,就去舔你那位皇帝的靴子吧,可真是脏得够呛!"尤金上楼来,[123]对我说:"波莱特,亲爱的,你好些了吗?"那位怒气冲冲、叫佐伊的女人大叫:"哈,我喜欢! 你的资产阶级女郎应该更想去玩她的娃娃吧! 我走了!"然后就砰地一声狠狠摔上了门。

2. 现在去哪?

做什么?

我迷失了。

3. 有人问我:"天啊,小姐! 您怎么了? 暴民都把你搞成这样了?"我吐了她一口。

4. 已经如此地步。无家可归。一切都在旋转。我想睡觉。我,不想彻底醒过来。我希望,此时折磨我的是一场噩梦。是的,只是幻影。妈妈,我好想你。对不起。我想去找你,妈妈。不,我不想。我没有希望了。

5. 尤金! 佐伊! 你们怎么会! 现在一切都完了。

6. 所以现在,我睡在穆里洛街的花园里,凉亭,长凳上,四肢紧紧贴住身体,就像垂死挣扎的动物。在这里睡觉其实也不坏。阳光照醒了我,暖而温柔,脸颊上,耳朵上,额头上。还有一阵清风,带来杜鹃花的香气。睁开眼时,离我不远处停着一只蓝山雀,它歪着小脑袋,疑惑地看着我,还大摇大摆地吱吱喳叫着，好像就是为了拯救我才出现。我几乎一身轻松地醒来。只剩讨厌的头痛还在纠缠。昨天我心情糟透了。阴郁！再也不想有那种感觉！在白天再看，也并不是我最初以为的那样绝望。不，波莱特，远离黑暗！我要像以前那样，在蒙索公园里散个步。也许能想到有意义的事。

7. 不，不是悲剧，不是拉辛的戏，不是包法利！我刚刚呼吸到自由的气息。我第一次幸福得醉了。只是别让我这么快就惨败。不，也许尤金是对的。婚姻是为了奴役爱情。［124］也许，激情必须自由。可实在太痛了！

8. 如果他爱她呢？

9. 现在我找到了一个可以靠上去痛哭的肩膀。宽大、结实、温暖的肩膀。还很耐心！有几个小时了吧？我说不好。现在我轻松多了！我又能呼吸了。单单是亚恩低沉的声音就能给我安慰，他说："你知道吗，尤金是个浪子。不是个结婚的人。但我能透露给你一个秘密吗？他说起你来，小姑娘，就好像你是个天使，或是什么从天上来的，十分特别的人。我觉得他是对的。"

10. 我究竟在想什么啊？为了我自己把他藏起来？行行好，波莱特！你要学会的，正是带着这种烦恼生活！

11. 我从小说里了解到。有些人福星高照，有些人痛苦而死。

12. 现在，尤金、佐伊和我，我们都相互拥抱过。甚至没有多少尴尬。这样就好。我马上就不想再考虑这些了。要献身于更伟大的事情。坚强，波莱特！

MISÉRABLES（悲惨）—— **1.** 西蒙一家今天带我去贝尔维尔看居斯塔夫的堂兄。我怎会拒绝西蒙家的邀请呢？那位堂兄叫让，是个鞋匠，也是人类中的提坦，在气力和身材上他轻松超我两倍。他听说过我，坚持让我今天和他的家人一起吃饭。我多开心啊！他家里有 5 个人，包括让的妻子阿黛勒——一个安静、苍白、漂亮得像画的人儿，还有他们的三个孩子，塞巴斯蒂安、乔治和奥黛特。他们像家里的老成员一样迎接我。毫无保留地亲吻、拥抱、表达喜悦。但当我终于有了点时间环顾四周时，的确吓了一跳。理智地看，这个家所谓的房子，只是黑乎乎的一小间，连当牢房都不配。唯一的屋子只有侧面一扇窄窗，［125］潮湿阴冷，带着泥土的霉味，就像平时的地下室。看不到墙壁发霉的唯一原因是，光线不够。在这里，我连土豆都不会放上一天！起初我以为，这大概只是前厅，他们所有人都挤进来迎接我。脱下大衣后，我正想提议大家去其他房间，却突然及时地意识到，根本没有。我很开心，这一次没有冒冒失失地开口就饶舌，而是什么都没说！然而，大家可能已经看出来我心里在想什么，所以就更起劲地忙起所有能想到的事，好让我感觉舒服一点。好暖心。他们立刻给我递来茶，让我坐在唯一一把软垫椅子上，他们兴高采烈地开着玩笑，简言之：他们让我什么都不缺。可惜没什么用。只有一张床！我在胆怯地提问后得到证实，全家都必须在这里过夜。"啊，小姐，很多人住在街上，我们还算好的！"

　　后来我得知，在奥斯曼先生的大工程期间，也就是爸爸一直大肆吹捧、最终也让我家致富的巴黎改造期间，这家人被迫从老巴黎的核心地带搬到城郊此地——在被尖头镐撕碎、被通道凿穿之前，那里曾是工人们常住的密密麻麻的小巷。爸爸啊！您总是对这些伟大的工程赞不绝口！今天我却亲耳听到："他们把我们从自己的城市里赶走了！"让开着玩笑说："对于他们，那些说话带鼻音的先生们，我们太脏了。也不知道为什么，他们受不了我们的路障。"再也没有人能负担得起内城的生活，可即使是城外的此地，生活也难以为继。现在我才明白：成千上万的工人，为城改来到巴黎！［126］战后他们就没了工作！居斯塔夫告诉我，10年前，他也是因为所谓的重建才来到巴黎，希望能让家里日子好过一点。我觉得，那一刻，他的脸，他的全身，一下子泄露出经年累月的苦难，我隐约猜测到，这些可爱的人们曾遭受过怎样的羞辱和蔑视。"啊，波莱特，别说这个了！那段时间已经过去了！"

　　2. 我曾以为，我了解他们！我曾以为，我读过我的雨果，与芳汀、珂赛特、加夫罗契一起受难了上千页。我错了。我只是在拿他们的痛苦享乐。我曾对自己说：哦，他们多么纯洁，多么真实，多么自然！我曾渴望着他们的痛苦。

　　3. 我只希望，所有人都幸福！

ORGANISATION（组织）——"巴黎起义还用老伎俩？那我们就完了！"尤金喊道。亚恩，满心不快："哈！尤金，老同志啊，要在这群强盗屁股底下点火，这可是绰绰有余！""1830 年，光有人民的热情就够了。是，那时候武装起义还能吓人一跳。是从没听过的事！可这么干只能成功一次！""那 1848 年呢？48 年怎么样？同一种方法！""那我就来告诉你：2 月我们还能侥幸！6 月就已经证明，没有策略，是多么毁灭性的打击。到处都是随意建的路障，根本就配不上这个词；乱七八糟的一堆，什么都挡不了。人人都随心所欲，在他自己的街区蛮干，没有指挥，没有协调！可军队呢？他们有组织，有纪律，有夏赛波步枪！我告诉你：组织是胜利，涣散就是死！""尤金呐，无聊的布朗基主义者，快省省你那些纪律、秩序、指挥和等级的资产阶级饱嗝！你什么都不懂。我们不需要波拿巴！暴民不想被管！""可如果我们再干同样的蠢事，就要担心怎样的灾难啊！我们面对的是残酷的军国主义，他们现在有种种伟大的发明可用：铁路、［127］电报、移动大炮和夏赛波步枪！他们会血洗巴黎！"

PRIVATION（穷困）——我感到羞耻。可我对自己说：波莱特，现在你体验到了。从中学习吧。放下你的傲慢。向那些一直就如此生活的人们学习。你属于他们。你现在属于——是的，现在写下来吧——无产者。不，我让自己恶心！我多么肮脏！我不敢走在街上。天啊，想到被过去认识的人看见！我一定会羞耻地钻到地底下！将会有怎样的鄙夷、怎样的骇异当头袭来！呼吸，波莱特，冷静呼吸。你在此所写的这种鄙夷，其实你在内心根本就不屑一顾。啊，我不知道。太恐怖！它让我害怕！如果我变得邋遢？如果我继续挨饿？是的，我在挨饿！人生中第一次挨饿！我鄙视饥饿！它太可怕了！我一直喜欢饥饿感。我把它当作享受，一种能被延迟的满足放大的享受。一整天不吃东西，晚餐就会美味得多！是的，我感到羞耻。我羞耻，因为我现在很穷；我羞耻，因为我傲慢得过分。昨天克莱门汀不是才给我讲过，因为饥饿，她失去了两个婴儿？饿死！我气坏了！我不明白！可是有吃的啊。我们的食品间塞得满满。只要来敲敲门。啊，我真可笑。我好惨。是的，现在我就写下来：我，波莱特·布兰查德，没有钱。好吧，毋宁说：我从没有过钱，但是我也从没缺过。我能做什么？我是谁？我学过什么能对其他人有点用的东西？不，我不会把自己卖给桑德鲁因或是不论叫什么的哪位先生！不，我不会给凡尔赛写信要钱。尤金也认为这是个很糟糕的念头；为了我的安全、我的自由！唉，我累了。今天我居然把衣服和鞋子送去了当铺。[128] 裙子 100 法郎。"100 法郎？"我大喊，"它一定值 5000 了！""就为这个穿旧的玩意儿？""天，我几个星期才穿一次！""小姐，谁又能从我这买走它呢？穿这种裙子的女士有她们自己的裁缝。"所以我又走了。恼火。愤怒。暴躁。如此的屈辱！

RÉQUISITION RÉVOLUTIONNAIRE（革命充公）——

"你确定吗?"他们问我,一个挨一个,一遍又一遍。"现在,停下来吧,别折磨我了!这是已经决定的事!"我不知道,怎么会,为什么,我居然在内心找不到丝毫顾忌,相反,是一种调皮的兴高采烈,这个计划让我有种无法抑制的喜悦,同时我清清楚楚地感到,这就是要做的唯一正确的事情,一路上我都忍不住咧嘴笑。不,不是复仇,不是抢劫;是正义!的确!我们是怎样一支队伍呀!路易丝也在我们之中,以委员会的名义!娜塔莉、卡里姆、佐伊、米歇埃尔、热纳维埃夫,当然还有居斯塔夫!另外还有一队国民军,他们会在房子外面停车等候。居斯塔夫竟然毫不费力,真让我震惊。不到一分钟他就打开了外门!太好了!进房的门锁让他费了点时间,主要是因为,他想尽量不造成破坏。整条穆里洛街死气沉沉。资产阶级和贵族都已经不情不愿地躲去了凡尔赛。只留下春天的花香,从空无一人的花园里徐徐飘来。成功了!看啊!门开了!进去吧!我,我不是作为女主人走进房子。我只是一个熟悉地形、一个知道能在哪找到宝的人。果然!我们发现食物间塞得满而又满!巴约讷的后丘火腿,整块整块的博福尔干酪,看上去每块都得比我自己还重,装满禽类、野味、鱼、蔬菜、水果、冻肉的广口瓶和罐头!打开酒窖门时,我们小分队一阵欢呼!看到这些美味,我们差点没流下眼泪,[129]需要极大的纪律和努力,才没立即扑上去大快朵颐,把肚子吃得圆滚滚,就地睡上两天两夜！我们躺在彼此的臂弯里。庆贺我的忠诚。我觉得太夸张了。我饿了，仅此而已。在卡里姆的帮助下，我清理了所有衣柜。整栋房子都找不到首饰和现金。"值钱的都拿上，不论我们能卖的还是能分的。这是天经地义！"我大喊道。路易丝微笑着，有点戏谑地看着我。她点点头，我心里充满温暖和幸福。我们装了车，直到再也装不下。我又跑上我的房间，四处看了看。不，一点都不遗憾！不，不！我再也不想换回去！眼泪却夺眶而出。够了，波莱特，离开这！生活在等待！

RÉVOLTE（反抗）——现在我开始明白。人可以改变局面；世界无需继续维持原样；人类在争取自由，尤其是我们女人；我们必须站起来，索要我们应得的东西，而不是请求；我们有很多人！很多！

TRAVAIL（工作）—— **1.** 克莱门汀高兴极了。她在一家被资产阶级留下来、空置了几个星期的工厂里缝制服。公社法令颁布两天后就建立了合作社，昨天就已经开工了！"为了我们的事业"，克莱门汀不知疲倦地一遍遍重复。她多么容光焕发！"不再受奴役了，波莱特！我们有了我们自己的机器，所有人一起经营！我们均分赚得的收入。你知道的，我的好人，对于我，这就是新生活。我在那缝制服，居斯塔夫就能穿了！不可思议！他穿它，是因为我们都在共同反抗可怕的不公平！我从来没有这样开心过！"

2. 好像女性的工作昨天才突然冒出来！好像不是自古

133

就有!

[130] **3.** 我去找路易丝。对她说,我可以在合作社工作。不,虽然我不会缝纫,但我能学,我学得很快!什么工作都行。如果能与其他女性配合,就更好了。"我想贡献我的一部分。"她笑了,说:"可你早就这样做了啊,波莱特!"她认为,我最好写作,这更适合我。她给了我几个名字,我可以拿着她的推荐信找他们帮忙。其中包括《人民之声》的编辑儒勒·瓦莱斯。我也可以去找索菲,一起做海报和传单。我这样的人才一定大有用武之地。救援队也急需人手。

TRENTE SOUS(30个苏)——**1.** 不,我没有丝毫英雄气概。我对战争的喧嚣毫无兴致,我无法理解武器强加给众多灵魂的迷醉。我太爱生活了!这难道是种罪?我还有那么多东西要体验。共和还是死?为事业捐生,因为它正义,是的,这令人敬佩至极,当然。但我感觉自己并没有准备好,因为我太喜欢风,喜欢夏日雨水的气息,喜欢肖邦,喜欢我从未去过的荒原,喜欢所有我还不理解的东西,因为我太爱尤金,无法忍受不存在。亚恩的眼睛让我怕。他一穿上制服,它们就寒光凌厉。

2. 四面八方都响起进行曲。他们就这样走了。尤金、卡里姆、亚恩、居斯塔夫,还有佐伊,为了能加入,她甚至打算隐瞒性别。我浑身发抖。鼓声大动,他们唱着马赛曲离开,还高喊着:"去凡尔赛!去凡尔赛!"我膝盖一软,跌倒在地，因为精疲力竭。我的朋友们，没有你们，我如何才能熬过这一夜？

3. 只要还活着，就是奇迹了。在我们妄自以为已经到手的瓦莱里恩高地（Mont Valérien）上，他们突然连续开炮，［131］我们正在列队行军的队伍转瞬间就被击溃，陷入一片混乱和恐惧。死了那么多人！据说，他们用刺刀劈开了弗洛伦特的头！这一切都让我毛骨悚然！

4. 他们又出发了！

5. 几天来音信全无！幸好有克莱门汀和小儒勒。我们尽可能相互取暖、打气。我们痛苦极了。

6. 收到尤金的信！他描写了一团脆碎的混乱。什么都缺：但最缺的是组织。缺弹药和给养。指挥官不见了。纪律大乱。他没有听到亚恩和居斯塔夫的消息。

7. 还有！我们不能气馁，不能垂头丧气！一切都会好的。现在，那架曾被人推到穆勒街上的旧钢琴被我找到了，在键盘上我找到了平静。它在一位年迈的剧场音乐家那，他手指痛风，无法亲自弹奏。因此，我们的到访和那些谙熟的曲调更是让他高兴。音乐对克莱门汀甚至是小儒勒，也发挥出最深沉的效果，它减轻了惊惧，让我们暂时忘记身边的世界。

8. 克莱门汀脸色苍白，陷入可怕的沉默。我会尽我所能，照顾儒勒。我们今天在委员分会询问亚恩和居斯塔夫的下落。他们提供不了任何状况，但一有消息，就会通知我们。

9. 我告诉儒勒，爸爸在去月亮的路上呢。他的眼睛闪闪发光。现在手边要是有儒勒·凡尔纳该多好！

TROP TARD（太迟）——稿子紧追事件。来不及喘气。几乎没等我潦草地记好一件事，下一件就发生了，然后又是另一件，一直如此。这就意味着有活力？一张纸也写不完？

[132] **VERSAILLES**（凡尔赛）—— **1.** 提议得到热烈响应！整个巴黎都在讨论。今天，所有妇女俱乐部都在呼吁："女公民！去凡尔赛吧！风月 27 日，是我们女人发动起革命！靠的不是武器，而是我们的勇气，是我们请兄弟们放下武器的呼吁。让我们抗议保皇党。我们不允许他们破坏首都、挑唆外省攻打巴黎，不允许他们犯下最可怕的罪行：把

凡尔赛宫豪华大厅

国家推入内战！让我们进军凡尔赛！女公民，让我们效法光荣的祖先，1789 年，渔妇们就曾结队前往凡尔赛！巴黎的女性，让我们重复曾做过的事情吧，让我们在和平中统一起国家！让我们把这场革命的真正本质公布出去！自由，平等，博爱！"

2. 成千上万！成千上万的女性愿意加入！这就是火花！很快，整个法国都将像今天的巴黎一样，呼吸到自由的空气。

3. 事情告吹。真失望！为什么！因为懦弱！怕屠杀。怕凡尔赛的教唆已经迷住军中兄弟的眼睛，已经用烈酒和可怕的消息扭曲了他们的思想，使得他们只把我们看成发了疯的牲畜！你们错了！他们不会对手无寸铁的妇女开枪，她们只有话语和张开的手臂！他们会伸手言和，那就是我们的胜利！如果他们开枪？那就是他们自己的毁灭。可国民军的先生们缺乏勇气。不，他们更愿意高喊：复仇！以及：拿起武器！

第六编

巴黎与凡尔赛

1871 年 5 月

[135] 居斯塔夫逝世的消息很快传入穆勒街，它击碎了所有幸福，并把这位年轻的女士带入她一生中最黑暗的时期。曾让这位我，甚至整座城市期待着全新开端的梦，沦为万劫不复的噩梦。此后的日子笼罩在恐怖之中，凡尔赛政府的反动嗜血史上空前，成千上万的巴黎工人因之丧命。

这一时期的日记散碎仓皇，许多无法识读，仅是骇然大惊中偶或喘息的短暂片刻潦潦涂于散页上的一串串记号。

AMBULANCE（救护车）—— **1.** 需要镇定。关闭感觉，忘记，掐死一切，或自行崩溃。我想大喊，或把自己埋起来，可一旦抬高声音，就会招来屠夫和他们的铅弹，就会立即被埋入万人坑。服务，波莱特，服务。不要祈祷，因为上帝必定是最残忍的恶棍。帮助和补救，救那些还能救的。不，我不会事无巨细地再写一遍。何苦？纸与肉体一样易逝。墨水唤不醒任何人复活。安静，波莱特。你的眼泪现在毫无用处！他们刚送进来一个人，一队慌乱的国民军抬着他，不知所措地大吼。"外科医生！马上叫外科医生！他伤得厉害！他在出血！"地面上果然出现了一条不停流淌的红色小溪，就像阿里阿德涅之线。"去那边！"我试图给他们指路，"抬到担架上！"可我的命令太无力，很快被伤者的哀号淹没，在救援队狂躁的混乱里徒然沉寂下去。小队不知道该把这个可怜的人送去哪里，我们的救助站已满，没有一张垫子、没有一处较大的地面空着，他们把流血者放到小厨房的桌子上，[136] 我的笔记也在上面，被血浸透，直至那位伤者浑身痉挛、颤抖片刻后，表情狰狞地惨死。可我必须继续写。沉默地写，是我的路。沉默地大声尖叫。

2. 平静的早上。死者已被接走，所以我可以稍稍安静一下，虽然那么微不足道。我把结实的医疗围裙换成了厨房围裙，对我而言，这也是一份小小的安慰。朱莉取来了面包。我不敢出去。但给所有人做了早餐。打鸡蛋，煎蛋饼，甚至煮了点淡咖啡。躺在那里的人们，缠着绷带、截了肢，或是因剧痛蜷起身体。听上去也许奇怪，但当我向他们俯下身，给他们倒咖啡，劝他们好好活的时候，我的确感到，间或会在他们脸上看到一闪而过的幸福。我握了一个人的手几分钟，他几乎欣喜若狂。

3. 人们在这里死去。

他们给妻子口述告别信，让我写。

我写不了！

4. 安全起见，窗户被垫子封住了。好暗！一旦有片刻安静，我就沮丧不堪，只能抄写登记簿逃避。左边是伤员，右边是死者。我在计算寡妇抚恤金和伤残人士养老金的需求。毫无意义的事情。数字的冷硬却让我心安。

5. 一个女人，带着饿死的婴儿。

她哭号不止。

儒勒给她放了血。

ESPOIR（希望）—— **1.** 一只小燕雀坐在七叶树上，欢快地唱起它的歌，像清脆的钟铃，敲碎大炮的轰鸣，穿透叫嚷声、嘈杂声，

苍头燕雀

仿佛醉了酒，着了魔，把光和希望交还给我们所有人。我果然一阵放松，［137］片刻间忘记了世界，我恍然大悟，一切都会好的！

2. 如同走投无路的兽！是的，我相信，这座城市开始了它的死亡之争，亮出牙齿和利爪，咆哮着，嘶吼着，暴怒着对周遭的一切发起进攻。"去路障上！为我们的自由！""打到死！""宁愿枪毙，也不受奴役！""宁愿丢了命，不要活得像条狗！"人们把所有希望聚集到碗碟和花盆里，愤怒

地砸向进逼而来的敌人。现在，似乎什么手段都有道理。市中心将成为军队的坟墓。

3. 一位年轻的女孩竖起崭新的红旗。在灰色石块上空，它就像老墙上开出的罂粟花。

4. 人们指着路障上的洞打赌，那儿缺一个麻袋，阳光刚好能刺眼地钻进来。军队的所有勇气都从洞里流走了。

FRÉNÉSIE（狂迷）——音乐！也许。不，不止如此。死亡？如此美妙？击中了我？不论是什么，此刻，我毫无保留地沉溺其中。继续，继续！我走上空旷的街道，催眠了似的，满心只有一个念头，跟上这召唤。波莱特，它响彻天地，波莱特，来吧！与那声音合而为一。一切都模糊得像梦。可是怎样的梦！月亮在我头顶，银灿灿、冷冷地映着我的皮肤，笼住我，把我浸入它寒冰般的亘古之光。处处闪亮，天边是机关枪咔哒咔哒的红牙。光，射透清朗夜空。一阵连发炮火在我身边爆开。劈劈啪啪！我不再恐惧。不，又怕什么呢？前进！音乐引诱着我，它在召唤。忘了其他一切。什么都不再重要。是风琴声，如此崇高，如此不真，如此迷狂，我从未曾听过。天空自行打开，奏起毁灭之歌。倘若这就是死亡，我欣然接受。来吧！拥抱我！声音！不，它一定来自地狱。［138］一定有某处裂开深渊，一定是的。我头晕目眩！此处，公墓。在熊熊火焰之中，在投下长影的电光之中，坟冢似乎有了生命。好美！爆炸打出节拍。步枪子弹的尖锐鸣叫吹响旋律。在和弦中，是的，一切合力，奏

圣安托万路街垒前，战斗持续两日之久

出绝妙、疯狂的交响乐！这时我走进废弃的教堂，中殿荒芜，长凳翻倒。风琴呜咽，那么低深，那么震撼，一切都瑟瑟发抖，全世界唯有一种可怕的声响。我的整个身体都濒于消融。一切都在逃。被鞭笞般、恶魔般的乐章席卷，并非遁入和谐，而是泄为异音。谁在演奏？是谁？光冰冷地穿过窗子。一切都碎了。不，不再怕！甚至倒挂着摇晃的耶稣也在大笑。一切都好。多美啊！妙不可言！

[139] **MORT**（死）—— 1. 满城横尸。

2. 我只能吐出苦涩的胃液了。我的身体要用尽手段呕出现实，却无济于事。昨天，还是今天，或已经是几天前了。我醒来，说不出自己是死是活。尸体！身下的女孩，脑袋粉碎，好像被老鼠啃过。一个流尽血的男人，半压在我身上，半躺在我身旁，白如纸的脸在我面前晃荡，不是活过的人，而更像是恐怖的大理石胸像。所以，他们把我扔到了尸堆上。可能吗？他们以为我死了。我死了吗？我爬出洞，一个士兵看着我，吓得面如死灰，不敢阻拦。

MOUCHARD（密探）——这仇恨何来？何去？它难道不会吞掉一切？一旦煽动起来，难道不需要渠道、牺牲？它不嗜血？不让人盲目？不反噬自身？不会无休无止地增长？啊，它让我痛苦！让我恐惧！我不知道，究竟还该想什么、信什么。我还爱着人们。可一切都那么脆碎，胶都那么弱，线都那么细。我在发抖。多好的礼物！这就是我的 18 岁生日？这就是未来的希望？安妮啊，我理解你的愤怒、你的痛苦。可安妮，我不懂你的恨！今天早上尤金说："我们在乐维斯街见！为你庆祝，像国王那样庆生！"我多开心啊！去酒馆的路上，刚经过红堡，我就看到安妮在街上，我亲爱的安妮，在一队国民军之间，她靠着墙，怀里抱着个小家伙。可能吗？就是那个孩子？爸爸隐瞒的孩子？我的小弟弟或小妹妹？"安妮！是你吗？安妮，看见你太好了！"她涨红了脸，神色慌乱地四下看了看，像是头被追捕的动物，退后几步，却突然向我冲来。"这是个探子！她的爸爸毁了我的生活！［140］肮脏的资产阶级！剥削者！你怎么敢在这里，杂种？"被激怒的无脑暴徒一下子围住我、向我逼来。往我脸上吐口水！把我推倒在地！"拖去墙边！""她该去死！""犹大！""谋杀犯，我们要砍掉你恶心的资产阶级脑袋!""叛徒!"一把刺刀抵住我的脖子。"和生命说再见吧!"我们是多么狂暴、盲从、可悲的生物!多么丑恶的愚蠢!于是死亡向我走来,放声嘲笑,扯开嗓门,尖酸地吼道:"现在你也分到了你的那一两荒唐!我为什么偏要饶过你呢?"安妮推开那个年轻的傻瓜,靠近过来,盯住我的眼睛。我只能看到仇恨!那个我曾经熟悉、爱过的人,再也不见了。"只是公平而已",她说。人们把我拉起来,拖到最近一堵墙边。上了枪。尤金不知从哪飞奔过来。"你们想干什么,蠢驴!""我们在伸张正义!"他们咆哮着。尤金把他们像昆虫一样赶跑,他们羞红了脸、垂着脑袋四散而去。我的生日,淹溺在眼泪里。

MURAILLE(墙)—— **1.** 墙上张贴着一条公社法令:"任何赞同凡尔赛政府的可疑人士均将被立即起诉、关押入狱。"

2. 墙上的布告:

凡尔赛暴徒日日绞杀或枪毙我们的俘虏,无一时不传谋杀之讯。汝等皆知罪人——帝国之宪兵与警察,高呼"吾皇万岁!"、高举白旗进军巴黎的沙雷特(Charette)和卡特利诺(Cathelineau)保皇党。凡尔赛政府置战争法和人性于罔闻,迫我奋起复仇。若敌人继续无视文明民族之战争惯例、再屠杀我方一兵一士,我方必将三倍射杀俘虏作答。[141] 人民向来慷慨,愤怒时

依然正义，他们憎恶流血，一如憎恶内战；可面对敌人
如此野蛮的杀戮行径，他们有权自卫，纵有牺牲，亦将
以牙还牙，以血还血。

巴黎公社

3. 满墙血。

凡尔赛军横穿街间。

不论找到什么：拖去墙边！

你不戴白手套？拖去墙边！

你没有枪托痕？拖去墙边！

你驼背？拖去墙边！

你穿靴子？拖去墙边！

你怀里抱着孩子？拖去墙边！

PASSION（激情）——他的气息让我醉了！失去意识！
可我知道！我被爱着！即使身边世界毁灭，即使一切都陷入
苦痛、压抑和昏暗，我也忍不住感到幸福。我在黑暗中对生
命微笑。我在漂浮！我漂浮着，哪怕这就是终点。我们挑衅
着我们的幸福。我们抚摸、亲吻过，在尘土中，在污垢中，
在炮声中！事情如何发生，我知道吗？我不知道。一切都模
糊在烟雾里，突如其来！一定是这样的。他把我揽入怀中。
没有考虑，没有选择。在路障上，伊西大门（Porte d'Is-
sy）边，昨天，或许就在这同一个位置上，他们一个个地丧
了命。他的胡须贴在我皮肤上。吻破我的嘴唇。他那么近，

那么近，让我痉挛般簌簌颤抖，却有最独特、最刺痒、最美的感觉涌流全身！我的四肢发麻，脑袋里隆隆轰鸣！

PÉTROLEUSE（女纵火犯）——混蛋！凡尔赛军中现在显然在传，所有巴黎女人都是泼妇，她们蓬头垢面、满眼疯狂地在城中横冲直撞，着了魔似的，只想着毁灭。是，我们所有人都是纵火犯，把燃烧的煤油浇进了地下室！当然，必须制止！［142］来啊，你们这些乖巧的士兵！拯救这座除了名字、你们对它一无所知的心爱的都城。每个衣衫褴褛的女人，每个带着牛奶罐、水壶、空瓶子的女人，都是纵火犯！把她拖到最近的墙角，用子弹击穿她的脑袋。

PLUME（羽毛）——我们又吵架了。我快受不了了。世界已凶残至极，我起码需要朋友们的爱，否则我想，我迟早会忧愁而死。我说："我们必须写！我们必须告诉世界，这里怎么了！我们必须发出声音，一切都会变好的！"佐伊于是嘲笑我，她所有的讥讽都狠狠砸在我身上。让我多受伤！"把挨过的打还回去？呸！只有野孩子才那么干，是吧？宁愿打笔仗，给我们的刽子手写写情书！好呀！去吧！在纸上毫无意义地涂涂画画才重要！我知道，你蔑视剑，就像士兵们看不上废话！你好像不明白，暴力是自由的唯一保障，一个民族如果不懂动武，就会被无可救药地奴役！波莱特，你自己也背着枷锁，但你想不

羽毛笔

到拿起枪、打碎它。不，去拿羽毛！只玩玩羽毛！如果写字的东西没用，我们就必须战斗！"

SALUT PUBLIC（福利）——**1.** "所有人都在讨论，却没人服从！一切都陷入混乱！"尤金今天大喊道。"一条命令紧跟着反命令，这个指挥官被免了，那个还没上任，一个毁谤，另一个不尊重，第三个被自己人杀了！我们需要秩序，果断！思前想后、讨论、争吵，直到太迟！敌人逼上前来，嘲笑我们，我们争强好斗，会撕碎我们自己！"尤金呼吁专政，我想大哭！

[143] **2.** 事已至此。成立了福利委员会。公社赋予它全权。（所以罗伯斯庇尔回来了。）

3. 今天我鼓起所有勇气说："可这就背叛了一切！这样我们为之奋斗的一切就结束了！如果我们和敌人表现得一样，世界如何区分他们和我们？"佐伊目光炯炯地吼道："哼！通往幸福的路也需要牺牲！宁愿死在1793年的碎旗下，宁愿在洪水中恢复专政，也比不战斗强！"然后她动身去往布兰奇广场的妇女路障。

SAUVETAGE（拯救）——**1.** 心碎的惨叫。我终于找到它，一只白纹的小橘猫，大眼睛里深色的细瞳孔，一只小白爪不停地抬起来，在空中挥来挥去，驱赶恐怖。它坐在路障后的菩提树枝上，一定是为躲枪声逃到了高处，在那转过身，不知该进还是该退，然后俯下身，战战兢兢地往下看，最后不知所措，又绝望地叫起来。我站在那，小兽看着我，就好像我是它最后的希望。我不禁流下眼泪。那是为最亲爱的人感到痛惜的泪。我看不下去！取来楼梯间发现的梯子，随意祈祷了两句，闭上眼睛，把它搬出去，靠在树上。有人喊我："回来！你疯了吗？你会被枪击中！"我什么都不听，什么都不看。突然间心里格外安宁。我爬上梯子，这时，一颗子弹击中我头边的横木，将它劈成两截。来呀，小猫，过来！它有一双孩子的眼睛，无助，充满不明所以的恐惧。它也想逃离我。我抓住它的皮毛，抱过来。好啦！我留下梯子，跑进室内。现在，我不孤独了。

[144] 2. 我怎会在这里？我不知道。梦里尤金背着我。还是我跟跟跄跄，走了一整夜？我手臂上的三色蝴蝶结是什么？背叛！妈妈哭个不停。爸爸想杀了我。那样对我也好。我想睡，永远睡下去。城市一片火海。黑色的蝴蝶在蒙蒙晨光中飞过天空。是烧焦的纸，来自燃烧的城。风带着它们四处飘荡，那么轻，就像一场游戏，无非是一场游戏。我受不了了。我太虚弱。我亲爱的朋友们。对不起。我必须睡了。

TERREUR BLANCHE（白色恐怖）——

††††††††††††††††††††

†††††††††††††††††††

††††††††††††††††††

†††††††††††††††††††

††††††††††††††††††††

我之百科

†††††††††††††††††††††
†††††††††††††††††††††
†††††††††††††††††††††
†††††††††††††††††††††

第七编

耶　尔

1871 年 6 月—1873 年 2 月

[147] 年轻的女士神志不清地逃去了凡尔赛，同一天晚上，尤金被拖到墙下枪决。得到消息后，这位我失去了意识。她崩溃了，沉入地狱般的痛苦和黑暗。我不见了，只剩痛苦。

亚恩在路障战阵亡，卡里姆死了，克莱门汀死了，甚至小儒勒、安妮和她的婴儿也死了。所有人都沦为凡尔赛行刑队的牺牲品，可死讯再也无法进入她的意识。公社失败，她一无所知。年轻的女士高烧昏迷。人们担心她命不久矣。

朋友中只有佐伊和路易丝保住了命。她们在凡尔赛地牢里，等待被移送至新喀里多尼亚的罪犯流放地。

相反，在父亲的保护下，年轻的女士逃过迫害。她被送到耶尔祖母家，他们认为那里最有利于她的康复。需7个月之久，这位我才从恐怖的昏沉与悸动中苏醒，重新振作，理解了人们告知之事，甚至主动索求报道和消息。

公社之日后，近两年内，日记只有一条。援引了路易丝于 1871 年 11 月 19 日在凡尔赛军事法庭上所说的话。

LIBERTÉ（自由）—— 似乎，每颗为自由跳动的心，只有权享受子弹，所以，我要我的那份。

第八编

维也纳及世界博览会

1873 年 4—5 月

［151］崩毁力已开始逆转。1873 年初的几个月，病人状态渐佳。在此过程中，母亲与重返巴黎的朋友贝尔特的爱和关怀至关重要。这年轻生命此前已几番彰显的强力意志，开始缓慢但坚定地重新成型，开始出乎所有意料地重新挑战世界、追问生活。

对于这位我，坟冢无名的巴黎已是应逃的骇地。此后，往昔即伤。仅是出走之念，便可使她振作。这一年，在奥匈帝国的都城维也纳，将展者无异于世界。而适当时机，只需这一个小词，世界，就会重新唤醒这位年轻女士的生命精神。纵有种种反对意见，医生仍建议满足她的愿望。于是，初春，这位年近 20 岁的我登上火车，行经里昂、都灵、米兰、威尼斯和格拉茨，开向皇城维也纳及其世界展会。

ACCÉLÉRATION（加速）—— **1.** 世界越来越大，我却在变小。我好像瘦了。也许是枯萎。我走得比从前慢。曾可迈出百步的时间，如今只能走 60 步，兴奋时也不过 70，并非虚弱，而是，有一天醒来，我忘了匆忙的理由。奇怪。至今仍想不起。于是，我就这样出离了秩序。在我浑浑噩噩的两年间，物长大了，变得更快、更响。我反而只是更苍白。我的红发更耀眼，眼睛更昏暗。不知为何，我的雀斑变多了。是高烧的痕迹吗？我丢了一个世界。无可取代。但还要赢得一个新的。我想重新学会跑。我想跟上脚步。[152]谁知道呢，也许我会追上去，从前面，看回来。也许，那样就能看到线条、道路、轨迹。也许，谁知道呢，一切都会再次整合起来。

2. 今天，我穿过普拉特绿地，沿维也纳上层社会散步的主林荫道走了走，时不时看见优雅的绅士在专门铺设的车道上骑巨型脚踏车，他们浮在离地两米高的车座上，用脚踩

鲁格牌脚踏车

着远离地面的踏板，一旦开动，就能轻松超越马车。一群不会头晕的杂技演员！这种新潮英式车的前轮比后轮大上许多倍，安装了较轻的钢辐条而非沉重的铁撑。有

人热心地对我解释说，轮子越大，速度越快。我想知道，骑巨轮的人，几年后难道会高到可以俯瞰树梢和成排的房屋？那样的话可就需要探测镜了，让他能从远处发现脚下路隙的障碍。还得有特制的升降机用来上下。（希望比工业宫的好用。）胆子大的人会直接经屋檐跳上飞转的轮子，再用背在时髦袋子里的降落伞从高空滑落到林荫路，在那些精致的小店里缓一缓，从高速的迷醉里平复过来。

ARMES（武器）—— 我走进展馆，远远看见克虏伯大炮，就不由地想：这不正是指向巴黎的那些？于是我眩晕起来，[153] 被一种巨大的恐惧攫住，只能落荒而逃。我听到枪炮回响，看见满地死尸。我蹚过血泊。是你的血吗，亚恩？还是你的，克莱门汀？或是你的，小儒勒？虽然我气力尽失，也丝毫不敢停下、回头，而是用麻木的腿一直走回住处，把自己锁入房间，瘫倒在床，躺在那里，颤抖着，大汗淋漓，盯住天花板，看黑蝴蝶在燃烧的巴黎上空翩翩飞舞，等着，恳求幻象结束，求可怕的画面再次消失！

ARRIVÉE（到达）—— **1.** 早上 6 点。天际一线光亮。几乎伸手可触。车头阵阵长鸣，不，不是欢呼。我们进站了。刹车的尖叫如此刺耳，我只好捂住耳朵。一块块铁，嘶嘶咆哮。这些日子，我是如此敏感！有人发了信号。所有人都挤入过道，把脸紧压在玻璃窗上，虽然只能看到一片漆黑。沿月台是一排煤气灯。上一站没发电报订马车？一个的里雅斯特（Triesterin）女人问我，她自负地微笑着，因为与

161

时俱进。没有？她向我投来同情的目光。那只能祝你好运吧！再见！门开了。陷入嘈杂，四周脚步匆匆。我大口呼吸着空气。还不如说是尘土。人们转着圈，上上下下。到处是梁架。火车站还没完工。是油漆和松节油、剩余劳动和精疲力竭的气味。我找到一个临时标牌：行李大厅。煤气灯指路。站台出口还有指定机构分发金属牌，上面写着就绪车子的号码。我跟着人群。工人们穿过大厅，娴熟地搬运着我的行李，在推车、健步疾走的先生、小步快跑的女士、嬉闹的孩子、纠缠不休的酒店揽客者和各种各样的小商小贩之间，我猛然回想起我的梦。[154] 司机和司炉跳了下去。火车发疯般驰入夜色，横冲直撞，带着赤红的燃烧室和沸腾的蒸汽锅炉，全速穿过车站，越来越快，刺穿隧道、飞过桥梁，尖叫着，永不餍足。可是够了！外面渐渐破晓。另一个地方。车站在城市边缘，几乎是荒野之中。我安了心。这就是新生活的味道。与无耻车夫的游戏就此开始。我给他们看的金属牌，他们似乎不怎么在意。他们围着我。每个人的车都是最好、最快且最便宜的。我明白。尽管他们的法语比我的德语还差；而他们的德语与书上的有天壤之别。最后，一个帽子出奇高的矮胖的家伙直接抓起我的行李扔到车座上。就这么决定了。我的私家车也已经跳腾、疾驰起来，一会儿在土路上，一会儿是大理石路面。空气刺骨，我又冷又惊。伟大！壮阔！别再提内瓦尔日记里写过的堡垒和坟墓、环绕一切的要塞围墙了。这段时间，人们在维也纳也抡起了尖头镐。这里也用奢华的立面和林荫大道赞美着财富。城墙被夷平，环路取而代之。五层高的建筑，黄金和雕塑，一个接一个的橱窗、咖啡馆、餐厅，堂皇、过剩！一切都在初升的太阳下紧张地闪烁。我在绕圈吗？离开巴黎，却在另一个地方又找到它？世界各地如出一辙？连出发前妈妈亲自为我挑选的多瑙河酒店也似曾相识，我闷闷不乐地住进去，几乎就像从未离开过巴黎。我哪都没去。独自离开。甚至这也做不到。

2. 这座城市，一切都兴高采烈。好像全世界都聚集到维也纳酩酊大醉！我不由地吃惊。连年战败，一场又一场，丧失着威望、土地、人命，民众却好像根本无所谓！[155]他们建设、欢呼、跳舞，若无其事。新建了宫廷歌剧院，新的市民剧场也即将落成，新市政厅、新证券所。斯特劳斯的轻歌剧，普拉特的烟火，宫廷剧院的戏，这一场舞会，那一场晚会、节日音乐会、欢迎会。纪念舒伯特，纪念皇后或神圣的皇冠，纪念昨天的交易日，什么都行。甚至每个寒酸的小酒馆里都能找到民间歌手、即兴诗人、首席女演员或杂耍艺人，每个后院都至少有一个人在摇着管风琴。整座城市唯有节庆。永远快活！生活在此地的，是个痴迷跳舞、寻欢作乐的民族。

3. 街上不说法语。对于这个地方，这很好。

4. 一切都很吵。

BONHEUR（幸福）——**1.** 生命疾驰不止，它飞奔、

前冲。把我四处抛掷。岁月吞噬我、消耗我。有时，我感觉一切都是虚无，甚至我的绝望。我有种可怕的担忧，怕自己属于那类敏感、富于想象的炽热灵魂，他们感受太多，太早被生命灼伤，在突如其来的失望中体验到如此尖锐的疼痛，以至于变得麻木、永远冷却。我真的冷漠了？还是说，在我体内，隐藏着，无条件追求幸福的意志？

2. 昨夜，我醒着躺了很久。十分安静，黑漆漆的，几乎像在坟里。失眠时的影像充满整个房间。或是窗前的灯笼在墙壁上的反光？我只从巷子里两次听到马儿小跑，远处几声闷响。隔壁有人敲了敲门。我很冷，我在发抖。严寒一夜之间骤降城中。我躺在那，裹着孤独、迷惘、昏黑的被子。却感到一种明亮的幸福在身体里抽动、敲打，一种倔强的、不合情理的欢呼，仿佛我此刻并非躺在生命已逝的阴暗荒芜中，而是在阳光下漫步在郁郁葱葱的草地上。［156］仿佛我知晓一个无声的秘密，它会戳穿所有无望的谎言，把阴沉的记忆化为喜悦，把裂隙变成光的开口。我心中这坚定的欢愉从何而来？我不知道答案。崭新的狂喜之浪已经让我震颤。它在我心中集聚：我尝了尝，这生命。多么甜蜜！

CHEZ-SOI（家）—— 今天，一大早就去了负责旅行和住房的世界博览会中心办公室。我详细说明了情况，他们就立刻热情地推荐了一处私人住址，离展区不远，在紧邻市中心的利奥波德施塔特，二者之间只隔着一条多瑙河支流。我马上退掉酒店房间，搬进十分朴素的新住所，酒店要价高得过分，无疑会让我破产。房管洛维女士是个喜气的人，也是热心肠和友善的模范，帮我打理好了一切。这里好多了！没有装饰，安安静静，太阳一出现，就会透进窗子照着我。我觉得，必需的东西这里全都有。一分都不多！

CIME（巅顶）——**1.** 我总是自以为理解她，以为我和高祖母一样，有升高的冲动，有对天空的渴望，其实我现在才明白，甚至刚刚才开始理解。玛丽·玛德琳娜·苏菲·布兰查德，皇家飞行员。鸟人！你为什么受不了大地？我的意思是，不只是迷恋高空，不只是飞翔。而是逃离。伊卡洛斯女孩，你飘然而去，离开迷宫、街道、人群、噪声、尘雾、欲望，离开你不理解的、无休无止的混乱，因为一切都只在无意义地嗡嗡嘤嘤。在空中，就能看到。从上面，你看下来，辨认出征兆，辨认出在尘土里擦伤生命的历史，而在下面，盘旋的扬尘只会把你弄瞎。

2. 我爬上楼。在这里，史蒂芬大教堂的塔楼间，我才能思考、写作。站在街上，笔下一个字都流不出。只有难堪的缄默。［157］这里，一切都变轻了，包括文字。好像手自己动了起来。好像风吹走所有模糊的念头。这里多美啊：屋顶的朱红，城市的轰鸣、呼唤、吱吱嘎嘎。一只小鸟唱起了高音。

3. "小姐，您喜欢高处，是吗？"阿尔滕斯特恩问。我们与车夫道别，骑上备好的马，沿路况极其恶劣的陡峭小径，登上了卡伦山。坐在马背上真好！我多久没骑过马了？

165

维也纳圣斯蒂芬大教堂

还有这静寂！这座城郊的小山曾是老维也纳郊游者心爱的目
的地。然而，尽管有绝美的森林和景色，它却被忽视、遗忘
了好久。直到去年，整座小山被最后卖掉，连同与之相连的
缓坡、密林、野猪、鹿、猫头鹰和啄木鸟，全都成了有着城
市规模的投机对象。"您想象一下，小姐，整座山都被一家
股份公司收购了！"阿尔滕斯特恩对我解释说，多月以来，
正是这些投机商在修建缆车，轨道从多瑙河岸边几乎直达山
顶，可以理解，下几个星期将有一家大酒店开张。当然了，
也不是没有另一家股份公司在山对面投资牟利，为与第一家
形成竞争，他们又修了一条齿轨铁道，通往同一处山顶，否
则又能去哪？所以，以后维也纳人要想到达他们未被触动的
自然，［158］就要选择是坐缆车还是火车！就在阿尔滕斯

特恩哈哈大笑时，我的马却在泥泞的地面上滑了出去。费了好大力气，我差点仰面朝天地摔进这座金矿的污泥里！

CRÉATION（创造）—— **1.** 世界，世界，世界。再来一遍：世界！今天我不断对自己重复着这个精致的词，毋宁说：它在吸引我，逗弄我，诱惑我。我乘坐着有轨马车，北风吹在滚烫的脸颊上，沿环路，驶过熙熙攘攘的早上，驶过生机勃勃的人行道、无所事事的浪荡子、西洋镜般打开的橱窗、白日为闲逛者提供落脚处的咖啡馆，穿过我的新家利奥波德施塔特，驶向普拉特斯特恩，终于，离我的目标越来越近。世界！就像嘴唇上的一句咒语，那么快慰人心，似乎再没什么能让我更加舒适。好像秘密的催眠术在施展魔力，直接影响着我的神经和思想，任意操纵我，就像控制车前驯顺的马。只有一个方向！越来越近了，车子一点点卸空五颜六色的人货，被唯一一束光执拗照射着的圣史蒂芬大教堂渐行渐远，只隐隐从大片房屋中高耸而出，我的心就跳得越来越猛，我就越是能重新感觉到那些我自以为早已消失的旧意愿和冲动。到了！轨道终止在畦沟纵横的田野上，伴行其侧的林荫大道初绽着迟疑的新绿，风吹来，只是扬尘而去。售票员声音嘶哑地喊道："世博会！终点站！"他看着我，举了举帽子致敬，在我看来，那时的他简直就是一位聪敏的魔术师，我已经在期待，随时从帽子里飞出白鸽。可相反，升起的是蒸汽和烟雾，因为一辆机车正穿过近处栅栏的宽敞大门，拖在它身后的两节车厢展示着巴西帝国绿底上的黄色菱形。巴西！一定是开向世博会火车站的，[159] 展会期间，大陆的所有经纬线都将汇集入此地的铁轨。想到这个网络，想到我正站在它最致密的结点上，我不禁一阵狂喜，忍不住大声地、不合时宜地笑起来。可接下来失望就更残酷了。我发现这片场地不接待游客。"不能入场！不能入场！"有人对我大喊。这我还听得懂。盛大开幕前的一个星期，此地要留给筋疲力尽的工人，去见证，不，是完成，世界的创造。我的心情陡转直下。也就是说，还得忍耐 7 天。7 天！这个地方突然让我感到无望，那一刻，我只希望，干脆陷进这片荒草地算了！可这时，那个刚刚还尽职尽责、严词拒绝我入内的男孩跑了过来——穿着太大的制服。也许是他看不了我怨怒的嘴巴，于是疯狂做着手势，指了指一个级别高的门卫，后者正忙着收拾车和车上的货——一棵根须虬曲的高大白桦树，对我喊道："快点，小姐，进去吧！您一定是报社的，对吧?"我一时没懂，他就直接递过来通行证——上面写着"外国新闻代表"，他透过大门对我眨了眨眼，笑起来——淘气鬼刚刚做完恶作剧的脸。我就这样进去了！眼前是怎样的世界啊！根本没走我所想的大门，而是后面的西门，是从世界各地汹涌流入此地的商品所经之路。从欧洲每个能想到的角落，从波斯，从美国，从遥远的爪哇和日本岛。车连车，成排驶入，释放出它们珍贵的货物，它们的箱子、大包、气味！

2. 锤子的冲击，锯子的锋利，机器的轰轰喘息。尖叫

展会广场上的熙攘忙碌

的铁轨，敲打的斧头和吱吱嘎嘎的推车。这里没有一块地方安静。［160］男人们穿着奇装异服，围着粗布裙或羊皮，头戴红色蓝流苏的菲斯帽或宽檐帽，裹着头巾、长袍和便鞋。他们抬、挖、劈、砍，他们一层层叠放、削凿。搬来了整座山。用奢侈的起重机和它们的铁臂。我想到金字塔的建造，巴比伦或罗马的落成。要不是蒸汽机持续不断的轰鸣，简直就是圣经的气氛。它是我们这个世纪的声响。上万人作曲的乐章，被当作乐器的梁、石块、板、煤、工具和机器演奏出来。空气中弥漫着上千种语言的纷繁。我站在那，惊讶地倾听着劳作的音乐，就像听一只贝壳、听风中的树叶或壁炉里的噼噼啪啪。我想重新相信奇迹。再次看到，再次知道，我们人类有何种能力，我们可以造出超越我们的事物，虽然是我们自己的创造，它们却比我们更宏大、更完美、更辉煌，借助它们，我们可以起立、判断、成长。［161］混合了红海与地中海之水的苏伊士运河；抓牢、统一起美洲的太平洋铁路；凿穿阿尔卑斯山，连通意大利和法国的蒙特塞尼斯隧道；上千米长，上千吨重，让欧美成为邻居的电报电缆。不是奇迹吗？我们不是向彼此伸出了手？我们不是在建设伟大的共同体？所有这些人类精神的杰作，不是都在为一个目标努力，即更快地成长为唯一的人类？世博会不正是这种新速度和新联合的庆典？自然分隔之处，我们铺设桥梁、铁路、运河、电流，我们集聚起来，温暖彼此。倘若果真如此！

3. 所以，需要 7 天，创造世界。无一日休息。若是按照施瓦茨-赞伯恩男爵的算盘，就是 14 天，因为这位世博会的总指挥还狡黠地算上了夜晚，用沥青火把和信号灯变夜为昼，以实现不可能的作品。谁需睡眠？雇主的仆役们不用。奴隶主大喊道："夜工价钱翻倍！"一年前还是茂密的荒野，还是一大片被多瑙河支流浸透的沼泽原始林，还有温顺的鹿在高大的橡树间吃草，如今，一座又一座宫殿在砍平的树桩上拔地而起。在创造的，是一无所有者覆满尘土的胼胝之手。

4. 我走入艺术馆，目前关于它的报道都让人耳目一新。进去时我还在希望，能提早浏览到汇聚在此、共同展出的大师们的作品——所有风格，世界各地！可一过大门，还在前厅时，可怕的浊雾便扑面袭来，那种黏腻、滚烫的空气充斥全场，身在其中，我会以为自己在锻造炉而不是博物馆。大厅里一件艺术品也找不到！［162］四周墙壁都装了脚手架，铁炉子在架上烧着，专门安排在此的士兵不停地拨动着煤火。怎么回事？刚砌好的新墙要用这种救急法烘干，才不会热蜡似的化掉，这样就能按时陈列艺术品，否则一挂上去就又要取下来。士兵们在酷热中脱去了军装和上衣，露出被汗水浸透的身体和雾气腾腾的脑袋，他们停下工作，沿脚手架站在炽红的炉子边，眼睛闪闪发光地向下盯住我，好像随时都会扑过来。煤火的浓烟吸入肺里又呛又痛，我怕自己随时都会晕倒。似乎每一秒烟雾和目光都变得更重，把我压得越来越低！被打乱的呼吸越来越急促。我的视野越来越暗。很快就感觉一片漆黑。几秒钟。片刻后。我又到了外面！终于！深呼吸，不知如何，逃出艺术的炼狱。

5. 中央圆顶大厅——世博会最宏伟、最辉煌的景观，被一些狂热者称作世界第八大奇迹—— 被我留到首次环球之旅的最后。室外有口没有水的井，荒凉却安静，在井边休息片刻之后，我找回实施计划的力气。伦敦有水晶宫，巴黎有工业宫。维也纳现在也应该有圆顶大厅！世界史上最壮观的穹顶建筑，规模和视觉效果空前绝后的礼堂，即使把罗德岛巨像、吉萨金字塔、塞米拉密斯的空中花园和法罗斯灯塔一层层摞起来，也高不及穹顶。我走进这座工业之工业建造的无神的万神殿，不禁骇然大惊。让我惝恍若失的不止是纯然的巨大。［163］也并非那种混乱的原始状态，一切都未

维也纳世博会的圆顶大厅

完成，粗糙、赤裸地摊在我面前，地面遍布沟隙，穹顶才刚刚覆盖一半，脚手架、绳索、横梁和粗糙木制品纵横交错，把整块恢宏的内部空间割得七零八碎。我在这庞大的建筑中潜行，爬过货包、板、箱以及某些无法辨别、似乎无处可用的障碍，阵阵心惊。那些重石砌出的巨型墙垛难道不是为永恒而造？科林斯柱难道不是用上好的理石雕凿？我周遭难道不是坚墙固地？不。是立面、掩饰、装潢和面具！一个虚假的、彻底空心的世界！我站在那，凝视着未完工的墩垛暴露出的空洞，它们仅以大胆的铁骨架支撑，覆着薄薄的木梁，没有任何实质，不过是刷了一层水泥的空壳。一时惊骇，我恍惚起来，［164］自己也柱子似的呆住，然后抬起头，看向大理石墙面，看向在我头顶隆起的巨大天花板。是石头吗？不，黄麻！仅仅是覆以黄麻的虚空。碎布之墙！纯粹虚张声势。骗局。伪造的奢华。乏味的粉饰，刹那间光辉灿烂地出场，下一刻却已脆碎崩塌。我于是转过身去。"您怎么了，可敬的小姐？"一位穿黑色沙龙礼服的人问我，可能是专员吧。这时，我已看到大楼摇摇欲坠。立即神智错乱地夺路而逃，跳过坑洼，裙子挂到梁上，刺耳的嘶啦一声，撕破了。抑或是大厅的天顶？可我没有停，继续跌跌撞撞地跑着，直到终于走到外面，惊讶于，阳光普照。

CULPABILITÉ（罪）—— **1.** 佐伊在刑事流放地，被驱逐到新喀里多尼亚。太让人受不了！据我所知，路易丝还在凡尔赛地牢。而萨托里靶场上，他们仍然在射击！仍然！他们枪毙着被捕获的社员。霰弹的力学。杀人的哒哒哒！我每天晚上都听得到。嗜血没有结束。而我呢？我在做什么？我在维也纳跳华尔兹！

2. 你在哪，尤金？你究竟是否还存在于某处？我现在祈祷。现在我居然在祈祷！愚蠢、丑陋。那么，帮帮我吧，尤金！孤独压抑着我。你说得对，我活该如此。不。我背负着它，罪恶，就像一件缝在皮肤上的衣服。原谅我，求求你们。不，不要原谅我。连我自己都不能。你们死了，没有我。我能救你们吗？不，但是我必须陪你们死。必须！必须！或至少去刽子手的刑事法院。我应站直说：我在这，公社社员波莱特·布兰查德！或头靠血淋淋的墙高喊：革命万岁！

CUPIDITÉ（贪婪）—— **1.** 我观察着交易所的人群，在我看来，他们就像栖居洋底、多臂、阴森的怪物，［165］翻滚、扭动着，发出非人亦非自然的呻吟。它张开触须，抓住一切近身之物，不停从针尖里滴注出致幻的毒药。这时，一个久已遗忘的记忆又回到我的脑海，我看见还是小女孩的自己站在眼前，穿着扎眼的小粉裙，挥舞着手臂用力向前挤去，因为，也许是某个节日，我们街上的糖果店正在窗边给蜂拥而至的孩子们分发小甜饼，它们裹着色彩绚丽的焦糖，洒满橙花或玫瑰精露，沾了丁香或肉桂油。珍宝无条件地抛出去，免费，给每个孩子，只要出手够快。我太清楚地记得，一个小痞子比其他人敏捷得多，她像一头灵活的小兽，在孩子们热乎乎的身体之间钻来钻去，她已经在裙子里收下无数糖果，仍还没完没了地往前挤，只为抓到更多。我突然腾起魔鬼般的愤怒，一把抓住那个蠢妞的辫子使劲往下拽，甚至扯下一大绺头发，她处心积虑搜集的小糖饼全都从裙子里滑出去、散落在地面上，又立刻被其他贪婪的手捡走。可当时，那种突然攫住我的力气、那一刹那我的的确确感到的仇恨，真是吓坏了我。女孩尖叫起来，发了疯，用指甲抓我的脸，最后我只好离开这幸运的现场，没分到一丁点战利品，却带着明显的伤，不仅身体，更是心灵上的。

现在，我呆立在交易所旁陷入了回忆，起初并未觉察突然站到我身边的小男孩，他裹在脏兮兮的破衣服里，紧张而充满嫌恶地盯着我们眼前发生的事。我一下子感到共鸣，感到与这个小淘气的亲密联合，我真想伸出手来抱抱他，悄悄对他说："这些大人蠢得要命，对不对？"［166］找到同伴让我欣喜若狂，没怎么想就递过去一整块金盾。"给你的，小家伙！"开始时他吓了一跳，随即贪婪地抓过钱币，或许怕我会突然改变主意，头也不抬地跑了，好像他一直在等着这样的机会，终于一跃跳进富人俱乐部，跟在一群群大吵大闹的投机者身后，消失在交易所中赌徒的衣摆之间。

2. 今天，阿尔滕斯特恩以他那种肆无忌惮的方式对我说："布兰查德小姐，我永远都不想利用您的处境，所以我坦白直说吧。我注意到，每次说到钱，您就忧心忡忡地沉下脸来，但凡有硬币要从钱包里拿出去，您就立刻犹豫谨慎起来。可是，有条很简单的路就能消除您的后顾之忧啊！"

3. 我数啊，数啊，数。每天晚上都在数钞票、数硬币、数日子。还够花多久？三个星期？一个月？一个半月？不，我不会给巴黎写信的。绝对不会！回去？那还不如饿死！找工作？可在一座陌生的城市里，怎么找？我只想要自由。

4. 今天，那位让人无语的梅耶斯贝格对我解释说："您知道吗，可敬的小姐，维也纳不是巴黎。这里根本不需要那种革命。人们坐到一起，什么都能找到体面的解决办法。48年的起义带来了什么？很对，没有意义的屠杀。英雄要去哪里找？在交易所和议会就能看到！数十万人找到了工作！涨了工资！在这里，连最穷酸的日工也能早晚坐出租马车，像皇帝本人似的兜风。我听说，有些手艺匠甚至要来来回回坐上两趟，只为找乐、炫耀！这里的无产阶级就是这样！要是关心民众，就把钱拿到交易所来。一家建筑公司比任何慈善机构做的好事都多。"

[167] **CURIOSITÉ**（景点）——贝尔特让我给她讲讲这座城市。这可让我犯了难。因为一切都已经被写过了啊，比我歪歪扭扭的笔能说的东西壮观得多、老练得多、准确得多。我应该一行行抄下来吗？城门外皇宫广场上的卡尔大公骑像，由费恩科恩（Fernkorn）塑模、青铜浇筑，等等。我已经要打哈欠了。贝尔特，原谅我吧，去巴黎图书馆找一份艺术研究材料无疑会更好，找一份去东方旅行的指南或报道，它们常常就是从维也纳开始的，埋头去读吧。比起我能告诉你的，那一定有趣得多：单是我心里那些走马灯似的草图、无关紧要的细节、琐事，没法在你的脑海里组合成有意义的画面。而它们在我心目中绝不是那个样子！我已经在考虑，给你写一写无数我没见过的景象！有多少地方，我视而不见或故意与之擦肩而过，因为我受不了什么都按旅游指南参观，受不了被锁在游人准则的镣铐里。是的，甚至有时候，一座建筑让我感到与众不同，但若发现它列在我的手册里，我反倒会因此不去参观，而是径直走过它！你知道我的，亲爱的贝尔特。希望我让你笑了！

DISPENSE（解放）—— **1.** 火车猛地开了，车头鸣笛，月台倒退、远离，一位戴大礼帽的先生用黑眼睛注视着我离开。我把都灵留在了身后。终于，感到：独自一人。身边的位子空了。果然。车厢只多了一点点空气，呼吸却轻松了许多！第一次，没有人，没有人在身边，没有人监护。我在发抖。字体变得歪歪扭扭。出于喜悦？出于恐惧？到底是什么推动着我？何处突然迸发出坚定的力量，让我如此行事？我或许知道。是恐惧，它在那么迫切地对我耳语。怕生活的柜子已经关闭。［168］怕本真的生活根本无从触及。怕一切都已结束。可不仅如此。不，是一种意志，它在蠢蠢欲动，正从它沉重的、梦游般的瘫痪中醒来。

2. 我坐了好几天火车，每过一个小时，就更加无忧无虑。摆脱巴黎！只要离开！一个个地区飞速滑过窗框，想法也轻松起来。可是，每当目光离开给人以安慰的风景，稍稍从窗边转过头、看向我的同伴，我就会不寒而栗。他坐在那，僵硬而迟钝，眼神呆滞地死死盯着我。尽职得就像上了发条的钟！因为他有爸爸的命令，看住我，一秒都不能松。还要每周打三次报告。这个任务他愚蠢地对我重复了十几遍。真让人受不了！这样我怎么能康复？身边有这么一位狱卒，我怎么能重新振作？就算他说德语，他了解维也纳。可比起为此支付的可怕费用，又有多少益处呢？

3. 于是我拿出装旅费的匣子，他瞥见现金，脸上动了一下。我不知该如何理解。他眼中闪过的是贪婪吗？我提出一笔钱，他拒绝了。被羞辱，愤慨！小姐，您怎么能？一个无可指摘的人。我放开胆子，提出更高的价格，这次他只是不动声色地重复了爸爸的命令。如此下去。他的脸是张面具。直到他突然摇摇头，坐得笔直，嘲讽地打量着我，让我明白："小姐，我要3000盾，一分不少！"一笔合理的钱！既是奴隶，也是主人，我于是给自己赎了身。我应该为此羞愧吗？一次行动，双重解放。现在世界上少了两个奴仆。够本！你自由了，波莱特。自由！听见了吗？现在去维也纳吧！

4. 我低声对自己说尤金的话，一遍又一遍，我的祈祷：我爱着人们，爱谁，[169] 就要叫醒他愤怒和独立的本能，就要召唤他感觉自己、感觉他的力量和权利。希望他人得到最大可能的自由，就意味着爱，所以爱的第一步是，释放。予人力量、使之成为自己的一切，即为真，其他种种，皆虚假、扼杀自由且荒唐。予人力量、使之成为自己的一切……

5. 今天，在皇家电报局，有人义正词严地告诉我，口述消息的无疑是女士，那就不可能以一位先生的名义发电报。工作人员的心智似乎完全无法接受这种古怪的性别调换。我解释说，相关先生是我的仆人和旅伴，没用，我撒谎

休斯印字电报机

说，他卧病在床、来不了，白费力气。什么都没用，办不了事，我只好离开这个实心实意的中心。所以，当从洛维太太那得知，现在城内世博展区专门开了一家电报站，我真是高兴极了。上路后，我很快就找到了这个实用设施，一位友好的年轻女士二话不说，立即按我的话发送了电报。在这次成功的鼓舞下，我甚至做好安排，以后人们可以用一个特殊的电报地址联系到我，这样就免得把我的新住址泄露给巴黎！我放了心！以皮埃尔的名义通知爸爸："顺利抵达。小姐康健。依她所愿迁入私人住所。地址：布兰查德-维也纳。"现在一切都解决了！［170］走上街时，路边有一只鹡鸰鸟，它猛地抖了抖浓密的羽毛，抬起小脑袋，看着我，快活地高声唱起了歌，好像猜到我的好运气！

FERVENT（仰慕者）—— **1.** 白日的余光把天空染成愚蠢的红调，出城转了一小圈的我匆匆赶回切库斯街，走进我心爱的房间，点上小煤油灯，因为我怕黑。最近好怕！这时我注意到桌上的信封，未经允许，它就放肆地躺在那里。我叫来洛维女士，请她解释，却只是一头雾水：几小时前，一个陌生的先生在门口打听某位黑衣女士，他细致描述的人无疑就是我。她当然不想让陌生人进门，他却坚持要留下那个给我的信封。说完这番奇怪的话，友好的老太太便带着顽皮的微笑离开了。门一关上，我就急忙打开了信封。里面有一张折起来的纸，写着无可挑剔的法文："尊敬的女士。昨日午后较早时，见您在圣史蒂芬塔楼观测台上埋头于皮本内写作。若您明日三时复现此地，在下将有重要消息奉告。致敬，您的 O. v. A. 。"好诡异！这算什么？我随即不安地跑向窗子，推开它，往巷子里看，街上却一片寂静。这个怪人怎么会知道我住在哪？他跟踪了我？我不认识哪位先生有那个名字的缩写，更不记得有谁曾与我同时待在俯瞰全城的塔楼里。我太专注于自己的想法和笔记，城市的景色太激动人心，让我根本留意不到其他敏捷的爬楼者。还有一个问题我放不下：这位 O. v. A. 先生怎么就会想到用法语给我写信？［171］这一切都太古怪了！我不是在报纸上读过，城中有凶残的女性谋杀犯吗？或者，这难道会是人们在维也纳向女士献殷勤的方式？真让我又害怕、又困惑！

　　2. 我惊慌失措地出现在洛维女士面前，她给了我一点镇静药和油膏，反复向我保证说，那位先生给人的印象十分优雅友善，她还承认说，大概随口提到过我的来历，这让我平静下来，感觉好一些，最后甚至睡了一觉。可今天，我的头一直都像裹在雾里。我漫无目的地在城中穿梭，好几次突然惊醒，丧失了所有方向感，不禁自问，我到底身在何处。在哪条街？哪个区？更甚者：哪个城市！我就这样晕头晕脑地盲目乱走着。最终在图赫劳本大街（Tuchlauben）吃了些意大利热汤，缓了过来，决心在预定时间之前就去史蒂芬广场。还不到两点。可是天阴了，刮起一阵冷风，于是我决定走进教堂里，直到现在我还没参观过它——除了南塔，城市的最高点。我一直感觉，中世纪的拱顶太昏暗、太压抑，哪怕只是从远处稍稍看上一眼。现在，当我终于从侧门走进教堂，不由真切地感到，这哥特大厅里的阴沉与塔楼间通透的明亮截然相反，而后者，总是让我觉得生机勃勃。穿过侧厅时，我似乎感到地砖的冰冷爬上我的四肢。想到脚下是埋着数千死者的地穴，想到一个又一个坟冢，凿得越来越深，狠狠扎入霉烂的泥土，一如塔楼耸入高空，我便禁不住毛骨悚然。看到古老的玻璃彩画，才让我稍稍安下心来。有一瞬间，一束不知从何而来的阳光甚至照亮窗子，［172］穿过主堂，投下一道没有尽头的闪闪光路，照在一位喃喃祈祷的老妇身上，她跪在那里，一定会以此为征兆。最后，我朝着塔楼厅的方向离开了侧厅，也走过相邻的小礼拜间，终于又回到室外。就像刚刚逃脱了我自己的葬礼，甚至更轻松！通过南面的小门可以到达塔楼楼梯，门正对教堂主事的办公室，要在这里登记才能爬上去。到所说的时间还有半个钟头，所以我要赶快找到一个合适的藏身之处，能让我观察到这位陌生的先生，有一个大致印象，而自己却不被发现。可在宽阔的广场上这绝非易事。或是发现我自己暴露得太过明显，或是观察入口的视线被挡住。最后，我把一枚金盾塞给了一位车夫，坐上一辆紧挨其他车子停在教堂广场上的双驾马车，拉下帘子——心愚蠢地怦怦直跳。我究竟要在这做什

马车夫

么？到底应该往哪看？找一位优雅的先生？天啊！这种类型肯定会有的。实在太蠢了！我刚想让车夫载我回家，却有人敲了敲车门。"可以自我介绍一下吗？"男人鞠了一躬。"奥斯卡·冯·阿尔滕斯特恩。那么，夫人，看来我们两个都来得太早了。我可以在您身边等吗？"他笑得那么疯气！我惊得说不出话，他却满不在乎地上了车，直挺挺地坐到我旁边。"您想怎样？""您能来，我很荣幸。"他十分平静地说。我花了几秒钟镇定下来。开始观察这位失礼的神秘人物：身材纤瘦，几乎有点女性化，黑绸领带，优雅的男士长礼服，别致的系带靴。他苍白的脸、幽黑的眼睛也颇有几分灵气。[173] 在他的面孔、他的目光、他乱蓬蓬的长发中，有某种无法控制、无法预料的东西。同时，他那样盯着我，就像个孩子看到了好东西，赶紧追上去，却突然怕它会再次消失。"既然已经坐进了漂亮的马车，我们要不要在城里转一转，夫人？"我没说话，点点头，他就给车夫下了指示。马车吱吱嘎嘎地动起来。"我根本不是什么夫人，阿尔滕斯特恩先生。"我真的这样说了？我想暗示什么呢？他一定可怕地误解了！只是没完没了的夫人、夫人，让我厌烦极了。"抱歉，小姐。"然后他肆无忌惮地打量着我，好像我是花卉展上稀有的植物。"我可以问个问题吗，您为什么穿黑衣？""不可以！"我补充说："至少今天不行。"又来，我在暗示什么？我怎么能让他认为，我们会再次见面？我怎么能？我的手，抖得厉害，我试图把它藏在围巾下面。尤金。

是的，阿尔滕斯特恩先生身上，有某些东西，让我想起了你，尤金。不知道是什么。我表现得多么笨拙！我像孔雀一样直起身子，看向窗外。一位感到无聊的女士会如何看？我抬起鼻子，沉默着。他也干脆和我一样，什么都不说，可没过几秒钟，或是几分钟吧，我就受不了这种愚蠢的折磨了。"您有重要的事告诉我？"我问，问了两遍，因为第一次我没发出声音来。可笑！我为什么不早就下车？也许，因为孤独。阿尔滕斯特恩用极为友好的语气回答。"您那么专心致志地坐在那，小姐，那天，在塔楼间里。我不敢去打扰。当您起身离开时，我像是被施了魔法，动不了，就像有时看到某种自然现象，只能目不转睛，只能满心惊赞。最后是敲钟人，那个细心又健谈的家伙，看到了这个小场面， [174]您刚从楼梯口消失，他就过来找我。告诉我，您每天都来，总是一再选窗边的位子坐上几个小时。另外，我也不是第一个人，惊得不敢靠近光华照人的您。有个倾慕者曾无意提及，他之前在利奥波德施塔特偶然见过您，当时您正从切库斯街拐进普拉特大道。"阿尔滕斯特恩毫不掩饰地对我解释说，出于这个原因，他昨天一大清早就去了多瑙河沿岸的街区追踪我，或按他的说法，毫无恶意地希望能在那遇见我。他见门就敲，打听"一位穿黑裙子的女士"，差点挨了两顿揍。另一次，快到中午的时候——他以为马上就大功告成，有人把他带到了一个黑漆漆的小房间，可他找到的不是我，而是一个正祈祷的寡妇，她把他当成了魔鬼，劈头将《圣经》砸过去，尖叫着赶走了他！他把我逗笑了。会是假的吗？我挺喜欢他的故事，但并不知道该不该信。

FIN DE VIENNE（维也纳的结局）——剧无聊透了。我感觉它太献殷勤，尤其结尾。在我这样评论时，阿尔滕斯特恩大笑着叫道："小姐，这是个维也纳结局！在这座城市，一切都皆大欢喜！"他说得那么奇特，我差点就信了。"维也纳观众非常敏感。他们极其受不了悲惨和忧伤。所以皇帝下令禁止了。"

KRACH（崩盘）——**1.** 这可怕的笑声！从四面八方传来。从巷子、从床下、从柜子里。多么混乱、阴郁的一天！几点了？一点？两点？刚刚有人在敲门，梦里我以为是幻觉。又开始敲。于是我打开门，发现整栋房子乱作一团。阿尔滕斯特恩站在那哈哈大笑，脸上表情阴森森的。"您笑什么？天啊，您在这干什么？"〔175〕这时，洛维女士出现在门口，上气不接下气地大声抱怨，先生把她叫醒，要找小姐，却坚决不付把门钱。那她当然不会让他进，他却用野蛮粗暴的拳头把她推到了一边！阿尔滕斯特恩又大笑起来，笑声在楼梯间回荡，好像是直接从地狱里传出的。他喊道："最敬爱的人啊，您想在这种日子管我要钱？太晚！太晚了！"我于是从钱包里翻出来 50 十字币，塞进洛维女士手中，让她不再威胁报警，然后恳请阿尔滕斯特恩，别再发出那种可怕的笑声，安安静静地到我房间里说一说，什么事让他如此激动。其实我早就料到了！他叫嚷着说："我们必须走了，小姐！快点，来吧！我是来接您的！""您吓到我了，阿尔滕斯特恩。您想去哪?""给您看我的艺术品！您答应过要看看的！""当然，冯·阿尔滕斯特恩先生，但不是这个时候。明天没有时间吗?""不，就是现在！现在!"他一把抓住我的手臂，粗鲁地把我拉向门口。"您弄疼我了！您难道看不见，我是穿着睡袍站在您面前吗?""赶紧，布兰查德小姐！时间紧迫!"他脸色苍白，丑陋地变了形。"放开我！我希望，您马上就走!"我吼得那么大声、有力，这个毫无准备的人吓了一跳，震惊地盯住我片刻，好像刚刚才醒过来。我本来希望，终于可以理智地和他说话了。他却已经拉开门，砰地一声甩手锁上，脚步轰轰隆隆地消失在楼道里。

2. 今天中午，我在城里散步，裹着冬天的大衣，撑着伞，抵挡恶劣的天气，沿河，经过大都会酒店，然后走入混乱的老街，毫无预感，反倒因为已经有点熟悉这些路而开心。这时，我拐进交易所附近的一条巷子，发现自己又一次陷入激动、暴怒的人群。能听到叹息和斥骂，[176] 哭诉和抱怨，愤怒的吼叫，绝望的诅咒，所有人都发疯似的吵成一团，我一个字都听不懂。形形色色的人罕见地聚齐了。烤栗子的人站在枢密官身边，马车夫挨着残疾军官、仆役、女歌手、波希米亚厨娘、时装店小姐、花花公子、白发伯爵，所有人都在，同仇敌忾地团结一致。可抗议什么?反对谁呢?所有人都在往一栋楼的院子里挤，后来我终于弄明白，

那是普拉赫特银行，曾有人推荐说它是这座城市最负盛名的
机构。"怎么了？这里到底发生了什么？"我喊道。一个女
佣断断续续地说着维也纳语、意大利语、法语，以及我也不
知道是什么的语言，简直是我听过的最奇怪的语言。可我还
是明白了："破产！破产！"这个可怜的人儿痛哭流涕，抽
泣不止，我只好抱住她。她把脸埋在我胸前，她漂亮、明亮
的眼睛已经又红又肿了。白发的伯爵向我解释说："这个女
孩赔了所有嫁妆，现在嫁不出去了。""怎么会？"他苦笑起
来。"怎么会？小姐！魔幻剧结束了！彻底完了！在苏格兰
环路上的魔鬼舞被雷劈了！""抱歉，先生，我一个字都不
懂。""跌了，小姐！暴跌！跌得不见底。交易所全是恐慌。
灾难啊！我们都毁了！"这时一位年轻的军官面红耳赤地挤
了过来。"普拉赫特，骗子，混蛋！只要他敢出来，我就把

维也纳证券交易所崩盘

军刀扎到他脑袋里！最高收益！毫无风险！多重保障！百分百的回报率！我所有的财产都交给了这个吸血鬼！可现在呢？没了！什么都没了！深渊！"激愤之下，怒火中烧的人群冲向银行的大门和窗户，直接砸碎、闯了进去。惊骇之中的我，仍不明白到底发生了什么，[177]尽可能快跑到湿漉漉的铺路石上，跑进下一条静悄悄的巷子。去找阿尔滕斯特恩！我脑中突然闪现出这个念头。他会来交易所！他必须卖掉我的股票！必须！还在跑着，我脑子里就炸开了：我这个悲惨的人！笨蛋！我怎么能？怎么会？违背我的良心和认知！用别人的钱！现在好了，波莱特！公平而已。大破产、理性倒闭，你也有份。欠着愚蠢的债！感染了精神的伤寒！因为绝望，就算吧。但能开脱吗？这时我已经到了苏格兰环路。交易所门前已经挤满几百甚至上千人，他们威胁着、吵嚷着、谩骂着举起了拳头。"拿钱来！拿出来，你们这些无赖！"有些脸充满恐惧或惊得呆住。这时，仿佛人群的愤怒引发了法拉第感应，一声巨雷轰隆隆响起，随之而来的大暴雨好像释放出了这一天的暴怒。整个广场很快一片汪洋。[178]人们陷入还没铺好的环路的泥地里。人群飞快地散去，我挤到交易所大楼，紧靠着墙躲雨。墙壁干燥而温暖。我听到楼内传来清脆、几乎是欢快的声音，一阵急促的铃响！它听上去那么轻松、愉悦，我多想把它当成是好兆头。可后来我才得知，那竟是破产铃的尖叫！这时一个小男孩出现在我面前，穿着滴水的破衣服，递过来一张脏兮兮的湿纸，想要换 10 枚十字币。"小姐，最新的行情？"真是好看：破产！无力支付！资金匮乏！自由落体！小铃铛，清脆的小铃铛！

3. 睡了一会。可是醒来，却有更不幸的消息。阿尔滕斯特恩的助手来找我。"您就是先生最后一直在说的那位法国小姐吗？""很可能吧。"于是他告诉我，发生了什么。"快到午夜时，先生满腹心事，小姐，我还从没见过他那个样子，然后他让人套车，叫醒了车夫居斯塔夫，让居斯塔夫载他去找他的父亲。小姐，他都好几年没去过男爵那儿了！当然啦，男爵那时候已经睡了，可先生那么激动，把所有拦着他的人都推开了，冲进皇宫父亲的卧室里，在那跪下说：'父亲，我被毁了，请您帮帮我、救救我吧。如果明天之前得不到帮助，一切就都完了，我会用子弹打穿我的脑袋。'可父亲拒绝了他：'崇高的人啊！你找错人了。从我的视线里滚出去！'所以小姐，他就连夜来找您。可他把您也吓到了，之后他去了赫纳斯区，他的全景图正在那个大广场上搭建呢，对吧？他在那大吼大叫：'去找太阳吧！去找太阳吧！'他点着火把，跑到了那一大片艺术品里面。小姐，您知道的，全景是先生一生的梦，是他能想到的最高理想！他开始在塔楼那么高的画布上涂涂抹抹，小姐，用火把画！不，太可怕了！几个月啊！几个月的工作！［179］几百人拼命做出来的！他就在那疯了似的大吼：'用最古怪的大画笔画我的画布！'那时候警察已经来了，还有救援的消防

队，他们扑灭了大火。可是已经造成了很大损失。先生不幸
一时冲动，只能被塞进了强制衣。不，太可怕了！他被带去
了布伦那菲尔德，小姐，那是疯人院啊，去找芬科恩了，塞
麦尔维斯妇产院也在那片，起码他还有个伴。"

4. 钱是种丑恶的病！瓦解一切！可谁知道呢，也许这
次崩盘就像一种抵制腐烂的药，净化的酸浴，最终会重获健
康，会觉醒，虽然也很苦涩。或者，这就是尤金不时说起的
大崩溃？金钱的统治，最终把毁灭力转向了自己？卖掉自
己，让位给一个更好的新世界？

5. 街上，有个人对他的朋友说："我的邻居一下子失去
所有财产，上吊自杀了。可这也不是取消戏剧之夜的理
由啊。"

MÉMOIRE（记忆）—— **1.** 我穿着黑色。我会穿黑衣
到死。哪怕在婚礼上。所有其他裙子都被我在火车站送给了
穷人。红的，白的，宝蓝的，生丝做的浅咖色裙子，看上去
就像牛奶咖啡。

2. 皇帝和皇后，皇太子，王子和公主，大公，亲王，
将军，马耳他骑士团和内阁大臣，星星，十字，勋章绶带，
钻石，羽毛簇，康塔塔和军乐！一切都聚在一个穹窿下，只
有天空本身超越其上。只是，与我何干？我四下环顾，一切
都模糊起来。制服，传统服装，盛开的杜鹃花，基座上的石
狮子，摄影师刺眼的镁光。这时我吓了一跳，片刻间——短
短几秒而已——我以为在人群中看到了尤金，戴着他的波斯

帽！我挤过绫罗绸缎。尤金，穿着阿卜杜·卡迪尔的紫色天鹅绒马甲！同样乱蓬蓬的头发，［180］同样有力的步伐！不，波莱特，不。你的心智，从一条绣着金线的裙子、一个贝都因人和一位俄国军官，编造出它所渴望的东西。你到底何时才明白？在一场场致辞之间，在身边涌动的千万人的欢呼之中，我突然有了一个奇特的想法。自我离开巴黎，自我从那场幽深、绝望的大梦里醒来，我便拥有了一种我从未有过、从不知晓的东西：过去。也许，这就意味着长大？不得不面对已逝之物？孩子无异于当下，年轻人只是未来。然后却出现了一个坐标，深而神秘，从前你对它一无所知。它突然就伫立在那，溜走的时间，凝视着我。不论我去哪，它都不再挪动。它留了下来，不仅如此：它在增长。凛凛闪烁，阴森可怖。一股强力把我逐出巴黎。如今我在这，不知所措。

3. 维也纳有一首悲伤的歌。它会被随时唱起，尤其是夜里。人们把它唱给返乡的士兵、临终床上的老人、哭泣的孩子和收容所的穷人。人们在歌声中悠悠入睡，喝着它、跳它的舞：变不了的事，谁忘了，就幸福。

MÉTAMORPHOSE（蜕变）——昨天夜里，火车上，终于勉强入睡的我被人叫醒——因为一场可能发生在米兰和威尼斯之间的盗窃案，整列车乱作一团——当在黑漆漆的车厢里被问到姓名和籍贯时，我愣住了，干燥的嘴唇上真的一个音都发不出。我内心惊惶，对外却有漂亮的面具，我绞尽脑汁，搜肠刮肚地寻找我自己，却骇然发觉，根本没有那样一个让我觉得确凿无疑的自己。名字？籍贯？当然，我在这世上的某处钻出了子宫，只是，我说不出，是哪里。毋庸置疑，我一定从小就被叫成一个名字，可它却好像属于陌生人。那种声响，空而远。［181］我脱离了我，发烧的脑子就这样胡思乱想着。是损失吗？虽然昏沉、懵懂，但我很快就感觉到，这种状态，毋宁是解脱。仿佛我的灵魂，如古老迷信所言，跟不上太迅疾的铁轨，最终丢在了路上。此刻，它或许孤零零地，在遥远而荒凉的风景中，迷了路。列车员这时举起灯笼，检查我没有灵魂的脸，而我也因此得见他线条柔和、蓄着灰白络腮胡子的面孔，在我看来，它那么慷慨而生动。车停了。透过车窗，我看到星星闪烁，也可能，那只是玻璃窗的反射。名字和籍贯？穿制服的人试着说了几种不同的语言，大概他猜测，我沉默是因为听不懂。可还不等我反应过来，一串声音就脱口而出，就像我是一台上了发条的自动机："玛丽-西比勒·梅里安。"紧接着又是一句："来自波尔多。"我吓得不轻！玛丽-西比勒·梅里安！这就是我的名字。不知为何，它的确让我感到亲切。过了几秒钟，我才认出，它是女自然科学家和艺术家梅里安的名字——以稍稍改过的形式。17世纪末，出于对知识和冒险的强烈渴望，她大胆地登上一艘货轮，从阿姆斯特丹出发，动身前往新世界，用两年多的时间在苏里南原始森林中研究蝴蝶的变态。我发热的神智为何偏偏选了她的名字？大概因

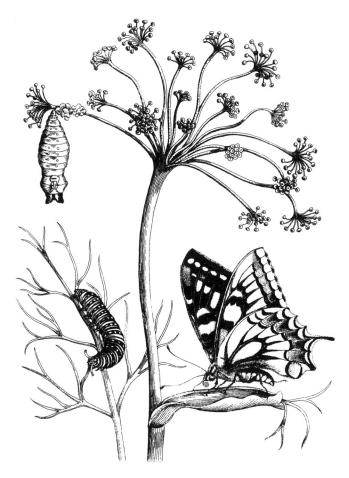

玛丽-西比勒·梅里安蝴蝶

为，几周前我刚在耶尔奶奶家里捧读过那本有彩色铜版画的书，而蜕变的奇迹让我惊叹不已。《苏里南的昆虫变态》（*Metamorphosis insectorum Surinamensium*）。幼虫钻出纺锤状、纹饰精美的卵，毛虫在多汁的树叶上大快朵颐，不断长大、蜕皮，没完没了地剥去一层又一层，直到某一正日，它开始从小小的嘴巴里分泌出无尽细丝，［182］把自己缠起、裹住，越来越厚，缚成卵状织物，直到只留下一枚茧和被微光闪烁的细线锚定于其中的蛹，最终，在一段神秘的睡眠后，织物再次破开，地球上最华丽的生物从中展翅而出，［183］装饰着诡谲的色彩和图案，高飞远走，食花蜜而生。列车员这时重复道："玛丽-西比勒……"我赶紧补充："梅里安！""从波尔多来？"他问道，抬了抬浓密的眉毛。"正是，先生。"接下来是残酷、焦虑的片刻。折磨根本不想结束，因为灯又举了起来，光在我脸上跳动。如果他问我要护照，可就坏了！然而，最后，他终于点了点头。"抱歉打扰，梅里安小姐。请您锁好门！睡个好觉！"然后他转身离开，我又是一个人了。"玛丽-西比勒·梅里安！"我轻轻宣告，为谨慎起见，压低了声音。一种奇特的喜悦、一种轻快感向我袭来，好像我刚刚剥掉了脆碎的老皮，好像在这一刻我自己的身体也长出了翅膀，好像缚在茧内的我终于蜕变，现在已准备好，钻出我可怕的悲伤之网、远走高飞。

MORT（死）——真相也许是，我们日日死，日日生？它在我心里，不断生，不断死。我的灵魂是绵绵之火。在我的渴望里燃烧，而我的欲望已经烧毁。是的，快耗尽我的生命吧，让我马上就能安息在你身边，尤金。

OEUVRE D'ART TOTALE（全景艺术）——他给我讲了他自己和他的身世。阿尔滕斯特恩说，他的父亲是最近装点着城市的无数暴发户之一。离开加利西亚的犹太聚集地布罗米尔，也逃出了凄惨的贫穷，他现在成了一位富有的银行家，甚至还当上了男爵。如今这是本地新贵的时尚。"贵族头衔？最容易不过！"只要从病恹恹的皇室手里买下大量国债，再找办法用钱堵住它的大屁股就行，要是没有这类交易，皇室早就破产了。"没有罗斯柴尔德家族的君主制？没有托德斯克、里本、尤夫鲁西、舍伊、爱普斯坦？想都别想！"可是他，阿尔滕斯特恩，没有感到金钱的召唤。[184] 他"真正的、内在的理想，只把钱当成铁镫来用，为的是攀上精神的世界"，所以他的父亲，阿尔滕斯特恩男爵，干脆剥夺了他的继承权。讲到此处，这个奇人阴郁而尖刻地笑了起来！证券男爵认为他的儿子是个废物，因为他一心只想画画。"怎么会！远不止如此！"阿尔滕斯特恩又给我描述了他所谓的一生的艺术品。如果我理解正确，那就是我也在儿时见过的全景图，想不起与谁同行、去过几次，反正我一定曾在香榭丽舍街上参观过那种环状作品。当时那幅表现的不是寻常之战——而是苏法利诺战败奥地利之类，否则我一定会很喜欢环绕四周的画。因为我清楚地记得，在这宏大繁复的景象影响下，我很快便感觉自己进入到另一个时空，忘记了巴黎，我吃惊不小，在特殊的恍惚状态中，似乎第一次对战争的恐怖感同身受。当时我几乎能听到大炮隆隆轰鸣，士兵们对我丑陋地张开大嘴，几乎让我感到他们在吼叫。我简短地叙述着早年回忆，阿尔滕斯特恩似乎又惊又喜。"棒极了！可是我所设想的远不止于此！小姐，我做的

雪橇队返回后撤离特戈托夫

不只是全景图。毋宁说是一种完美的幻觉机。融合了所有最
高成就的艺术：绘画、表演、音乐、诗、建筑、雕塑和工程
艺术！没有任何一种高高在上或引领其他，所有东西都统一
于悲剧的基本形式、幸福至极地相互补充！我能把这场宇宙
大戏的主题也透露给您吗，布兰查德小姐？好，我想告诉
您。是奥匈帝国的北极探险。整座城市，不，集聚在此的整
个世界都将加入，随特戈托夫将军一道寻找东北的通路，一
同体验极地风暴、［185］永恒的冰，体验挣扎和失败，因
为这样的旅行只能让人参透自然暴力前人类的无能。快了，
小姐，不久后我就会在普拉特租块地，就在世博会附近，把
所有设备，所有铁具、木头和帆，所有机器、轧辊、画在画
布上的几千庹空间，把铁轨、专门仿造的船、乐队沟、梁
格、投影装置、穹窿顶全都搬过去！很快，一切都会做好

的，运输、安装，因为股市涨了，不差多少了。牛市，小姐！牛市啊！您想象一下，布兰查德小姐！艺术对生活的胜利！"他一口气没喘上来，或是突然没了力气，坐倒在露台的石护栏上。一阵剧烈的咳嗽让他浑身发颤。一下子，这位奥斯卡·冯·阿尔滕斯特恩显得那么脆弱、单薄。"抱歉，小姐，没什么。我可能最近雪茄抽得太凶。"阿尔滕斯特恩随即指了指城市的天空。只能看见几朵云。"您瞧瞧那边闪烁的空气。好好看看吧！［186］您看不见吗？您没看见金币下雨似的落进城里？没看见玛丽-特蕾莎-塔勒？没看见金路易？索维林？金卢布？不？您是对的，小姐。很对！没有杜卡托，没有金和银！只有纸！是钞票！都是梦幻泡影！"

OUVERTURE（开幕）——雨，雨。一切都在流淌。大水从天而降，人们离开住所、赶来这世界历史的大时刻。此地，此刻！我不在乎被淋湿！记录者已准备好，笔已经削尖。摄影师的玻璃透镜擦得光亮。这座宏伟的城市兴高采烈，没有丝毫倦怠，人们节日般盛装，蔑视着恶劣的天气。我也一样。车夫罢工大概结束了。革命精神迅速偃旗息鼓。否则它只会让罢工的爱国者败兴，破坏美好的节日。谁又想那样？在这里，人们渴望舒适的和谐。更愿意做生意！一行行长长的车队从博览会大门、沿主林荫路普拉特大街、一直排到环路和码头：豪华轿车、私家车、出租车、单驾车。一个紧挨着一个，马的鼻孔贴住了前面的车厢板。乘客发着抖，脖子上是牲口呼出的热气。几乎听不到马蹄声，因为全堵住了。只有我在走。我头顶撑起大伞，大步流星地走着，连到处不见踪影的晴朗也在我身边。当然，鞋跟陷进淤泥、碎石、粪便，干干净净的裙子被雨水泡透，可这是个大日子。空气里充溢着春天的姿态，在蒸发。大地肆无忌惮，汩汩释放着它的承诺。崭新的馨香笼罩着一切。是的，开始了。

第九编

维也纳及世界博览会

1873 年 5—10 月

[189] 股市崩盘构成转折，这位我因之陷入窘境。所有账单此后都无力偿还，切库斯街上的住所很快就面临失去的危险。返回巴黎似乎刻不容缓。可年轻的女士果决应对，她申请宽限期，开始找工作。出于骄傲，她拒绝了家庭女教师的职位。但救急的胜利随即到来——为一家自由的里昂报作通讯记者，她用削尖的笔在世博会法国区最终赢得了称心的岗位。此后不再依赖任何人的钱。谁都无需取悦，除了自己——和她未得到谅解的内心。报社负责食宿，另外为每周两篇世博会文章支付一笔微薄的薪水。

她也把所有心思扑在文章上。只有在语言、人和物的错综复杂中，她才能找到平静和快乐。几个月来——从早春到秋天——如今已20岁的她一步步走过博览会展区：从那世界缩影的中心和最高点，从展示着奥地利和德国的工业宫中央大厅穹顶开始，西至美国，东抵远东。这位在观看中陶醉的我，遍游着世博会内部的每个角落，并且——因心向最遥远、最陌生的国度：日本——再次经历了敞开和蜕变。

AMOUR（爱）—— **1.** 他想翻译司汤达的《论爱情》，却不知爱情是什么，一如池中鱼儿所理解的月亮，因夜夜都在水中觉察到朦胧的闪烁，便感到鳞上的银光唤醒了内心某种莫名的欲望。司汤达写道："若在 100 本名著中找到对爱情的描写，却从未有过亲身的感受，那么读过这些愚蠢的解释，又能思考出来什么？"答案就像一声回音："愚蠢！"

2. "那爱情是什么？"今天大友先生问我，[190] 他承认，从未狂热地爱过。我不禁笑起来——大概因为，他如此认真地提出的问题让我吃了一惊，或许也是为了掩饰，正因为，我不知如何作答。我在燃烧着。可我的情感丧失了对象。人怎么会爱上虚空？崇拜磨旧的照片？渴望被蠕虫啃噬的尸体？没有回应，没有希望。我的爱情，除却我朽木难雕的冥顽想象力的执着，还有什么？可它，却是我拥有的，最真、最有生命力的东西。

3. 爱，自由，自然，上帝，个体——大友先生说，所有这些欧洲人的伟大概念，日本人都是陌生的。更甚者：一无所知。"什么？您不爱？！您不追求自由？！"我惊得大叫起来。"可能吧。也许我们也做了，只是不知如何描述。"

"那活着还有什么意义?"一切都太不可思议了。大友先生没说话,我这才意识到可能伤害了他。他的脸读不懂,却很美。

4. 就是说,在日本,人们不会为爱情低声宣誓。他们感觉不到那种跳动,那种无意识的、愚蠢的幸福,也感觉不到尖锐、残暴的离别之痛。

5. 但有两个他们熟悉的概念,或许接近我们所谓的爱。Ai——听上去就像对奇迹的一声惊叹,我竟因此受诱导,误以为它真是在描述爱。然而,这个日本人借自中国的字符,仅意味着母亲与孩子之间的依恋,或是在佛陀的宗教里根本不值得追慕的执着。还有个 Koi［恋］,定义纯粹的肉体之爱。在我看来,它们与两个生命在存在中辨认出彼此的那一刹那、与那种迷醉和震撼,有着天壤之别。我鼓起胆子,对大友先生说出了我的想法,感觉自己就像个激情澎湃的孩子。他再次若有所思地沉默了,然后说:"要是把这句话——我爱你——转变成我的语言,并且也能让我们心生同感,大概只能靠联系［191］自然来帮忙了,我们可能会说:今天的月光好美,是不是?"

6. 如果我又一次爱上,怎么办?

AROME（芬芳）——柠檬和檀香,肉豆蔻和冷杉枝!我要被这种香气熏醉了!穿过只有几根梁木的朴素大门,我踏入一片未知的土地。眼前出现了一条小巷和热闹的市场,两侧的朴素木屋檐顶外展,山墙雕刻成离奇的形状,灯笼随

维也纳世界博览会上的日本庭园

风摇曳，招展的旗子上绣着白菊花。日本商人们在门廊上出售着他们的货物：护身符、木雕、漆器、竹制品、纸扇、花纹繁复的伞！还有来自世界各地的无数游客在集市上熙熙攘攘。[192] 我跟跟跄跄地走向一个木屋，把头靠在柱子上。整个人都被这玄妙的气息充满！身穿宽袍的日本商人安坐在他的草席上，沐浴着纸窗下朦朦胧胧的光，平静、友好地看着我，然后深鞠了一躬。眼前景象奇特，设计极富美感。紫菀花、竹林、芍药和莲花。长满青苔的大石环绕着小池塘，瀑布经石窟潺潺流入其中，木桥平缓地跨水而栖，直抵小山上升起的朴素但精巧的庙宇。罕见的日本植物遍地生长，到处都耸立着青铜和石刻灯笼。这时我才意识到，不同的世界古怪地靠拢在一起。就像相叠相楔的幻灯，日本神庙后赫然高耸着赫迪夫（Khedive）宫殿和它的尖塔！那么，从现在起，世界就将如此紧凑、被设计得一目了然？欣喜中，我向一位日本老人问起那种充溢此处的清冽香气。是桧木，一种日本扁柏，此地的建筑全是用这种专门从日本运来的贵重木材建造！

BALLON CAPTIF（系留气球）—— **1.** 几天后系留气球就要开始运营了。从昨天起，它就飘在升天广场上空，刚涂的新漆闪闪发光，有六层楼高，充入了数十万立方尺的煤气。梦幻般的飞艇！外罩是约恩先生在巴黎用亚麻布和荨麻布制造的，并以橡胶、汽油和锌白加密。伦敦的帝国燃气公司专门铺设了通向发射场的管道。缠放绳索的蒸汽机上周才从柏林运来。可容纳 12 人的吊篮以摩拉维亚工艺手工制作，会被密密麻麻的缆绳绑在气球下方。我想说：看上去一切完美！展会游客一定会为之欣喜不已。［193］我的名字被列在了名单里，如果运气好或得到来自里昂的推荐，不久后我就会升入空中，就像在克拉奇-巴斯基克（Kratky-Baschiks）的魔术剧场里！

2. 我收到了请柬！人们以皇家航空协会的名义殷切相邀，好像我的名字至关重要。应该不是我的，而是我所用的祖先姓氏。玛丽·玛德琳娜·苏菲·布兰查德——拿破仑的女飞行员，还有让-皮埃尔·布兰查德——热气球飞行员和降落伞的发明者、首次乘飞艇横穿英吉利海峡之人的玄孙。先生们开心得不得了。因为，我了解到，是我的高祖父1791年从普拉特起飞，完成了维也纳的首次自由飞行。协会的档案管理员，一位留着雪白大胡子的年迈冒险家，向我保证说，当年亲身经历这件大事时，他还是个5岁的小男孩。他搬来一大堆文献：图片、报告、报纸文章、信件、门票。其中包括《经帝国与皇家陛下最高准许的详细报告——加莱与格罗森泽斯托夫的荣誉公民、陛下养老金领取者布兰查德先生于1791年7月6日在维也纳的第38次飞行之旅》。报告始于我祖先的这段话：

　　臣于普拉特自地腾空之时，吾表直指正午，非取直而升，速亦不疾，皆因起重力之标准均以弱风计算。臣以绘有陛下王章之旗向陛下致意，并向无数相聚于此、齐呼赞佩之众英致谢，事毕，遂行若干出航必要之准备。12时6分，臣目视仍可见之无垠大地，汲汲欲寻吾启航之处，[194] 但见其邈邈如点，屡屡敬臣之众英亦仅似寥寥、概莫能辨。维也纳城及其广郊恍若华美微图。阔野绚烂已极，宜人时节更添秀意，如此自然之美卷诚可撩人醉眼。——以我所见，大地全景如人绘地图，片片以碧毯相覆。彼时，留驻高空之喜皆化为天堂至福，灵魂之快于触目怡然中渐涨渐高，如此踌躇满志

之时，臣妄自以为无所不可，遂取纸墨献词于陛下，以
抒无伪至诚之心：陛下！弱而有死者今凌空而行，斗胆
誓忠于伟极、威极之王。陛下隆恩，掌我此世之在，并
予我今所享之天堂至福；陛下无量慈悲，臣蜜意盈心，

系留气球

故前匍于陛下圣座，以述忠孝。

卑臣布兰查德，1791 年 7 月 6 日于空中

3. 酷暑难耐。或许是最热、最蓝的夏天早上，无云，无影，无一丝微风。我在头顶撑起我的日本伞，沿伊丽莎白大道任意走着，经过工业厅、艺术厅，经过无数展馆、强大的劳埃德造船厂和赫迪夫宫。脑海里只盘旋着一个字：水，水！终于走入了密林，走入高大树木的阴影里，一个印度人的窝棚赫然在目。冰！碾碎，加上柠檬块和糖，用麦秆吸着喝。怎么回事？［195］突然之间，乌云、昏暗、似乎在铅般沉重的酷热下连昆虫都不敢活动的阴森森的静寂、旗杆紧张的摇摆撞击、空中飞旋的帽子，这一切都是从哪里冒了出来？暴风雨！我想逃跑，就让我的柠檬冰化掉好了，可是已经太迟。仿佛空中闸门爆裂，大水倾盆而下。雨！雹！一阵无耻的强风向我无奈撑开的纸伞袭来，怒气冲冲地抓起就走。［196］几秒钟内它就被黑暗吞没！只在幽灵般惨白的闪电光中，我才恍惚看见它在远处旋转。这时雷声轰隆，大地在脚下颤抖，一瞬间我确实以为，这就是末日了，毫无目的，浑身湿透。正当我以为，现在自己一定会陷入可怕的绝望，却觉察到一种占据我内心的奇怪的兴奋，起初它莫名其妙，继而越来越清晰，直至最终确定了整个如梦似幻的场面。幸福，纯粹的幸福！下雨了。这种天气，雨水打在黏腻多尘的皮肤上，感觉多么美妙！是的，我很冷，又如何。是

的，我在发抖。我滑稽的小礼服看上去就像小丑愚蠢的戏服，吸满水，古怪地贴在身上。可无所谓！我突然感到一种孩子气的喜悦。隆隆作响的黑色天空下，水洼和小溪越涨越满，我只想大笑着欢呼着跳进去。这时，我看到了气球。最初，在远处，我以为它是我想象的画面，是年市上的那种小玩具。于是我向它跑去。小气球！小气球！当我在如注的暴雨中跑到升天广场附近时，才明白发生了什么。鞭子似的飓风把飞艇抽来抽去，它弯曲、俯身、振摇、抽动，就像在跳舞！只是：打入地下的 12 个锚，固定气球的上百条绳索——毫无用处。稍远处，凶猛的狂风轻而易举地折断了一棵树的主枝，裹着它四处飞舞。风也吹断了绳子。砰砰砰！我哈哈大笑！很快，其他锚栓也在泡软的地面上接二连三地松动了。一声闷雷炸响，大惊之间，气球扭转，弯曲，摇晃，终于脱了身，开始它急不可耐的升空之旅！自由！先是笔直向上，像被弹簧发射了出去，然后，狂暴的西北风一把将它抓起，携向划过道道闪电的灰黑色天空。

［197］**CHOLÉRA**（霍乱）—— **1.** 我在城郊。医院。大众寄宿所。我也许病了。我已经几个星期、几个月没离开过展区。或者说，这样做，只为了能睡觉。几个月来，我一夜一夜地把自己锁在房间里。现在却迫不及待地想出去。我想看。我想活着！在这些地方，太容易死去。多瑙酒店也已经发现，最初几夜我是在城里过的。连侯爵也得死。甚至戴钻石的人。人们逃出城，躲避瘟疫。妈妈也写信给我："孩

子，快来巴黎！"但我不想去巴黎。清醒地观察，人也在伦敦、柏林和纽约死去。巴黎当然一样。不，我留在这。

我先坐公交马车，然后下来，更想继续步行。我以为郊区很黑。然而，从灯火辉煌的内城星状延伸至贫民区的每条街道上，都伫立着四层高的出租房。投机狂潮时建造的华丽巴洛克式外墙，让我以为正走在繁华的林荫道上。可是，从窗子里向外张望的，是怎样的面孔！双颊下陷，目光空洞。院子里是怎样骨瘦的身影！而阳台的奢华栏杆上挂着多么寒酸的破旧衣衫。如果壮起胆子继续走进偏僻的小巷，苦难就会赫然呈现，丑陋且毫无粉饰。数以千计的人栖身于此，他们被人类的盛大节日排除、驱逐在外。崩盘后，无数人没了工作，一贫如洗，几乎不知道接下来如何生存。饿馁的时代，除了廉价的酒，悲伤无以表达。这里跳着死神华尔兹。这里霍乱肆虐。人们随肮脏的井水吞下它。在夜容所的浊雾里呼吸着它的瘴气。但不知为什么，我不怕。我想看，我贪婪地渴望看见。也许这就是博览会教给我的？永远，永远不要停止观看！巡展、展柜、物件，多无聊！我想……我不知道，想要什么。一阵心血来潮的愚蠢和伤感，[198] 我把自己丢入黑漆漆的脏污小巷，扯乱了头发。我想大喊："我是你们的一员！"却同时把钱包更深地塞藏进了裙子。

我在大众寄宿所。半塌老楼里的住房，3 或 4 个房间，睡着 80、90 甚至上百人。在干草袋上，翻倒的箱子上，或铺在地面的破布上。人挨人。人叠人。没有害羞的地方。空间被尽可能地压榨了。几乎比其中过夜之人更高效。可今天谁还有工作？谁还有被奴役的奢侈？几个月不再建设了。城市一片静止。

我又走进另外一个寄宿所，据说，那些睡在此处、一无所有的人们，要在街上不眠不休地游荡四晚，才能困倦到无视此处肆虐的寄生虫和恶臭。我迈上吱吱嘎嘎的木质老楼梯，闭上眼睛，浅浅地呼吸。那恶浊、刺鼻的空气！这时，几个男人大声乱嚷着走下昏暗的过道，其中 4 个人好像在抬着什么东西。我只能退下来，又回到街上，这时才看出，被他们抓住手脚的是什么。一个死去的女人。他们把她扔到木推车上带走了。

2. 大友先生已经几天没在展会出现。我今天去问，得知他发烧了！若是霍乱怎么办？我想马上去找他，但他们坚决不允许。毕竟这也不合适。所以现在，我坐在房间里，一动都不想动，担心得什么都做不了。这随心所欲的自然让我不寒而栗，它生杀予夺，全凭兴起。

CHEZ-SOI（家）—— 我似乎无以为家。我似乎一直在界限上，在物与物、空间与空间、人与人之间。幸运者，他们从未离开过出生时的窄地，［199］一经抛入，就在同一个巢穴过着他们的日子，似乎那是最天经地义、最毋庸置疑的事；幸运者，他们从未坠落到世界边缘……

DEJIMA（出岛）—— 我们在花里！杜鹃、玫瑰、天竺葵、映山红，几乎没人去那里会迷路。很简单：朝东走，穿过希腊人、奥斯曼人的帝国，穿过中国、暹罗和日本，继续，穿过艺术，把海上明灯留在身后，大胆进入不确定的开阔地带，就到了花的国度。百合和康乃馨，绣球，兰花。于是我们走进温室，我想消失在这五光十色里！空气馥郁，充满上千种芬芳。大友先生也彻底安静下来，眼睛炯炯发亮。他告诉我，在日本，人们崇拜"怒放又消逝之物"。我很惊讶，却什么也没说。我们在这最富饶、最旖旎的国度中缓缓散步，一次次驻足在石楠丛或苏铁树前，大友先生对我们周遭生长、攀爬的植物有着极其惊人的了解，我成功地套出了他的话：关于花儿、蕨类、扇叶棕榈、龙血树。当我最终问起，是否所有华美的植物都生长在日本，否则他怎会拥有这些植物学知识，他只是谦虚地答复说，恰好在他父亲的书里偶然翻到过这种或那种。"那么您的父亲是学者？"我兴奋地喊起来。"是的，小姐，他在出岛上做翻译和医生。"在我强行逼问下，大友先生给我讲了那座 17 世纪在长崎湾用碎石堆造的微型人工岛，那里，也只有那里的隔离区，开一扇开向世界的大门。因为日本其他地方有两个多世纪都在离群闭关，任何人、任何物均无法进出，只能通过那个微如针眼的前哨，出岛，与世界保持联络。"可究竟为什么与世隔绝？"我高声问道，大友先生很有礼貌，并未取笑我可耻的无知。[200]"您知道吗，小姐，300 多年前，那些被我的祖先们称作南蛮的人来了，他们带来两种毒：步枪和传教士。""南蛮？""小姐，是葡萄牙和西班牙人，耶稣会士，

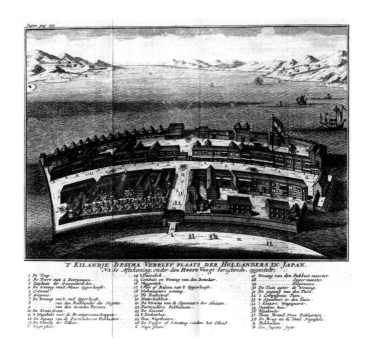

'T EILANDJE DESIMA VERBLYF PLAATS DER HOLLANDERS IN JAPAN.
Na de Aftekening, onder den Heere Voogt berustende, ongestelt.

长崎湾出岛

他们讨厌水和肥皂，用手而非筷子吃饭。"在军阀德川手下统一的日本，根本不愿意成为葡萄牙的殖民地或上帝之国，所以基督徒被驱逐、边界被封锁。在幕府的严格控制下，只有荷兰的东印度公司得到赦免，允许在出岛上设立一个贸易站。因为荷兰人毫无传教热情。他们带来的不是毒药，而是宝藏：印度丝绸，糖，爪哇红木，暹罗鹿皮，玻璃和漆器，技术仪器，药品。"还有书，小姐，知识！"大友的眼睛亮了起来。因为欧洲学者来到了出岛，他们带来自己的论文和著作，[201] 带来解剖学、外科学、博物学和物理学的大书，带来地图集和精美的画册。于是他们周围形成了一个从事兰学，即荷兰研究的学生团体，日本学者们翻译、研究，在儒学和西学之间搭起桥梁，而他的父亲就是其中一位。大友哲雄正是在这种环境下的长崎大浦地区长大，所以那座扇形的福赐之岛也就是他的第二故乡。在荷兰、中国、日本的商人、学者、工匠之间，在来自世界各地的货物之间，在火鸡、孔雀、鸵鸟、牛、羊、鹿自由穿梭的贸易事务所之间。对于这样长大的小哲雄来说，最大的愿望便是，将来能亲自乘坐每年若干次在此抛锚的船启程上路，穿过这个缺口遨游世界。当大友先生给我讲述这一切时，在这片过海之花、藤蔓植物、凤尾蕨的原始森林中，在秋海棠的红斑皱叶和多刺的阿比西尼亚大戟花之间，在温室潮湿、充满土腥味的空气里，我开始发抖，眼前一黑，还不知发生了什么，就发现自己已经倒在地上。因为幸福？因为过度兴奋的想象？大友先生十分温柔镇定，他给我拿来水，伸出手，帮助我重新站起来，送我，穿过开阔地带，回到西方。我更愿意留在陌生之地。

ÉCRIT（写）—— **1.** 我的新日记本。在波斯得到的。包着鞣制的骆驼皮，装饰花纹繁复。我忍不住把鼻子埋入本子。它的气息让我想到荒野。我宁愿沉浸在孩子气的梦里，如果用对墨水，就会在大漠中的商旅客栈里醒来！

2. 我在德国发现了一种新式书写品。那个工具简直不可思议，虽然可能并未完全成熟。是一支金笔，笔尖用金属铱制成，能无限期地承受纸面的摩擦。［202］可关键的创新是安在笔杆上的存储囊，墨水会通过导管持续不断地流出！我真的太喜欢它了，可现在我还在坚守着我的墨水瓶。

3. 可耻！要不是还得依靠这些愚昧的家伙，我真想把一切都甩开！我润色了一个又一个小时，苦苦思索过每一个词，整夜整夜地推敲着细微的差别！却换来如此卑劣的小肚鸡肠！我收到了第一周的报纸。洛维女士把包裹送上了我的房间。拆包时我激动得心都快碎了。差点撕掉页边，急匆匆地一栏栏翻找着我的文字。可找到了什么？讽刺！读到时，我羞得涨红了脸！删了一半！剩下的也面目全非，根本找不回我的想法！若是一位自负的编辑能用他粗鲁的笔肆意杀伐，何苦打磨高潮？何苦长篇大论？何苦精心修辞？可毕竟还是可以高兴的，因为报道下并非我的名字，而是一个愚蠢的假号，是不知哪一位先生风格拙劣的大名。

4. 大友先生引用了一位日本诗人的话："暴风雨会吹走我的一页页文字，人们便以为，它们来自无根的植物。"

FAMILIE（家）—— **1.** 她突然就出现在面前，我又喜、又惊、又慌，不知该尖叫还是大笑，不知该转身逃跑还是直接去拥抱她。"妈妈！您怎么会在这？您……是怎么找到我的？"她太开心，丝毫没被这寒酸的迎接扫了兴，大声喊道："过来，我的孩子，让我抱抱！"这时我才看到：伊莎贝拉！贝尔特！我想我从没这么开心过！突然间，我只剩下一个紧张的想法，爸爸会不会也在。我挣脱开，迅速擦干眼泪，向楼梯张望过去。"你怎么了，波莱特？"她们齐声嚷了起来。他不在，他离得远呢，在巴黎。［203］贝尔特，伊莎贝拉，妈妈！"伊莎贝拉，你把你的小不点放到哪去了？亲爱的贝尔特，你和丈夫过得怎么样？妈妈，您好些了吗？信里说，您已经开始画画了？"一时间，上千个问题同时在我可怜的脑袋里盘旋，我必须平静下来，告诉自己，这些亲爱的人肯定不会马上离开。"你们会在这留一会儿，对吗？"她们留下来了！好几天。阳光从窗子里倾泻而下，我大喊："来！我带你们看看这座城市！"一边说，我已经跑到了前面，可恨没有三只手，不能同时握紧她们。于是我们在维也纳老城弯弯曲曲的小巷里散步，走过码头，走过环路，穿过城市公园、人民花园，随心所欲，想去哪就去哪，有那么多话要说，要是不被看到，我们甚至会从地下墓穴穿过去！贝尔特怀孕了！我简直不敢相信！在我看来这太疯狂了！可这大概是世界上最正常的事情。伊莎贝拉的小维克多得了麻疹，慢慢地恢复着健康。她带了一张我可爱的小外甥的照片。他和他妈妈小时候是一个模子里刻出来的，这个淘气的小家伙！妈妈又有了气色。一切都在变好。她看起来更坚定，眼睛更清澈，也终于不再祈祷了。我把三个美人带去了维也纳大咖啡馆解解渴，还给她们介绍了我最新的发现：美国的冰淇淋—苏打水机做出来的神奇饮料，这几个星期它把成群的享乐者和急性子吸引到了沃尔采乐。妈妈还吃了一份冷冻梨，伊莎贝拉破例尝了杯冰雪利酒！

2. "只要法国还被杀害尤金的大刽子手麦克-马洪统

治，我就绝不回去!"我大声说。她们三个人不再说话了。妈妈眼中噙着泪。

3. 妈妈给我留了钱。告别时她紧紧拥抱我，我几乎要窒息了。

4. 收到一封爸爸的信，因为他现在知道了我住在哪。他说，女性不应当工作，布兰查德家的女孩更不应当。[204] 不应当! 啊，爸爸，多谢您这些充满爱意的聪明话! 您这位无可指摘、举止体面的基督徒! 如果不是您，这个世界上谁还知道应当做什么? 我敢肯定，您这些善意的话只是想表达，您为这个不再花您钱的女儿骄傲! 他说我心眼多，宣称我让他变成城里的笑柄。真厉害! 我还不知道呢，最近整个巴黎竟只围着爸爸大人转! 他可不仅会惊天动地的夸张，还能引来各种各样的关注。他命令我立刻返回巴黎。我可不想讨您欢心! 啊，我得出去了，太憋了，我需要透透气。

HOMME MACHINE, L'（机器人）—— 穿过机器厅巨大的钢铁结构时，我的目光醉酒似的从一侧游移到另一侧，无法在这个看不穿的空间里找到任何焦点或支撑，只有无休无止的运动，咔咔哒哒，轰轰隆隆，只有上千个关节、活塞、容器和齿轮的旋转，我不由想到，整个世界和世界之中的我自己，是否也就是一台强大的机器。若我所有心灵的震颤都只是机械运动? 若连我此时此刻如此切身感受到的魔力，也无非只是狡诈装置的功效? 恍然间，机械身躯的器官

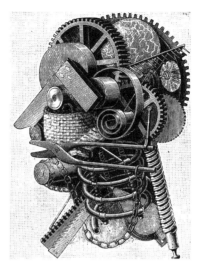

机械头

和肢体，那架素来裹于装饰皮囊中、对其内部本质守口如瓶的骨骼，暴露无遗。若我的皮肤只是一层表漆、是我电灵魂的外罩？一部钟表发条般自行旋紧、在其不知餍足的机械饿馁中吞并着其他机器肢骸的灵魂？机械植物，机械动物？若嗡嗡穿涌其中的，正是在一台台自动装置间传送和转换、永不流失或枯竭的神奇的力和肆无忌惮的电流？［205］正如在杜彻尼的电机刺激下淫荡扭曲的脸。正如被伽伐尼（Galvani）用铁丝绑在屋顶、每次闪电时都会活着抽搐的青蛙腿！前几个世纪的天文学家不就曾把宇宙描述为一场机械音乐会，甚至恒星的离心率和光行差也在其中参演？一台宏大精准的发条装置，永不间断地滴答运行，每个最微小的齿轮、每个螺栓都在执行着它被指定的、不可或缺的功能？我炽热运行的灵魂机，颤抖有何意义？想象如发疯的幻灯，投影于脑髓织成的幕布，可那灼灼闪光在追寻什么目标？它意志的血液循环遵循怎样的秘密方程？那台机器的我，又能如何阻拦器官们纷纷离去，最终四分五裂为一个个零件？

INDÉALISATION（理想化）——**1.** 我被一股急流卷走——它一定存在于我体内的某处——带到工业宫，搁浅在日本馆。终于长舒一口气。那种气味，又出现了。我认真地看了几幅布置在墙上的画，用墨和水彩实现的动物研究：稀奇的鸟，羽毛绚烂，停在不知名的古怪树枝间；潮中浮沉的鱼，云，水波涟漪，山的形状。这里的一切都荡漾着、摇曳着，一切都有种独特且陌生的动感。看了一会儿画，我眼前竟开始微微闪颤，好像我自己也陷入这些起起伏伏的画作之中。[206] 于是我转过身，目光仍在晃动，便看到稍远处一个引起我注意的年轻日本人。他正专心与一位年长的先生谈话，所以我有时间仔细观察。他完全是欧式着装，优雅的男大衣，丝绸领带，细银框眼镜。高额头、头发浓密、瘦而精致的脸，像孩子，也像老学究。在我看来，他似乎是个早熟的男孩，15 岁，也许 16 岁，穿了父亲的衣服玩，眼睛炯炯有神。我的确注意到，那位与他谈话的白发的老先生正谦卑地听他说。手势、动作，随性而温柔。我迅速转身跑开！

2. 我又去了。我放不下。他是个男孩，波莱特！你自己是一位女士。我没有遇见他。或许好，或许也很糟。

3. 今天他看到我了。我站在那，假装仔细观察入口大门旁的大怪兽，它蹲在基座上，鱼身用镀金的铜片嵌成，龙口大张，巨鳍耸入高处，不知是在威胁还是致敬。他安安静静地坐在那，埋头读书。书名我看不清楚。这时他抬起头，看了过来。他的目光击中了我，我想，我一定要晕倒了。

4. 一句话：我糊涂了！他是医生。其实是大学生。医科学生。马上就毕业了。他绝不像我想的那么年轻。不，他肯定比我还大。可能吗？他的政府派他来维也纳大学，在名医比尔罗特博士门下学习。听说，在他的研究所，病人会被开膛，被切除喉头和食道！用这样一双细嫩的手？另外说明一下，这都不是他自己告诉我的，而是那位年轻的冯·西博尔德，我的问题让他乐不可支。

[207] 我们说话了。我想，他大概觉得我愚蠢且无聊。我不知道拿这种苦恼怎么办。他说流利的法语。他给我讲了讲那头几天前我假装观察过的鱼怪。它曾经装饰过日本最重要的堡垒山墙。可是革命之后——显然前几年才发生！——它被拆下来运进了博物馆。从那时起，日本人就视之为秩序崩毁的象征。而我这个蠢货，竟把它当作他们崇拜的偶像！他还讲了很多，可我跟不上他的话。反倒在关注他表情的变化，仿佛那是一种我未知的艺术。所以他可能觉得我很笨，很快就失去了兴趣。他走了，留下我十分落寞又愚蠢地站在那，我这个傻瓜！

6. 除母语外，他精通汉语、荷兰语、德语、法语、英语，必要时也能讲点意大利语。要是他能说一说！不，他沉默着，像秘密似的守护着他所有的知识。今天他只是走到我身旁，一句话都没说！他越安静，我就越尴尬，心里就越是翻江倒海。他鄙视我。一定是的。

7. 他好冷！他没有感觉。毋庸置疑。他的脸就像能剧里的面具，他告诉我，那是远东版的古希腊悲剧。他应该很自负，只把我当成一个他愿意看看的玩具。

8. 决定了：我要写一篇日本展区的文章，并且：是赞歌。所以我请大友先生回答几个问题。他也马上就同意了，但条件是，他也能问我问题。这不是很放肆吗？哪类问题？我又能讲出来什么？不知为何，他让我害怕。

9. 他听着，好像在猜测我掩藏的某种知识、某个秘密。很奇怪。我说着、说着，他似乎记下了一切，安静而贪婪。他问我许多关于法国的事。我拒绝，他不理解这种态度："小姐，难道您不为您的家乡自豪？"自豪！啊，我不知道该怎么想。[208] 我鄙视，我也爱着这片美丽的土地！我争辩、纠结、欲言又止，大友先生用孩子般的好奇看着我，不确定应作何态度。最后他透露说，他认为法国是文明程度最高的国家，相比于蒙田、笛卡尔、莫里哀、帕斯卡和卢梭的土地，任何地方都找不出更雅致的艺术感、更开明的思想。我真是忍不住笑起来！

10. 今天我给他讲了公社。他极其清醒。我感觉，他连眼睛都没眨一下。他大概问了我一千个问题。不，我没哭。我很勇敢，咽下了所有眼泪，至少开始时是。当记忆纷纷前现，我甚至感到温暖而明快。这位特别的大友先生让我如此信任，我竟给他讲起尤金。这时我再也忍不住了。我浑身发抖，泪流满面。而他，几乎敬畏地，把他日本图样的手帕递给了我。我看着它，平静了下来。他很体贴。但我看不透，他在想什么。

11. 今天我把手臂伸给了他。我们就这样出现在展会上，引来众人的目光。他王子似的抬起头。我知道，他很开心。

KIMONO（和服）——终于没有束胸了！而是呼吸的空间。这些颜色、式样、花纹！这种奇怪的衣服叫小袖，大友先生也叫它和服。在日本，每个女人都穿它，并因阶层、年龄、场合和季节而各异。款式再素净不过。是从长布上整体剪裁的，只缝了几道，此外袖子的宽度大于长度，乍看很是滑稽。衣装一穿上身，就要束上一条特殊的宽腰带，它会被巧妙地系在背后，于是浓绘重绣、织入金线的料子就会别有风情地垂下来、贴在身上、打起褶皱、起起落落，飘逸得让人以为，这不会是真正的死物。［209］多美妙的礼物！大友先生——一时心血来潮，按他的性格来讲就更罕

和 服

见了——还建议我，在把它放到工业区玻璃柜里蒙尘之前，试穿一下这件刚从日本姗姗来迟的珍贵展品。这可能是因为，我曾大肆夸奖过画里的这种服饰，因为他本人似乎对日本的传统服装不屑一顾，反倒过分夸张地称赞着巴黎的裙撑！于是我们约见在环路边的一家酒店，那是日本代表团的下榻处，我们进了一个安静的、装饰着各种各样稀罕物的小客厅。在那里，我看到了画有花枝的屏风，想象奇绝的织毯，花瓶和种种瓷器，不可思议的插花和挂在墙上的日本书法卷轴。大友先生随后从窄木箱里取出那件珍贵的衣服，显然颇有些尴尬，把它双手递给我，请我拿着它在屏风后面等候。我开心得忘乎所以！他消失了片刻，返回时身边多了一位年轻的日本女人，她可能是代表团的女仆。她也穿着这种和服，只是朴素得多。女孩只说日语。可言词又有何用？大友先生再次离开客厅，可爱的人儿就给我穿戴起来。礼服初看简单，裹进去花费的力气可不亚于束胸和裙撑！所以，在日本，更衣室助手是专门的职业。那双纤细的手刚刚开始操作娴熟的程序，丝绸刚刚搭上我的肩膀，我就有了十分奇妙的感受，好像我自己马上就会发生变化。银灰色和服点缀着风信子的蓝花，[210]紫色宽腰带织入了金线，樱粉色宽罩衫纹饰精美、有着长长的后襟和重绣的衣边，还有她递给我的扇子。仿佛我自己就是艺术品！一只花纹绚烂的蝴蝶！当大友先生再次回到房间，我害羞地低下了头，因为在他看到我的那一刻，目光突然出了神。我不知道该怎么解释。但是我认为这是个好兆头！

MARIAGE（结婚）—— **1.** 如果是真的呢？如果他向我求婚？如果我干脆跟他去东方，永远离开这里的一切？

2. 即使我只是出于恶意，不想回去让爸爸得逞，只为向他证明，我绝不会跪倒在他脚下、对他言听计从！

3. 我愿意。我！我！既然愿意，我就会做！

MACHINE ENCYCLOPÉDIQUE（百科全书机）——我看到了奇迹。它们出现在我眼前，咔哒哒地冲压、弹奏、组合。这是万能木工。一项非同寻常的专利！集刨、钻、锤、铣、磨为一体的设备，全程无需一人插手，却有 50 只手的速度！你能在转盘和铁臂间、在木屑的云团中，看到精美饰品或纤巧家具的诞生。马里诺尼印刷机！这台不可思议的机器可以在无穷的纸卷上把无穷的世界进程记录和描绘下来。它贪婪地吞下白色纸幅，一张张裁下，润湿、印刷、折叠，一次，两次，三次，四次，计完数，便将世间大事分门别类地置入备好的篮子。每小时 12000 张！如果真正高速运转，还能快上两倍、三倍！如此之迅疾，大事件来不及发生，历史无法展开，流言专栏填不满，没有读者能飞速浏览一行行字，像机器印刷得那样快！那边是杜宁（Dunin）伯爵的机器人！一个完全由钢制造的男人。他的姿态多么轻盈，他的金属之躯多么富有生气！[211] 他一次次做着相同的动作，举起手臂，转过头。哦，我承认：我几乎要恋爱了！我睁大眼睛，惊讶地站在那，只希望这个钢铁人能一次

自动音乐机

又一次重复。那是机械琴！它似乎还不及我高。几个滚动的木质销辊——会是所有秘密？因为，从这台神秘的音乐机中，响起了长笛、黑管、竖笛、圆号、小号、短号、巴松、低音号、定音鼓、钹、手鼓、三角铁的全套交响乐！魔盒中的演奏家协会让海顿的《创世记》凌空响起，当它升跃至完全非人的音调和乐章时，某位难以置信的游客还在寻找着小矮人，猜测他们一定在箱子里演奏，而我，禁不住大声欢

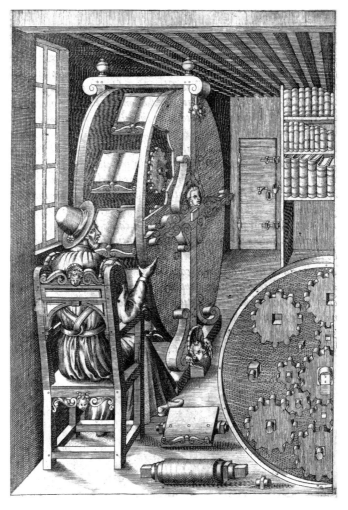

拉梅利的书轮

呼、鼓起掌来。所有这些设备都让我着迷，但其中最伟大的
还是百科全书机！要不是它要价上万金盾，我早就把它买下
来，永远待在里面了。我会坐到那把木椅上，那人世中最高
的宝座。因为谁坐上去，就拥有了全世界的知识。你默默地

提一个问题，动几下操纵杆，机器神谕所就开始像拉梅利的书轮一样转动，查遍无数卷大不列颠百科全书，仿佛自动地在你面前展开合适的答案。[212]灯和放大镜就挂在眼前，因此很容易研究相关的条目，如果在其中遇到参阅提示，或思想链把你带去了另一个地方，那就再动动手，[213]下一卷、下一页、下一个条目就会被魔术似的变出来。如此继续！世界在你脚下。不再是谜。

ORIENT（东方）——我们一见如故，当即决定，一起去普罗旺斯三兄弟餐馆用餐。这位叫勒马克夫人的女士马上就让我了解到，她常常出入巴黎沙龙。她用刚到手的日本扇子一会儿给我、一会儿给她自己扇着风，一边讲起年轻的文学家左拉，他是一位伟大的日本的仰慕者，日本的一切都不同于我们熟悉的世界，甚至截然相反。日本人就差没有倒立走路了。勒马克夫人说，日本的春天和意大利一样美妙。阳光比法国更灿烂、更温暖，而那种雾蒙蒙的氛围让花开得更茂盛，让鸟儿和昆虫的外衣更耀眼。按勒马克夫人的说法，在这种优越的自然环境中，纤小、真诚、心智敏锐的岛国居民生活在宁静的和谐里。她一直说着，我承认，她的热情几乎让我着了迷。啊，真是无忧无虑的时光！我们最后在一家土耳其咖啡馆里坐下来，享受身边到处都在咕咕冒泡的水烟的香气。几个皮肤黝黑的麦西男人向我们看了过来，他们头上裹着彩色头巾，长袍被夏日的风吹鼓。勒马克夫人诡异地看了看我。我们于是响亮而放肆地大笑起来！大概我们也突然发觉，自己同样思想不端。

REGARD（目光）—— **1.** 我看到：机器，花朵，艺术。我看到：单峰骆驼，铸钢，灭火器，膀胱结石。还有地图册，海泡石烟斗，假牙，锚链，金鸡纳树皮。我看到：土耳其地毯，中国象牙，里昂丝绸，英国钻饰，布鲁塞尔花边，俄国孔雀石，美国摄影术。我看到神和偶像：佛陀，湿婆，欧西里斯和伊西斯，天照大神，宙斯，奥洛伦，茜茜公主和拿破仑。

[214] **2.** 就好像，我在看一个宏伟的超人万花筒。我仿佛渺小的昆虫，从空心巨树的大管道里凝望万物的宇宙。似乎这知识的万花筒现在开始了转动。是的，它转啊转！而一切，是何等熠熠闪璨！

3. 摄影需要曝光期，要等到设备把颠倒的世界刻存在湿板上，我的目光也同样需要停留。我给自己立了规矩，在展会上看每件物品时，都至少在心里数到 10，人展品就要到 100，不但把握整体，也要捕捉某些细节。可人群早已把我推走！下一件更华美的东西已经开始大喊大叫，它们想要被看到、被赞叹。所以，当我折磨自己，让疲倦的眼睛休息以记录印象时，记忆里常常只显现混乱的画面，我于是叹息着计划，第二天，更仔细地，再去看看同一件东西。

4. 看热闹的人群爆发出一阵阵欢呼，我于是挤了过去。他们站在那：弗朗茨·约瑟夫皇帝和威廉皇帝，还有战争大臣，他们被手握手排成活警戒线的哨兵围起来，以防下层民众涌过去搅扰他们尊贵的参观。古怪的一对！奥地利皇帝给

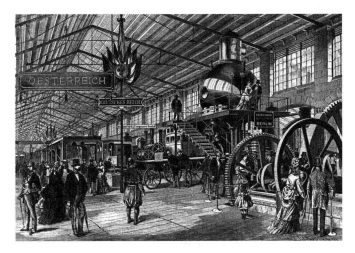

维也纳世博会的机械厅

人一种无害，甚至不通世故的印象，而他身边那位魁梧的普鲁士人如同战士，神封的统治者，他高高地抬着头，宽阔的胸膛上盖满一层层饰物，就像诡异的鱼鳞。起码有两打的十字、星星和奖章，他每走一步，它们就叮当作响，赞颂他的杀人大业。一次配齐所有王权标志的骄傲亮相，让周围的民众看到只能敬畏得发抖。可这时发生了一件稀罕事，[215]我不确定，究竟有没有其他人注意到。一台巨型机器壮观地耸立在大厅中，当这位威仪赫赫的德国皇帝走近时，它正用活塞、齿轮、阀门和泵运转着惊心动魄的大戏，崇高的君主于是突然做出了一个匪夷所思的动作。他垂下目光，把双手背在身后，好像他必须要让这台沉重、迟缓、陈腐的设备自惭形秽，好像他，不再以皇帝之尊、而是作为一个有血有肉、笨手笨脚的人，在这台完美的机器中再次认出他的摄政王。可是当他愈发看出仪器的精致，愈久观察它盛大的工作，大将军就愈显得恭顺、卑微，愈发地驼了背，他一身华服地站在那，满心羞愧自己并非钢制品。

TERRE PLATE（地球板）——

维也纳的世界是块平板

浪子需 80 天环行

我几个小时就轻松实现

［216］**VIE NOUVELLE**（新生）——在老式的德国瓷砖壁炉和毫无品位的鹿角拼接家具之间，我发现了一盘象牙象棋，棋子表现的是德法两军。白方的王是有奥古斯塔为伴的威廉，马是俾斯麦和毛奇，黑方是拿破仑三世、梯也尔、麦克–马洪。好恐怖的内阁！残酷得好像直接出自我的噩梦。把如此暴行搞成一场游戏，多辉煌的主意！我想迅速逃离德国，前往斯堪的纳维亚，这时又有一位引诱者向我走来，他们这些人，看到年轻女子独自在世界上游荡就痛不可忍。他向我搭讪，最初用德语，然而我的回答听起来大概很难懂，他就无缝转成法语。他自称海因里希·冯·西博尔德，是日本展团的翻译。反正让这位年轻人觉得很滑稽的是，看到这盘丑陋的象棋时，我竟在不由自主地发抖。现在我怎么都不能迅速摆脱掉这位多话的唐璜。当他问，像我这样一位年轻的女士想独自在一个外国城市里干什么，我粗暴地回答说，我可能逃过了一劫、却发现处境更惨，他的回话居然出乎意料的机智，还讲起灾变论。

　　它试图解答的，恰恰是生命发展的问题。我承认几乎从未深入思考过我们地球的早期历史。年轻的冯·西博尔德于是对我说起时间不可测的黑暗深渊，在人类出现之前，它早已裂开亿万年之久，当时栖居在地球上的还是与我们完全不同的未知生物。他在想象的画面中为我描述了一番，谈到史前怪兽、覆盖地球的海洋、火山喷发和巨型爬行动物，最近在北美出土的它们的化石让我们对史前世界的了解倍增。于是，年轻的引诱者解释说，自然科学家们发现自己正面临着一个问题，[218] 在不同岩层中怎会只能找到各自不同的化石骨骸，各自不同的生物、形态，完全取决于它们被保存在大地的哪一层，起源于过去的哪一个深度。人们不禁怀疑，不止人类，更是自然本身，在一次次通过它特有的战争、灾难和种种革命蹂躏着地球表面。想出这个灾变理论的法国人居维叶认为，他对沉积物的研究现在可以证明，在地球史上，每个生命蓬勃发展的阶段都继之以突如其来的灾难，在毁灭世界的废墟和纪念碑上，新物种才会重新崛起，也就是说，每次大洪水后，自然的创造才会重新展开，如此一次又一次地实现起源的诡谲。比如说，居维叶用裹在北欧永恒冻冰中的史前动物尸体证明他的观点，它们被汹汹而来的寒冷突袭，刹那间结束了生命。现在，由于英国人达尔文的新学说，居维叶的理论被认为过时了，今天人们认为，变化渐进而缓慢，绝不会在毁灭的风暴中一次完成。只是，我自己无法认同。我的生命似乎就是一串致命的骤变和灾难。

［217］人类出现之前的世界

那个曾存在于我童年时代的波莱特，那个应继之而来的波莱特，那个最终被我留在了巴黎的波莱特，大概在永恒的冻冰里期待着被发现吧。而波莱特·布兰查德，却将在废墟上，一次次重生！

第十编

去往日本的渡轮

1873 年 11 月—1874 年 1 月

[221] 1873 年秋，年轻的女士通过一封短信告知家人，她即将与大友先生结婚。轩然大波。几周之间，巴黎的怒信无一日缺席。然而，订婚之人心意已决，甚至拒绝返回"该死的法国"探望。最终，父亲同意为女儿准备一笔寒酸的嫁妆，条件是，她永远不要出现在布兰查德家中。

于是，1873 年 11 月，这位如今自称大友太太的女士，与她的丈夫一起，在特里尔登上奥地利埃劳德船厂的火神号，经塞得港、新开通的苏伊士运河、红海和吉布提，去往孟买，然后继续乘坐法国的湄公号经科伦坡、新加坡、西贡和香港抵达日本，1874 年 1 月 26 日在横滨登陆。对于这位我，那是一段欢欣雀跃的敞开期。启航进入几乎无穷的广阔大海，无异于对自由新生活的预言。

然而，在出航第 63 天的前一日——当时已经距日本海岸不远——湄公号陷入台风，轮船在严重海难中滞留了 20 多个小时。有两个人在风暴中丧生。玻璃制品、餐具、无数家具及音乐厅的一架三角钢琴被粉碎，大部分船厅、客舱和货舱被淹。该时期长达数百页的日记写满这位我两月余的见闻，却也遭受水袭、浸泡得无法再读。

TYPHON（台风）—— **1.** 我写在散页上。船还在摇晃。文字继续失控，然而，似乎过去了。我又能写了。也吃了点干面包，再多却吃不下。餐厅供应了早餐，甚至有水

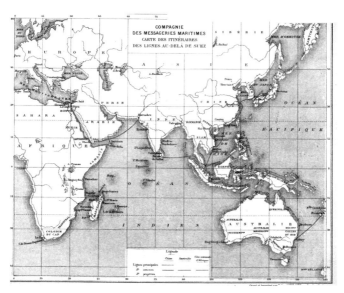

布兰查德的航行

果、新煮的咖啡，似乎是安慰，却看不到任何旅客苍白的脸。所有人都不舒服，［222］晕船平躺、念着祷词的最后几个音节，不论对哪位神。船舱又开了窗，阳光迟疑着，打算进来，低声说：一切无非噩梦。只是，前甲板上停了两口木棺。一口小小的棺材上写着"维多利亚·费利西塔斯·多斯桑托斯·巴尔德斯，5岁"。翻倒的柜橱砸死了小姑娘。太可怕了！这个小家伙还有多少事情尚未经历、体验？她正和妈妈一起在找爸爸的路上，一位在横滨做生意的马来商人。这个家庭本想继续去往马尼拉，此后过上再不分开的日子。第二口棺材属于一位中国水手，"尤晨明，22岁"。据说，他是在试图补帆的时候从索具上跌了下来。英国牧师狄克逊会为尸体致悼词。木箱已用炮弹压沉，将会被推入大水之中。

［223］**2.** 大海风平浪静，仿佛什么都没发生过。而在我看来，也的确像一场高烧的梦。我吃了一顿温和的午餐，感觉强壮了些。哲雄也不再面如死灰，让我放下心来。他重新开始了翻译工作。所以我也要坐下来，写写这件事。

1月23日，距上海约200海里。凌晨4点，我被汹涌的大海惊醒。（前一天，我们离开中国港口的时候，法维耶尔先生的鹦鹉就在不断尖叫。暴风雨将至的准确信号！）一盏油灯亮着。哲雄在我身边对着碗呕吐。船猛烈晃动着，整个航程中我从未有过如此经历。在摇摆的似乎是重力本身。这一刻它用非同寻常的强力把我压向地面，好像我一个人就有三名水手那么重，下一刻它又举起我，让我以为马上就会飞起来。这游戏若不那么恐怖，一定会是有趣的体验。我只好伸手抓住面色苍白的哲雄，他则死死把住船舱门，以免从床上甩出去。这时，他发出一声微弱的呻吟，几乎听不见，因为我们身边充斥着可怕至极的声响，似乎船体随时都会爆裂。或者，我高热的想象似乎阴森森地看到，两个海怪正在船腹血肉横飞地厮杀。我们就这样躺着。我呆望着，呼吸沉重。有人锁了船舱的窗。已经是棺材了吗？船倾斜到最低点时，窗帘显示为45度角。我很怕。这时，走廊里传来一声凄厉的哀号，我们的门突然掀开！一个生物颤抖着跳到床上。起初我以为，那是正在船腹中打斗的怒兽的一条触手，不由地拼命尖叫。后来我才认出这位不速之客，是帕斯洛先生从香港带上船的小猴子。［224］现在它发着抖坐在我身边的床上，牙齿格格打颤，眼中闪动着不理解的恐怖。我轻轻挠了挠它乱蓬蓬的小脑袋。它居然有点喜欢。这时轰然一声巨响，可怜的小家伙吓了一跳，嚎叫着从仍敞开的门跑了出去。哲雄状况更糟了。他呕的只是混着胆汁的胃液。在一切落到我们头上之前，必须有人承担起责任，保护我们的财产。于是我站起来，尽量保持短暂的平衡，却马上又摔倒在刚刚爬起来的地方。哲雄看上去惨极了，他的胃神经更加敏感，恶心继续加重，我不得不重新打起精神，决心给他搞来点泡腾粉、苏打水或是一小块面包，不论能弄到什么。于是我出发了。当发现走廊地板一片汪洋时，我吃惊不小。水从哪里流了出来？有人撒了沙。行走却并未因此变得容易。墙壁向我倒来，四周处处都是这种骇人的断裂声、轰鸣声，我想，走在地狱里也未必更恐怖吧。有人绷紧了几条绳子，拉住它们还能拼命往前走几步。突然之间，幽灵般的平静乍现。刚刚还倾向一侧的船，仿佛被锚定在海底，一动不动，时间停住了。可它随即就飞速倒向另一边，让我觉得现在船一定要翻了！我惊恐地哭叫起来，因为一声可怕的巨响惊动了遭难的海怪，让它咆哮、震摇。摔倒时我的手肘流血了。可我担心的是，我们可能在未知的中国海域撞上了暗礁，此时擦伤的关节又算得了什么？我已经看到船体被切开，水汩汩流入。然而船仍像以前一样，继续摆动。它摇晃着我。我深呼吸，爬起来，继续走，甚至找到了船上的医生，已经有一大排伤痕累累的疲惫身影等在那里，沉默着，［225］睁大了眼睛。我缠好绷带，口袋里塞上泡腾粉以及另外两小瓶药，转身回去。在通往甲板的窄梯上，我听见外面恍如遥远呼唤的水啸，看到隐隐幽幽的光明——便再也抵挡不了。海似乎平静了些，是的，我对自己说，时机很好，千载难逢，我尽量不去想躺在下面的哲雄，终于冒险爬了上去。眼前是怎样的景象！曙色微明。乌云后的某处一定存在着太阳！我承认，如此瑰伟，从未曾见。异常的幸福令我一阵晕眩。灰蓝的汹汹大水在我面前腾空！白沫从森森洪浪尖顶喷溅而出。这幅自然之战的骇异画卷或明或暗、展至无穷。看不到地平线。挥舞长鞭的天空终于何处？浩浩大海始于何方？有时，一侧渊壑大张，船倾身倒去，随即波峰又起——越涨越高，遮天蔽日，几成永恒。轮船如纸叠的小玩具，寸步不前，它被不可测度的暴力挟裹悠荡，好似一包羽毛，而非千吨之躯。我很小。我多么小！湿透了。一波骇浪打来，直接撕下救生艇。它还在溅满浪花的甲板上抽搐了一下，然后彻底消失在波谷的暗渊之中。我心醉神迷！因这席卷八荒的自然力心醉神迷！我开始大吼、尖叫，却丝毫听不到自己的呼喊，因为身边的汹涌咆哮几乎震耳欲聋。我幻想自己能进一步煽动大海、进一步激怒它。来吧，来！带上我，你这个混蛋！要是有本事！这时有人从身后抓住我，将我拉开，是大副哈基姆先生。"太太，您疯了吗？回甲板下面去，还是您活得不耐烦了？"

[226] 我们的舱室一片混乱。水已经闯了进来，箱、椅、桌都闷声滚来滚去。床看起来还是干的——一叶神奇的小舟。哲雄看着我，面如死灰，却出奇平静。他显得很陌生，我似乎不认识他。我认识他吗？我握住他的手，发现它冷得可怕。我给他喂了点药。他说了几句日本话。他的气味让我恶心。

2. 前几天，我已经在向往即将到来的安宁，到东京后，我会把日记拿在手上，从头阅读，重新体验旅程中的一天又一天。可现在？仿佛一切都冲走了，不仅文字，我的记忆也随浪流逝、被盐融化了。更甚者：我自己。我的身体，截掉了整整一大块。上海之前的飞鱼群、海豚、信天翁；撒哈拉

的红风；诙谐的女主唱；孟买的寂静之塔，哭泣的印度斯坦
男孩；孟加拉国盲人；霍乱；科伦坡的蟒蛇；中国的婚礼；
西贡的运煤船；臭虫、跳蚤；孩子们与白象的故事；失败的
肖像；追击海盗；突降的大雪；维多利亚港的迷人歌手；漂
浮的城市；鸦片窟；暹罗的稻草雪茄；锅炉房叹息的机器；
煤蒸汽的味道，未来和大海；与哲雄一起读司汤达或歌德
《维特》的时光；对话，舞蹈，风景！全都消失了！

第十一编

横滨与东京

1874 年 1—3 月

［229］1874 年 1 月 26 日，年轻的女士终于在暴雪中登陆横滨。这是极其幸福的时刻。这位我本愿把眼前所见的扶桑国视作乌托邦。可随后几周她却发现，此处并非天堂，而是一个急欲翻天覆地的国家。在这日本帝国的动荡时代，正是西方文明的风暴，令一切均无法守旧，它倾覆着政治、经济、战争、科学、日常生活乃至最内心的思想。大友夫妇二人后来搬入首都东京东部，可此处家宅亦未幸免于这场风暴。它震摇、呼号，间或欣喜，却常常气势汹汹地穿梁而过。新异之事如今亟待克服：不但日本人民如此，此中之我亦然。

AMOUR（爱）—— **1.** "你爱我吗？"哲雄今天问我，完全莫名其妙。这不是个简单而愚蠢的问题吗？它不是会让所有人甚至真挚的爱人尴尬？我们正沿隅田川岸散步，是的，当我尽情享受着微风、可爱的茶馆和游船时，哲雄却在大献殷勤——他为我撑伞，对我抛媚眼、说奉承话，一反此地习俗地让我走在前面，而女人在这里总要落后男人三步，一次他甚至大喊："波莱特，你真让人崇拜!"简言之：他的举止极其愚蠢。我两次阻止他在我面前下跪！从未目睹过如此奇观的路人纷纷投来惊讶的目光，他却似乎毫不在意。甚或：他是在暗自享受。一只白鹤飞过银波粼粼的河面，我看着它宽广、骨瘦的翅膀，看着伸展的羽尖游戏般掠过水面，惊讶得出了神，这时他突然停下，抓住我的手。轻浮地说："你爱我吗?"好吧，我点点头，赶紧快步往前走！[230]我藏起不满。"你的淡漠，你的冷峻，"他说，"一定是你的羞耻心和美德的标志吧。"他期待得到答复？"我几乎认为，有时候你也喜欢逗弄我一下?"他大笑起来。我觉得他强作欢颜。"我读到，在法国，女人要先把男人变成傻子，才会正眼瞧他。这就是你的秘密计划吗?"我仍然沉默，他就背了一句司汤达："爱情就像发烧。它的出现和消失与意志一丁点关系都没有。"这话是什么目的？"你在逼我做什么?"我叱问。他的目光若有所思，他关上伞，一言不发地走到我身边。"我想要你回答我。"他变了腔调，严肃地说。"可回答什么呢?! 上帝啊，答什么?""我想知道，你是否爱我。""当然啊，天！""那就证明吧。"他还正常吗？他想让我窒息吗？然后他平静地给我详细解释了一番，按照德川时代日本的古老风俗，妓女们如何证明她们对主人的忠诚："宣誓信，拔掉指甲，皮肤纹身，断发或断指，用锐器伤腿。"我紧张起来！这时哲雄笑了，那种最孩子气的、无辜的笑！他把我当傻子吗？他用不安的眼睛看着我。"你知道的，我对这种野蛮风俗不屑一顾。"他又动用了他的诗人："离我两步之遥，雀跃着不可测的幸福，它超越了我最放肆的希望，它只取决于一个词、一个微笑。"

2. 他为什么选择外科医生的职业？因为他希望，把人心握在手里时，就能明白它的跳动。他希望能通过解剖肢体了解灵魂！

3. 这个蠢货想从书里学习爱情。他用他那本荒谬的爱情历书，对比他感觉到的每一次冲动，对比我的每个手势、每道目光、每个词！就好像我是一台要破解、要摆弄的仪器！[231] 他读福楼拜、歌德和但丁，可在我看来，似乎每一页都只让他不可思议的困惑有增无减。有时他称赞天堂的贞洁，却又转而痛斥日本人完全陌生、根本无法理解的清教徒精神。他早上发现了放荡不羁的好处，中午被狂热的爱情迷住，晚上却为婚姻的忠诚大唱赞歌，称其成就为文明的基础！昨天，他说他的民族——这大概是自省的时刻——是个"相对缺乏情爱经验、对付不了泛滥感性的物种"。

4. 今天他对我说："我对你们的爱情很失望。"我吃惊不小，因为我最初以为，他说的是我。可接下来他分析说："你们欧洲人，对一切都有体系、范畴、逻辑。唯独你们的情感毫无章法。"他在追寻某种爱情的物理学，却只找到神话和盲目崇拜。

5. 他以为我是包法利！他沉迷在这种想法里不能自拔。今天，他对我说："你是个狂热、放纵的人！"他称我为"他的法国女人"，大概自以为无比时髦、现代！我恐怕，他把自己变成了笑话。

6. 爱情，荡然无存。

ARRIVÉE（到达）—— **1.** 放晴了。是的，这一刻，对我而言，似乎是多年来首次重新明朗。影子消失了。那个常让我在静寂中惶恐挣扎的问题，终于找到了答案：被封闭、被养护、继而遭受到命运重击的生命，是否还可能真正展开。有些树木，的确最初歪歪扭扭，后来却直冲云霄，不是吗？日本！我毕竟出生在一个幸运的时代。因为这个国家正走上西方的文明之路；因为它自愿决定，要紧紧跟上现代世界已变化的步伐；因为日本的儿子们正在我们的大学里学习，［232］而我们的领馆也在它的港口和主要城市开放；因为所有壁垒均已碎裂，我们终于跨越整个地球，伸出手、相互戴上婚戒，我顽固的幸福，终成定局。

2. 船驶入江户湾时，突然天降大雪。厚重的大朵雪片如在梦中，蹁跹旋转，上下翻飞，随即没入黑水。我把脸紧贴在结霜的窗上，痴迷地凝望这场奇观，看着形状、身影、整段整段的历史在我眼前诞生，又消散，化作微微白光。头已经发热了。一定是几天前，在甲板上，台风期间，生了病。岸上什么都看不见。它完全裹在雾里，对我隐藏起来。

只有几艘渔船的轮廓，偶尔从模糊的乳白色画面中浮现而出，不真且远，载着方帆、幽幽闪烁的灯笼和火把，仿佛来自另一个遥不可及的世界。真有不怕死的渔民在这个时辰出海？一艘大船驶过——恍若鬼影，我突然很想随着它，遁入未知，而现在，我仍能感到当时袭来的那种神秘而熟悉的渴望。这时，远处传来一声声微弱的惊叹。我于是追随着声音，梦游般不怎么清醒地爬上甲板。雪花融化在我滚烫的额头和燃烧的脸颊上。我看到一群旅客，躲在伞下，裹着毯子，欢呼着指向天空。我也眯起眼抬头看去——雪迷了眼睛，就在此时，细窄的阳光致敬般穿透乌云，拨开雾障和暴雪，打开一条如梦似幻的光路。这时我才看到云上的浮物，瑰伟而雄壮。[233] 它只在那一刹那闪现，转瞬间，又再次消失：富士山，灰雾中升起奥林波斯般的白峰。

富士山

3. 我们在横滨抛锚。明治七年，睦月（Zunei-gungsmonat）27 日，月曜日，巳时。不见陆地。雪与雾的墙障后，果真藏着日本？我发着抖，不耐烦地催促下船。终于

横滨港

踏上了极乐岛！可是又煎熬了两个小时，哲雄才找到一名矮
小的海员，愿意用他的小舟把我们及其他几个同伴送到陆地
上——其中包括可怜的多斯桑托斯·巴尔德斯太太，她伤心
得几乎无法走路，我只能尽我所能地照顾她。小小的旅行团
缩在小舟后部的帐篷里躲避暴雪，渡手们则戴上硕大的凹
帽、身披野稻草编的斗篷，满身被雪地划起又长又重的桨。
[234] 或许是为轻松一点，他们跟着划桨的节奏唱起了歌，
忧郁而单调，歌声只偶尔被他们鬼哭般的尖啸打断，而我似
乎从其他看不见的小舟上听到声声回响。我感觉自己在冥河
上，卡戎划着船，所去之处，正是黄泉。哲雄摸了摸我的额
头。"马上就到了，"他低声说，"坚持住。"

4. 一切都从童话里来。码头白雪皑皑。路消失了。英

人力车

式建筑的屋脊——一如屋后的树梢——埋在一片白毯之下。整幅画面如此梦幻，如此遗世绝尘，若不是哲雄催我继续走，跟他去海关，我大概就会惊叹着陷入冰雪。我现在全身都在发抖。似乎本身就是冰冻的空气，无情地刺穿衣裳、直抵骨髓。可还没等我反应过来，就已经被一群小巧可爱的日本人围住，他们一层层裹着散发米酒香气的衣料和稻草，大概是列队来拯救我的。他们高声呼喊，指挥着我的丈夫。这时我突然发现，自己坐上了一把滑稽的椅子，它铺满靠垫和天鹅绒，没有腿，两侧反倒是大轮子，另外还有油纸顶盖，它被迅速拉起、把我安全地包在里面！一种叫人力车的微型马车。只是，车前没有套马，没有驴子，没有牛，而是一个身强力壮的小伙子，他估计比我矮一头，只穿了双草鞋，一步步踩在雪里，勇敢地拉着我往前走。太滑稽了！我拼命忍住，不大笑出来。让苦力拉车，就好像他是被鞭打的奴隶，不是很可耻吗？然而：我笑了！同时为我的大惊小怪而羞愧。于是我让他停车，［235］我也完全可以命令他单腿转圈跳舞，反正他听不懂我的话，就像我不明白他的世界。他却跑得更快了，也许他以为我在骂他懒、催他加紧！颠得可真不轻。天，我又不是一袋土豆！说什么都没用，只能让这个可怜的伙计干他的活，再付给他合适的工钱了。这时我才想到，要把人力车的油纸顶抬起来一点，放眼看看周遭这未知的世界。魔术来了。处处阳光灿烂！一切都在耀眼的白色里，忘乎所以地闪烁、把玩着从天而降的光。雾也散去。江户湾的美刹那间倾泻而出。已湛蓝的清浪，渔船的白帆，来自世界各地的轮船！我突然觉察到一位女士的目光，她华丽发饰下的黑眼睛正好奇地观察着我，发饰是用簪子固定的，而她自己坐在一顶装饰雍容的轿子里，被两位力工抬过我身边。不知道怎么回事。反正就在那一刻，拉我的车夫可能在冰上滑了一下，失去了平衡。一切都太快了！我发现自己倒栽进雪里！可怜的力工一脸哭相，不知道该小心翼翼地探问我，深鞠躬请求宽恕，还是该羞愧地钻到地里去，这时我再也忍不住，开心地大笑起来！我这才是真真正正地降落到日本的土地上！

5. 国内唯一的铁路——从横滨到江户，两年前才隆重开通，由英国工程师建造！——因天气状况无法通行。几小时的等待，暖身的米酒，最后终于启程的一小时的旅途，继续乘人力车去往上城的路，抵达大友家的房子，对于我，

[236] 这一切仅存模模糊糊的画面、陌生的声响和气味。我的心神，早已沉入微光闪烁的梦，梦着新的、自由的、真正的生活。

AURORE（醒来）——我滚烫额头上的湿布。谁放的？我离开了多久？昏沉、无梦的睡眠。稻草席上铺一张薄垫，一块圆木当作枕头，我就这样席地躺在黑漆漆的房间里。铜火盆微微暖着。红炭呲呲啦啦，安抚着神经。我在脚边发现了一个裹着布的热容器，藏在被子下为我保暖。还有一盏画着日文字符的纸灯笼，因它投下昏暗的光，才能写字。我焦渴难耐，几次在句子中间停下，贪婪地从身边茶盘上的小杯子里喝上几口，再抖着手倒满壶里的水。好安静。只偶尔听到一声锣响。庙里的钟吗？发生了什么？但愿我能清晰思考！可最淡的影子也能让我的心智乱掉。我希望，强壮些，现实感牢固些。我希望……那就再来一遍吧：发生了什么？我发着烧到了这里。房子里乱了一阵。他们可能把我送到了这个房间。醒来时，我躺在半明半暗中，就像现在。有个木盆，袅袅升起蒸汽。一个穿和服的年轻女人在我身旁，跪坐在脚跟上，她低声对我说着听不懂的话，然后深鞠躬，额头触地。我太虚弱，无法起身、开口。但设法抬了抬头。于是看到自己仰面平躺在那，赤条条地，毫无遮掩。年轻的日本女人开始默默用一块粗布擦拭我的皮肤，擦两下就把布浸入蒸汽腾腾的热水。然后轻轻哼起歌。溅沫，滴水，绞拧，异常响亮悦耳。抹布在我过度敏感的皮肤上蹭刮。她为我清洗着，那种奇怪的宠溺和投入，让我无法反抗。我又成了孩子，成了婴儿，在母亲爱抚的手中。我只能听之任之。醒来时，已是白日。[237] 我发现自己穿了一件和服，感觉有了些体力。我听到房子里的吼叫和争吵，压在喉咙里的低沉声音让我不寒而栗。我试着起身，小心翼翼，也立刻就成功了。可我不敢离开屋子，只在草席上来来回回地走，赤着脚，轻声轻气，试探我恢复的力气。怎么了？有人轰隆隆地推开屏风，我差点跌过纸墙去，真是吓了一跳！他直挺挺地站在我面前，一个正在怪声大吼的莽汉，满身贵族装束，浮夸的马甲上有翅膀似的垫肩，和服外面套了条多褶的围裙，一条小辫子在剃光的头顶上颤颤地抖动着，腰带上还密密麻麻地别着刀剑！他轻蔑地打量着我。我以为，他随时都会把我的脑袋砍下来。他却转过身，一言不发地走了。

BAIN（泡澡）——这是日本人最喜爱的消磨时间的方式。从趿着拖鞋的穷人到皇帝，没有人不把泡澡看作是必不可少的日常程序。是的，甚至道路边沟中的乞丐都让人感觉极其干净，无一日不认真清洗。人们多以木桶为浴缸，其中装满井水，在炭火上加热。可想而知，这种设施显然存在火灾隐患，所以大部分居民反而更愿意去澡堂，那里有形形色色的各类人等，毫不避讳地挤在一起。日本人大概不知原罪，丝毫不会为裸体感到羞耻！值得一提的是，人们不是直接下浴缸，而要先仔细地擦肥皂、刷身体，然后才从头到脚干干净净地进去，泡澡只为享受，保持婴儿的姿势，让滚烫

日本的公共浴场

的水没过下巴。当我听说，大友家有自己的浴室时，真是长舒了一口气！［238］浴室是间简易的小木屋，其中一个角落里放着木澡盆和小火炉。今天我第一次进去时，着实吃了一惊。"浴帘在哪？锁呢？"我的丈夫调皮起来，扯开嗓子放声取笑我！浴室通向花园的一面是整块玻璃，没有遮挡视线的屏风或帘子！门是简单的移墙，根本没锁。毫无掩蔽的窗直接开向厨房！上帝！人们可以在我泡澡发汗的时候，直接通过小窗端上一碗米饭，随心所欲地窥看我的身形。多么实用的设施！于是我立刻动手，找来所有能在房子里找到的布和针，开始仔仔细细地挡住每个开口！一项大工程，起码让我忙了一个小时。铃、久美子、可可、大辅，全都跑过来，惊讶地看着我古怪的行动，或者，我不太确定，他们也可能是在鄙夷地发表评论。我也没闲着，详细地给他们讲解欧洲的风俗，可都是白费力气，因为他们一句话也听不懂。我从里面堵上一把椅子。啊，泡澡可真是享受！

[239] **BIENVENUE**（欢迎）—— **1.** 简言之，我想我现在明白了：我什么都不懂！至少有三个坏消息显而易见，而且它们似乎以某种我目前看不透的方式纠缠不清。第一个：我们既是夫妻，也不是。取决于从世界的哪个部分看，我们的婚姻不被认可！他们拒绝公证，为手续争论不休。难道我嫁给了日本帝国，必须让它也同意？好像这还不够乱，下一个噩耗接踵而至！

锅岛氏的一个朋友昨天深夜来家送信说，国内最有影响的医生，就是那位效法德国改革日本医学的相良知安，因阴谋和政府排挤，被免除了所有职务。哲雄此前显然受到过相良知安的荫护。正是此人为他铺平了去欧洲的路。最终也是相良知安，承诺帮他在医学院谋职。一句话：此人的倒台也不可避免地殃及我们！告诉我这件事的时候，哲雄笑了。第三个消息可能最糟糕：会有起义，也许要爆发战争。我最好还是重新发烧倒下吧。

2. 哲雄反对，对于这个蒸蒸日上的国家，此种计划愚蠢且有害。国内无疑有更紧迫的任务亟待完成，而不是在残杀里消耗国力，最后还换来西方强国的不满。可他的叔叔，就是那个昨天在家里狂吼乱叫的粗人，是佐贺的乱党头目，那个南方省是哲雄家的祖籍，他来可能就是为了拉拢侄子。不仅要对朝鲜宣战，还反对当局。他们在策划反政府的叛乱，因为政府拒绝与朝鲜开战！所有这些都让我害怕。[240] 过境时哲雄不是刚对我说过，新日本永远废除了阶级、采邑和氏族的原始秩序？可这位大吵大闹的叔叔似乎对此一无所知！这一切让我不得不怀疑，大改过程中武士阶层的瓦解就是穷兵黩武之愿萌发的真正原因，简言之，这些曾与皇帝势均力敌的人就是要寻找一个对手朝鲜，一雪没落之耻或借此重获荣光。

COLONIALISME（殖民主义）—— **1.** 最后我还是同意了，作为乖顺、规矩、教养良好的妻子，陪同我的丈夫去横滨的罗西尼奥勒家做客。毕竟我太讨厌争吵了。我们乘坐东道主的私家双驾马车，经过稻田和竹林，眼见着风景如画的江户湾，驶向他们称作"布拉夫"的欧洲租借小山，路上遇见英、法、德各国的先生，他们骑马经过时平静地与我们打招呼，竟勾起我对家乡的一些热泪盈眶的回忆。是的，又能在体面的房子里用正餐，对此我感到几许期待的喜悦。法国菜！法国酒！可这愚蠢的感伤转眼就过去了。在豪华的宅子上，我们得到了礼貌但显然很冷漠的迎接。那种骄横自负！居住于此，就像在巴黎或伦敦近郊，而蓄养中国或日本男孩为仆，仿佛只是世故者的怪癖或是一时心血来潮。其他客人已经到了。除罗西尼奥勒先生和夫人外，在场的还有巴黎的银行家费绍先生和利物浦的丝绸商麦多克先生（此前他在中国卖鸦片）。简言之：我掉进了市侩堆里。我没多想，一上来开胃酒，就主动问起各位先生太太在日本的体验。真丢脸！他们再明确不过地让我知道，欧洲居民对这片屈尊逗留的土地不应有丝毫兴趣，否则就彻底破坏了他们的

日本人的晚餐会

好品位。[241] 这群道貌岸然的家伙在一起混，其他所有人都不值一提。只有罗西尼奥勒太太提了一句，她的圣经课目前毫无进展，她连一个迷失的灵魂都救不了。我的上帝！阿门。如此一来，我也只能勉强吃几口。我的丈夫一言不发，把谈话留给了我，真可恨。可我当然要把他的职业利益放在心上。所以，当他们开始大吃塞满虾、蛤贝、章鱼和海鳗的马赛鱼汤时，我把话题引到西方科学私立学校的计划上。罗西尼奥勒先生开了腔。"您想让我们投资？好，您就告诉我一件事吧：有什么用？您，大友先生，想教授的那种科学，不是刚好让我们清清楚楚地看到，每个民族都被自然赋予了某些特殊品性，而蒙古人种根本没有进步的能力，是赫尔德、巴克尔还是德雷珀来着？他们不是写过，这方面的任何努力都是白费力气？"[242] 现在，我大吃一惊。不只是他的客人，不，是他这位客人的整个种族都被明晃晃地宣告为朽木，而此时的主人正一边嗦着贻贝一边大言不惭。"上帝平等地创造了我们所有人！"罗西尼奥勒太太激动起来，"我敢肯定，连日本人也能文明。"这时麦多克先生清了清嗓子。"对我们的生意有用。这就是要点！改革进行得越快越好！买卖停滞了好几年。为什么？因为当地人的知足，他们不知道匮乏，也不懂充裕，对于我们本可大量倾销的商品，他们既没需求，也无法支付。把日本人放到学校里，教给他们文明，一切就走上正轨了。""可这个劣等民族既没有必需的理智，也没有道德上的骨气！"费绍先生发了话："这些本地人连贫民学校的基础知识都没有，这么多年苦想中国的象形文字，他们的小智商已经被搞笨了，您把您的高等知识给他，他就会夜郎自大地以为，他能控制、实践他压根就不懂的东西。也许，有一天，日本人能搞明白怎么操作电报机或者开火车，可他仍然还是个野蛮人。他们不需要学校，他们需要的是我们的军队，古老的、幸存下来的东方文化迟早会落到欧洲人的手里。这就是历史的进程。"我强咽了一口虾。哲雄一声不吭。"先生们大概是没注意到吧？"我开始说话，"至少在这间屋子里，就有几个与各位不相上下的人能揭穿您几位的谎话。其中一位在欧洲最德高望重的医生门下获得了博士学位。他可也是劣等民族的样本吧？还有您的仆人，罗西尼奥勒先生……"这时对方粗暴地打断我的话。"唉，夫人，您可饶了我吧，别说这些废话了！他们是我见过的最糟糕的。连中国人都比他们好。中国人至少永远是中国人。日本人可倒好，以前从中国人那拿来文明、宗教，［243］甚至文字。这些墙头草。现在又学起了欧洲！他们可能天生就是要照搬别人，因为他们自己什么都搞不出来。所以日本仆人忠心耿耿地模仿主人，当然啦，大友夫人，可靠自己的话他就是个蠢货。过分软弱，也太过顺从，因此必须定期殴打，他们也毫无怨言地受着。竹管会痛，但不羞耻。相反，中国人对他伺候的主人没有丝毫仰慕。他笔挺又正派。"够了！我猛地站起来，把餐巾甩在桌上，酒杯晃了晃。一圈人都紧盯着我。我绝望地握紧了拳头。膝盖打颤。这时哲雄也起身对我点了点头。"我们走。"我们没再说一句话，离开了这栋无耻的房子。"要点脸吧，太太！如此违背自然的人种混杂！您是法国的耻辱！"费绍先生在我身后喊道。我紧紧握住哲雄的手。眼泪流个没完。

2. 他受不了嘲讽。在这个地方，耻辱比死亡更严重。

FAMILLE（家庭）—— 1. 不，我想错了，她们根本不是三姐妹！久美子，我的小姑子，是个仙女般几乎不真实的人，金灿灿的嘴唇，扑粉的圆脸，优雅的头饰，羞涩的黑眼睛。她从不贴地，我确定她是在漂浮，我还从未听过她发出任何声音。她的目光总是回避着我。她的性格那么腼腆、贞洁，让我更忍不住想把她从藏匿处引出来。然后是可可，她既不是哲雄的姐姐也不是情人，我怎么也不会想到，她竟是家里的女仆。［244］她的举止比久美子更扎实，是的，

日本的家庭生活

更有人味，也更老练，我总能看见她们两个人在房子里做同样的事，同样尽心地服侍客人。最后是铃，我的婆婆，我以为她最多不过 30 岁！我怎么能错得如此离谱？关于她，我几乎不知道该说些什么，因为她永远只是微笑。还有一个老仆役大辅生活在这里，他是个非常简单、正直的人，留着蓬乱的胡子，眼睛和和气气。

2. 当然，人们对我很友好。没有一句恶语，没有一眼怒色。他们微笑、鞠躬、殷勤地蹭膝，他们给我端茶、送我礼物。(比如我收到的那个华丽的漆盒，装满面粉和脂肪做成的恶心的粥糊，他们居然称之为甜肉！) 可是，在我看来，所有这些礼貌背后都隐藏着不信任。抑或是轻蔑？昨天哲雄斥骂可可的时候，她脸上不是也有这种得体的微笑？今天信差说起尼罗河号可怕的沉船，不是也在哈哈大笑？

3. 我出去转了转，开开心心地回来，奖赏了那匹笑眯眯的通人性的小马，穿过宅院大门，走向房子时就已经有些忑忑，当然没忘大喊"回来啦"通知我的返回。跨过门槛时，我发现三个女人兴高采烈地围坐在火炉旁，一边煮米饭、切白萝卜，一边打趣、逗笑、胡说八道，像天真的孩子一样咯咯笑着。我觉察到她们之间毫无芥蒂的亲昵，她们沉浸在那小小的、丰盈的当下，对我浑然不觉，让我一阵刺痛。突然之间，一切都显得阴沉而无望。果然，就在意识到我的那一刻，她们立即乖顺地鞠了躬，然后又沉默、麻木地转向她们的萝卜。在竹林里，我偷偷哭了。

[245] 4. 我是她们的威胁？我伤害了她们，还是我的举止有伤风化？唉，不愿对我好好开始。

5. 一切都是礼仪！都是形式！客客气气地过日子。不停为自己的粗俗道歉，甚至单纯的存在就是搅扰。家中非女性本人、非她所有的东西，都是"O"——都要恭敬地说。所以她们在每个词前面都要加上音节"O"。我可以在可敬的太太可敬地返家时为她把可敬的鞋子从可敬的脏脚上解下来吗？O，O！

6. 家里有个小祭坛，叫 butsudan。上面摆着供碗、插花、画着金字的小牌子、蜡烛、香炉、每日新煮的米饭和茶。我本以为是供奉某位神祇，所以，当我看见素来对这类迷信嗤之以鼻的哲雄在那祈祷时，惊讶不已：他摇了摇小铃铛，合十，鞠躬。我问他怎么回事。他告诉我，那是祖先的祭坛。摆的是牌位，父亲和长兄的。几年前起义期间，哥哥惨死于上野战役。而爸爸在哲雄出行前不久意外去世。他还从未对我讲过这些。当时，49 天悼期后，他离开了日本，今天他对我说，是要"在欧洲为他的姓氏争光"。

7. 晚上，我们坐在火钵旁，哲雄绘声绘色地讲奇闻轶事，一会儿用日语，一会儿用法语，比如说，关于那位性格古怪的博学的父亲，母亲可爱的虚荣心，儿时在出岛的恶作剧，大学时代在维也纳犯的错。他说得不多，更像在演哑剧，伸腰、转身、做鬼脸，变成各种人、兽和元素。同时发出滑稽的声音。太好笑了！我觉得他那么可爱！那时我才意识到，[246] 我并不关心哲雄用什么语言表演，根本无所谓。好像我们都理解彼此。久美子大笑起来，把她漂亮的小脑袋短暂地靠在我怀里。我高兴得极力忍住没哭。最后，铃和久美子弹了三味线，那是日本的弦乐器。听起来像在调钢琴，但她们让我确信，那是很好的音乐。

三味线

HABITS（衣服）—— 今天我走在街上，仔仔细细地观察了日本男士的衣着。他们近来常用最浮夸的欧洲进口货古怪至极地搭配当地的服装。比如说，贵格会毡帽是此地最受追捧的一种配饰！每位头戴毡帽的绅士都自以为在飞速发展的世界进程中遥遥领先。就算光着腿穿草鞋，又能怎样？他娴熟地举帽致意，露出按欧洲样式打理的浓密头发，而不是光头顶和小辫子①。有些人在和服外套上一件无袖披肩；也许宽松的大袖子和他的传统服装颇为相似，让他感到亲切。这样一位不伦不类的先生从我身边走过，表现得颇有艺术感，因为他把挂怀表的链子当作腰带系了起来，饰物放在哪，大概对他始终是个谜！然而，最让进步的先生们饱受折磨的，是鞋子。日本人还没有欧洲那种世世代代弯曲变形的收窄的脚。人们在这里穿的长筒袜，会为远远分开的大脚趾提供一个单独的空间，这让我觉得有趣极了。很难想象日本人试穿第一双靴子的苦难。那种痛！我每天都能听到哲雄的呻吟和咒骂，他为文明进贡的鸡眼！

日本时尚的进步

---

① ［译注］光头顶和小辫子，指当时日本的月代头。

[247] **JAPON, VIEUX**（旧日本）—— **1.** 我跟着猫。它红棕的皮毛在阳光下闪闪发亮！跨过两座石桥，迅速爬上小山，再沿蜿蜒的小巷走下去——很快我也到了城市的偏远地带。刚刚还看见尾巴摇摆着消失在一座寺庙的大门里，于是我放慢脚步，终于停下。当我还在气喘吁吁地爬着长满青苔的大门台阶时，两尊守门的恐怖神像便从两侧虎视眈眈地瞪着我，它们红蓝两色，面孔魔鬼般狰狞，身体扭曲成诡异的姿势，着实让我犹豫了一下，不敢进去。里面多么荒凉！处处屋柱倒伏，红色的雕梁画栋、烛台、圣器、饰品一片废墟。我看见一幢石塔七零八碎，厢堂被火烧黑、吞噬，钟屋半塌，青铜庙钟被粗暴地砸烂！恣肆毁灭的痕迹和瘢疤。僧侣们招来谁的怒气？人意未能摧残、践踏的，留给了自然收场。[248] 藤蔓侵占着罅隙裂缝，地衣和青苔铺满木质表面。满怀希望、打算不久后开花的小植物在半埋入土的断板上破土而出。我走进一栋屋顶巧妙拱起、装饰神秘的建筑，想必是主殿吧，走入它或曾施行过仪轨的幽暗厅堂。听到嘶嘶吐气声、窸窸窣窣的摩擦、一声清亮的猫叫！无数猫咪在翻倒的佛像间嬉闹，它们抻着腰、懒洋洋地打盹、忙不迭地追逐或是瞪大眼睛警觉地观察着入侵者！我真想走过去躺在它们毛茸茸的床上！一窝刚出生的小猫漂漂亮亮地在一只铜钵里安了家，它们滚来滚去，好像只有一个乱蓬蓬的毛球。我想，我在这个城市里找到了最喜欢的地方！

2. 近几年，上千座寺庙如此被毁。革新者认为它们是

佛寺的小狗逗人开心

旧时代的糟粕。在佛教盛行、［249］为日本带来经卷、文学、手工业和艺术一千多年之后，他们高喊着"废佛毁释"！要彻底消灭它。大量庙钟被融化、铸成了大炮！

3. "请原谅，大友夫人，我们没有历史！"当我给他的小杯子里重新添酒时，上村先生对我解释说："我们的历史现在才开始！"哲雄抽着烟斗，附和他的朋友。"一切都是野蛮。"他的声音里有种奇怪的骄傲。

MARIAGE JAPONAIS（日本婚姻）—— **1.** 牲口似的被交易，好像人的自由并不成问题！要按野蛮的习俗把久美子嫁出去！她不是才 16 岁？不，我看不到克制或镇静的理由。哲雄对我解释说，这样做完全符合礼数。又如何？与这些老传统决裂，难道不是他给自己定下的使命？不，我不同意。最亲爱的久美子，我太喜欢你了。我怎么能鼓着掌、默然地看着你被合规合矩地卖出去？我要把你培养成自由的女性！

2. 现在我彻底看明白了这种风俗。它是日本奴役女性的方式：女孩子不认识什么男人。除了管控她的祖父、父亲、兄弟，除了家仆和客人，而她与后者一句话也不能说。对于女孩，异性始终是隐藏的。童年和青春期都花在训练服从和履行义务的高级学校里。如果没有早早订婚，女孩一到可生育的年龄，就会被扔到市场上。她从未听说过爱情。她忍耐、等待，直到一位媒人上门拜访父母。媒人也不是受某位年轻的仰慕者之托，不，而是一个陌生人的父母派来，向女方家里报价。如果提婚者地位可敬或家境优渥，卖牛就顺理成章。但在此之前不能不问卜，占星师读取星象，对未来的灾祸守口如瓶。〔250〕这个步骤后，媒人就会策划首次会面。事情应发生得随意而自然，这场肮脏生意的各方当事人都要在场，赏菊或参加樱花节。哦，想来那可真是悠闲快活！漫不经心很重要，万一失败，就能保护脸面。未来新娘扑着粉的白脸，也不为取悦年轻人，而是他的母亲。只要她同意，灾难就瓜熟蒂落。订婚礼最后为此事封印。生意做完。对年轻女性的意愿不闻不问。走向自己的命运、解放从她出生起就视她为负担的家庭，是她的幸运。她把自己送入坟墓。作为死者，搬进丈夫的家，在那里才获得新生。多美好啊！此后她就可以当一位柔弱、献身的妻子，当女佣、厨师、家具和漂亮的玩具，当未来儿子们的母亲。

3. 这种隐忍！这种接受！这种追求和谐的殷勤！没什么更让我恶心！哲雄不是这个家族的负责人吗？在他父兄死后？所有事情不是都任他掌控？今天我请求他："阻拦这场婚姻吧！"他却自负地驳斥我说："不要掺和你不懂的事。"他拒绝再做任何商量！我嫁了一头服从的恶兽！他不是对母亲唯命是从？这个有毒的、忧虑的女人不就是他愚孝的原因？

4. 应该叫作"朝阳女子俱乐部"！可我先得有几位战友。然后马上就起草章程！

5. 倘若这就是我的命运、我的天职？我一路到此，就是要为此事服务？我学习、受苦，就是为了最终能在这里派上用场？我会再次成事吗？我能为一个更美、更好的世界再次贡献微薄之力吗？

[251] 6. 今天田边老师告诉我："夫人，您会把那个可怜的孩子推入不幸的。日本女人知道自己应有的位子。她们只想无可指摘地坐上去。"

7. 不，没有朝阳的女性，只有日食！我又能怎么说，惨败！在所有的努力、拜访，在发出的所有邀请后，我感到羞耻。我烤了蛋糕，准备了茶，打扫了房间，准备了章程和文章。我举起拳头，升过旗。日本，东方的法国？可别让我笑了！谁来了？只有那个我根本受不了的、头脑简单的美国丫头南希·欧哈拉，和自认为开明、却永远在说耶稣基督的贝利小姐。

8. 他们共同密谋攻击我。久美子躲着我。不止如此：她用眼神惩罚我，那种连谦恭的微笑都无法掩饰的轻蔑。这就是感谢？我应该在这里干什么？太痛。我甚至不知道该藏到哪，去肆无忌惮地大哭一场。我必须离开！这些愚昧的人无药可救。

黑　船

NAVIRES NOIRS（黑船）—— 在日本，人们称之为"黑船"，1853 年，这些美国舰队的轮船首次把危险的黑烟排入江户湾，冒烟的铁兽熏黑了天空，用螺旋桨翻搅着大海。哲雄今天告诉我，当时，在那场"理性、进步和文明的胜战"中，他的父亲曾作为幕府翻译参加了谈判。他反复强调，放弃延续数百年的闭关锁国，绝不是因为大炮的致命一击，而是人民无法满足的求知欲最终迫使他们为了自己的利益屈服于强权。因为，黑船上不仅有大炮，更装载着西方机械艺术最神奇的工业产品。［252］日本的土地上因此发生了首次工业展览：印刷机、高压泵、割草机、脱粒机、织机和气流纺纱机被拆包展示，电报系统、银版摄像、步枪和柯尔特连发左轮枪，甚至是连同铁轨在内的蒸汽机车模型，都出自船载的魔法箱！此外还有地图、纽约州立图书馆的馆藏目录和数不胜数的威士忌！果然，每天都有无数人到场，排着没有尽头的长队，只为亲眼目睹银版摄像和电报的奇迹。甚至政府的最高官员也寸步不移，孩子似的满脸发光，骑在微型火车上一圈圈地打转，满心骄傲地朝着未来的方向对目瞪口呆的人群招手！

PATRIE（祖国）—— 我被迫离开法国。此后应该完完全全成为日本人，这似乎是命中注定。那么，永远背弃法国吗？我做得到吗？这不正是我一直假装欲愿之事？难道不是可耻的背叛？我会在这世界上无家可归吗？可我不是早已无家可归？

PROGRÈS（进步）——哦，清酒！我喝多了，也许吧。过了一个多么愉快的夜晚！连哲雄也几乎放纵起来，至少是直言不讳，实在让我感觉太好了。大辅无疑是一个了不起的人，从他说的每句话都可以看出，他曾在伦敦生活过很多年。的确，此前我从未如此清楚地意识到，这个日本，正在努力跳过我们文化发展的半个世纪，刚刚还是原始的封建帝国，现在却要直接攫取 19 世纪的所有成就。[253] 这难道不是一场举世未闻的文化革命？前空翻？但愿这些雄心勃勃的东方人不会摔断脖子。无论如何，哲雄的盲目热情让我越来越担心。不，绝不只是因为源自古老的欧洲，就一切完美！有些文明的作物确实有毒，要小心，不能草率地移植。它们会开出恐怖的花。英格兰的工业和银行，德国人的医药和军队，法国的法典和哲学！哲雄被谬论蒙蔽了，他以为，要把一个民族直接带到太阳底下，除了知识，什么都不需要。他不想看清楚，有真正的进步，也有假象，一切实打实的发展必须建立在一个基础之上：自由。只有出自自由……唉，清酒！唉，脑袋！晚安，波莱特，好好睡吧！

REGARD（看）—— 娃娃，目之所及，到处都是娃娃。木刻的，瓷烧的，人身的，全都一样！大大小小！军装显耀的佩剑武士，鲜衣华服的贵妇，幕府将军，皇子，智者，朝圣者，淘气鬼！全都按现实设计，塑造得栩栩如生。抑或反过来，是生活在此效仿着玩具的世界？这叫雏祭（O Hani Matsuri），娃娃和女孩的节日。银座上形形色色的人熙熙攘攘，神庙地面铺满摊位和货棚，堆着各种款式、各种尺寸和风潮的形象。小人偶在其间嬉闹玩耍，她们裹着锦缎和精美的宽腰带，袖子沉甸甸地塞着装满木偶的小包裹，那些是她们的榜样。我站在这混乱之中。被成千上万双眼睛包围！人们从四面八方盯着我。因为我的白皮肤，因为我头发的颜色，因为外国的衣服。整整一个军队的人都在跟着我。我停他们就停，我走他们就迈步。偶有某位懂礼貌的商人赶走暴徒。他们却无论如何都要窥视我这个稀罕物。［254］不笑，不耳语，只有啪嗒啪嗒的木屐围绕着我，比任何声音都响亮。当一个毛发浓密的陌生女人经过时，甚至每座房前的墙障上都长出几百只眼睛。我怕起来——往哪逃？何处有路？走开！走开！——别处，不知在哪里、是什么，把人群的好奇心从我身上引开。我猜，一定是个可怜的外国人。这时，我看到了那只小猴子，是它让这群暴徒着了迷。它吓坏了，呜咽着蜷缩在地上，不知所措。我多么感同身受！

VISAGE（脸）—— 人们盯着我看。我对自己也陌异起来。是的，似乎我越不快乐，就变得越美。我的皮肤如此苍白，的确显得周围每一张脸都在泛黄。可它多无聊！多空洞！几个月前，在欧洲，它还光芒四射，在成百上千人中脱颖而出，它是一个事件，想被揭秘。而现在？它已失去秘密。在千篇一律的众人中，只是千分之一，只是拓片。一张平庸、丑陋的脸。

第十二编

东　京

1874 年 3—5 月

[257] 春天来了，天越来越光明、温暖，这位我的心灵却越来越冷、越来越黯。自由之兆看来并未应验。对幸福的期待在何处变为绝望，滚烫的心从何处起冰冷抽动？

ACCOUCHEMENT（分娩）—— **1.** 我又痛起来。只是，这一次，持续数日。它像猖獗的肿瘤，填满每时每刻。谁会惊讶？我仍听得到天海小姐的尖叫，好像是我自己的。天哪，为这样人造的睡眠、人造的死亡、人造的幸福，我在所不惜。疼痛消失！一小瓶麻木，一滴滴落入我的当下。被乙醚和氯仿麻醉。是的，我必须做些什么对抗恐惧，是的。我必须写下来。"大友先生！大友先生！"我只能听懂这一句。随后一切都火急火燎。家仆还在恭恭敬敬地蹭着膝盖，我丈夫已经装好出诊箱出了门。我还不太会穿着高跷似的木屐走路，怎么也追不上他，幸好有仆人指了路。我往山上走了很远，穿过一扇黑拱门，门后有位武士迎接，又沿着有茶树篱笆和一排排日本玫瑰花丛的小路走下去，最后才到达那幢房子。听到惨叫时，我的心怦怦直跳！只有汹汹逼近的死亡才会发出这种声音。有人问我是谁，我深鞠躬，说着生硬的日语句子。大友这个姓一出口，我就被让进门，走向那可怕叫声的源头。有一个可怜的人，哀嚎着、蜷缩着坐在地上，她穿着轻薄的睡衣，肚子滚圆，面色苍白，眼神空洞。我的丈夫正跪在她面前，给这个悲惨的人摸脉，轻轻按着她的肚子。昏暗的房间里还有其他人；一位银发的老妇人正尽力压着产妇的手，［258］两个年轻的女仆在忙着生火、煮茶；稍远处，一位老人用他充满狐疑的疲倦的眼睛打量着我；两个小孩紧紧挤在闺房最黑的角落里，小脸滚烫，一动不动，呆呆地盯着那个尖叫、扭动和抽搐的人。接下来发生的事情，就像在遥远的梦里，始终神秘而朦胧。啊，不！有一个画面历历在目：我的丈夫跪在那里，胳膊在那个陌生女人的身体里搅动！为了摸索、感觉得更清楚，我的丈夫歪过头来。这时他的目光击中了我。我在其中读到的是鄙视吗？我吓坏了，恨不得立即逃开，跑向大海，去港口，沿着码头，登上一艘船，驶向远方，去另一个世界！只是，我的双腿拒绝，它们像船一样遥远，与我脱离了干系。突然，尖叫停止。女人可能太虚弱，挣扎不动了。现在，所有力量都必须向内集中在需要的地方。为此老人和我的丈夫吵了起来，他把手臂从陌生的身体里掏出来，直起身，简短而尖刻地说了几句话。角落里的两个小男孩用细细的小胳膊紧紧抱成一团。一切都安静起来，好像将要哀悼。恐怖弥漫着。终于，人们让那个可怜的女人仰面躺下，祈祷般围住她，而医生——是的，现在他只是医生，与我没有丝毫关系——医生把器具在面前摊开，手术刀，针，钳子，绷带，药品，同时下了几个命令，比如准备水、找毛巾、水槽、海绵，人们不敢违抗，一一照办。医生先在水槽、然后是消毒液里洗了手，像魔术师一样，用他的小气囊把杀菌溶液喷入房间，随后，阵痛中抽搐的可怜女人在苯酚雾里消失了。这时，他才终于施展绝技，他取出一条精美的手帕，盖住患者的口鼻，从移液管把几滴乙醚滴到麻醉面具上，［259］于是，她忘记了所有痛苦，幸福地沉入人工的睡眠。震惊尚未消退，当人们还在因刺鼻的物质转过脸去呼吸，银发老妇就已经被告知，要看护好这场睡眠的魔法。此时发生的事情，是黑暗至极的噩梦素材。医生暴露出不省人事者的身体，拿起一支毛笔，蘸了墨，在她裸露的腹部上画了一条线，然后把毛笔换成手术刀，切开她滚圆的腹部。他拿起剪刀，剪大伤口。开裂的肉里涌出血和肠子。两位女仆晕倒了。老人冲上前去，发疯般抽出佩在腰带上的剑，破口大骂着对医生举了起来。他毫不在意，反而喊起我的名字，然后又喊一遍："波莱特！你在野战医院干过，是不是？我需要你的帮助。"他说什么，我就做什么，像机器一样在溶液里洗了我的手臂，拿起海绵和毛巾，擦干血，徒手把肠子推回下腹，它软而暖，好像有自己的生命。呼吸！呼吸！这时医生抓住女人沾满血和黏液的伤口，不动声色地拉出一团东西。是两只小脚。可它不想出来，死死抓住不放，不愿离开那世界上最好的地方。脐带绞索般缠住小脑袋，几乎要杀了它。于是医生松开死结，嗖地一下，一个恐怖的、黏糊糊的小人就挂在了我眼前！它被交给了老人，脐带被剪断，屁股上狠狠拍了几下，可它安安静静。死了？与此同时，医生从身体里掏出胎盘、胎膜和血块，开始针脚粗糙地缝合。这时，突然响起一声抽噎，一声啼哭。生命就这样诞生。我的心智也失灵了，陷入了期待已久的深处。

2. 好像他在打开的心包上做了手术，好像是我，是我躺在那里，好像他缝上了我的心，一切都离我那么近。好像连李斯特的苯酚也失效，再也合不拢伤口、防止它化脓。

[260] **3.** 每天都有礼物送到家里！真讨厌！没完没了的客气！

4. 此地，人们视之为一场旅行。灵魂从神界转入人域，因此 Sanba，也就是产婆，被视作中间人而受到尊敬。可这里的人，还从未见过大友先生这种天上使者或剖腹产手术的奇迹。哲雄对我解释说，日本人根本不了解外科医生这个职业。而汉方医学的医生，其实是植物学家和药物学家，他们只是摸脉、开草药、往病人的皮肤里扎针，讲到这，他哈哈大笑，我也不假思索地跟着笑了。他们对解剖学一无所知。

日本人总是对各种各样的迷信情有独钟。比如说，天海家的人现在开始自责惹怒了神，毕竟是他们忽视了习俗，没有在第五个月的犬日——日本人认为狗特别多产——参拜神社、祈祷分娩轻松，并在准妈妈的肚子上绑一条特殊的腰带，保护她和她的孩子躲避灾难和恶灵，因为在生产阶段很容易受到这些阴暗力量的侵害。昨天，我们去看望产妇和她活泼可爱的小婴儿，她自豪地给我看了藏在木盒里的脱落的脐带，告诉我说，脐带干燥后将会作为护身符和药物为孩子终生保存。多恶心的风俗！最后，我终于弄明白了一个始终不解的问题，小家伙出生时他那个什么用都没有的父亲在哪。其实，天海小姐只是一位高级官员的妾，他有好几个可以随意支配的女人。妻妾成群！此外，这是个叫作回门的风俗，即分娩和产褥期从丈夫那里回娘家休假，了解到这一点，我终于满意了一点。

［261］**AMITIÉ**（友谊）——**1.** 现在我找到了——我几乎不敢写下来，怕会像童话里那样，一旦仓促地说出咒语，就会损坏、粉碎它的魔力——朋友。是真的吗？我的确感到，如此轻率地把朋友这个词写在纸上，去描述一位刚见面的人，实在有些冒昧。她的名字是霍伦音。密布的皱纹环绕着多么清澈、善良的眼睛！我坚持了几分钟，终于被一阵阵痛苦击垮，把脸埋入她似乎天经地义接受我泪水的怀抱。当我知道这样的目光正看着自己，又怎能有片刻伪装？我也觉察到她身上深深的忧伤，但那种光辉让我觉得似乎一切都

好了起来。然而，用我自己和我庸俗的心事烦扰这个亲爱的人，我羞愧难当。于是我跳起来，几次鞠躬请求原谅，然后落荒而逃。我受不了被一眼看穿！

2. 我半宿未睡，那些画面不停在心中盘旋：金龙山上，她突然幽灵似的站在我面前，鞠了一躬，用她以多种语言熟记的句子告诉我：她对外国的人、词语和事物感兴趣；然后她捡起我这迷了路的灵魂，带回她草木繁盛的宅院，它虽在市中心，却隐居山间般与世隔绝；她领我入内的房子附近有池塘，四周野林茂密、杂草丛生，让人想到废弃的寺庙。这里曾发生过什么？

3. 哦，霍伦音，这位令人尊重的老妇有着少女般的笑容，好像才刚刚 16 岁！她坐在那里，手执细长的烟斗，在小烟袋前笑弯了腰！"Mehlu！Mehlu！"她喊着自创的法语，意思大概是："多给我讲讲有趣的欧洲！"不论我和她说什么，［262］她总能发现不可思议的东西，然后因之开怀大笑。

4. 我们一起泡了澡。我先是推辞，但拒绝似乎不妥，于是就同意了。安安静静，仿佛一场放慢的亲密仪式，是女性之爱的礼节。我们彼此清洗，再一次，任由眼泪流淌，消失在滚烫的水中。后来，霍伦音为我梳头发，用日本簪子和漆梳巧妙地插、编、安排配饰，为我设计了最华丽的发型。她给我看迷人的彩色纸牌，她称之为花札，是她亲手画的花卉图。她下围棋总是赢，并会因此而开心。

EXPROPRIATION（剥夺）—— **1.** 昨天，可爱的田边老师给我上了第一堂日语课。至少现在，我之前为此感到的欣喜并未完全消退。我仍然有点固执地希望，有一天能理解这种语言、这些人。虽然在我看来日本字不怎么端正，临摹却仍然有独特的乐趣，它让我完全静下心来，好像毛笔写在宣纸上的每一笔、每一划都让我慌张的心找到依靠。我不得不惊讶的是，田边老师对我解释说，日语里虽然有"不"这个字，但它对女人是多余的，因为她们根本不会用。它只会被冷落！日本女人所说的不，与"是"的语调差别微乎其微。

2. 我的身体不再属于我。薄薄的墙有千眼千耳，它们不断地张望、偷听。他希望我随时从命。也许我很倔强！也许这是婚姻的义务。但如果我不想，又与我何干！不是因为我不喜欢，不是因为会痛，不是我故作扭捏或守身自洁、不谐性欲。[263] 根本不是！仅仅因为，我憎恶服从！憎恶！

3. 日本新娘，穿着白色的丧服，一步步走入婚姻。她哀悼的，是自己的亡故。因为，她的父母此后会当她已死。只有在丈夫家里，她才活下去。她的自由，她的意志，甚至她自己，都一同埋入了坟墓。当然，在欧洲人听来，这可怕至极。可日本人以之为天经地义。他所成长的世界，轻视"我"，他努力抽空，努力抛弃自身，努力融入某种超越，摧毁所有私己的状态。

4. 摆脱一切束缚，逃离所有牢狱，是我唯一的追求。

其他一切都会杀死、毁灭我反叛的心。关起我，我就会生病！冷漠、枯萎地立着，只是奔流世界的旁观者，这种存在我无法忍受，我鄙视它、诅咒它！我要爱！我要参与！我要被生命灌醉，我要为之悲伤、被它烧毁！我要环游世界，直至倒地不起。我要吸收，吸收，吸收生命体验的精髓！否则活着又有何益？

5. 他说我喜怒无常。

6. 我永远不会是那种可爱、听话、奴隶般的妻子，不会温柔微笑着同意自我毁灭的生育。他要我的后代！我大声嘲笑了他。

7. 有些女人，讨好上瘾，一心只想被爱，必须被爱，凡事均服从这种追求，特别是，通过让她自己，唯命是从。可我离开我的故乡、我的大陆、我的家庭、我的朋友，不是为了放弃自我、去当某个人的玩具和仆从！

8. 或许我也不适合结婚。或许我的伤口撕裂得太大，或许刺扎在肉里太深，以至于我不能再去服从、再去取悦。不，我无法运转！我不是这种廉价机器。我是一个生而自由、[264] 思考自由的法国女人！我鄙视这些野蛮的习俗！

9. 他的欲望粗鲁、恶心。他的每个动作都让我更加鄙视。恐怕，我会开始恨他。

10. 为了忍下去，我切断身体和我自己。什么都感觉不到了。在他怀里，在任何地方。所以现在，和平了。

FEMME（女人）—— **1.** 她涂黑牙齿，剃了眉毛。酷

日本女性的美容护理

刑用的浓汁是水、米酒、没食子、铁屑和烧红的铁钉熬了几
天制成的。她用笔刷一层层抹上去，直至满足可憎的习俗，
让牙齿焦油似的闪亮。毁容是女性忠贞的标志。五体投地！
久美子现在成了一位大和抚子，真真正正的，日本石竹，今
后只为新主开放。没有她，房子里真是空荡荡！

3. 亲爱的霍伦音给我讲了伐竹翁和月亮公主的故事，那位有趣的、天人般美丽的辉夜姬，一心寻求自由，拒绝任何求婚，挫败了所有想要驯服她、将她缚入女性服从之网的企图，甚至摆脱掉垂涎她的皇帝，直至最终走投无路，逃回月宫。

4. FUREUR（暴怒）——见鬼，可恶！这种泄愤欲！是，我想像阿岩一样，那位灯笼里的复仇女神让她恶行累累的丈夫受尽折磨，因为他先对她不忠，后又毒死了她。王八蛋！〔265〕哦，我也希望有甜美的毒药！真黑啊！我一定是瞎了。谁见过这样的夜？它不是美得迷人？案情一目了然，是我打了下去，是，为了自卫，又能如何？又攻击我！要是再敢来一次，我就会失控！他笑那些妓女。是，他说，怎么了？过激的想象力！我们可能已在灯光里忘了真正的夜之黑。此处，东京，它还在，还笼罩着我。冷！一定是心里泛的霜。没有不夜城，没有，一座黑暗的城市！那头畜生猛地抓住我的肩膀，让我禁不住尖叫起来。我又打了过去！一下又一下！出于爱，出于自爱，挨打，出于恨，正是！我怕。现在该怎么办，波莱特？你还能去哪？可怜、可耻的家伙。别懦弱。然而能怎样？没有塔楼高耸，值得跳下来。没有跌下去就能摔死的桥。手边没有毒药。可憎的、无用的城市！把我诱入婚姻的枷锁。不龌龊吗？大友先生，我恨你！我鄙视你，因为你在我身上犯了罪。都是什么啊！懦弱、恶劣的孩子！难道不是你自作自受，难道不是你自愿被奴役！

自愿？居然自愿？连妓女都会更好吧？连她也与同伴一起坐在栅栏后。笼里的小鸟。一切都太恶心！如果我从巢里引出一只睡着的小鸟，杀掉他，会怎样？有什么用？难道不是一如既往？看啊，挂在纸房子上的灯笼，它们为我指了路。那是开始报仇的阿岩。去哪？去哪？我丢了。

HARAKIRI（切腹）——我被禁止参加这种野蛮的仪式。他们避着我。哲雄天亮前就上路了，没带我，不知去哪。也许，他们怕我会出手干涉，甚至最终让那个暴徒名誉扫地。毕竟，切腹而死被认为是勇敢和蔑视死亡的特殊标志，以此种方式自尽者，［266］不论之前有何卑劣恶行，都会被尊为正直、道德之人。如此民族竟想跻身文明之列？哲雄对整件事守口如瓶。但是我还是听说，那位腐朽、仇外

贵族练习切腹仪式

的叔叔选了他当介错人。他绝不可能同意！我躲去霍伦音那里，她对我解释说，他根本没有选择，因为整个家族的荣誉都在此一举。无稽之谈！人永远有选择！永远！永远！介错人又是什么意思？无异于让自己成为刽子手。助手的工作是，当切腹者抓起托盘端来的匕首，将其冷静地刺入身体时，利落地挥刀斩断他的头。我再也写不下去了。昨天我才在银座的一家商铺看到正出售的头颅照片，那是领导佐贺起义的江腾被枭首示众的脑袋。我听说，他被剥夺了自己动手的荣誉，将永远身败名裂。

[267] **HONNE ET TATEMAE**（本音与建前）——亲爱的霍伦音今天教导我，日本是自由之国。我对此表现出讶异，她便解释说，终究存在着一个特殊区域，其中一切都容许，什么都不禁止，没有规章或审查的限制，那是恣肆纵情、离经叛道、适心自爱之所。哦，我听得清清楚楚！我立刻下定决心，不论如何，都要与霍伦音一起找到这个地方，若不得已，甚至可以独行！我催她透露给我这个地方在哪，她调皮地笑起来，告诉我说，它叫"本音"，在内心。反之，"建前"是对外展现的面孔，只有这张脸不得不在桎梏中苦熬。

INCENDIE（火灾）—— **1.** 起火了！不是教堂的塔楼，不，是岗哨的钟铃在响。我丝毫没有顾及自己渺小的生命、无足轻重的忧伤，唯有一个念头充斥着我：我要亲眼看到火。我想在皮肤上感觉它，让它滋养我。我心里是冰冷的平

静。什么在推动我？这凶手的决绝从何而来？我的脉搏慢
了，稳得像上过发条的钟，我的眼睛比平时更锐利，我的嗅
觉更灵敏。我已闻到充满煤烟的空气，预感到焚巢焦土。某
种东西在我心里微微地烧着。有件事情发生了，我不知道是
什么。是的，甚至出现了喜悦、解脱，离火场越近，身边的
喧嚣就越躁动、越兴奋。风吹在我的脸上。我不由地想，它
会把火扑进我的怀抱。周遭是怎样的寂静！京桥和日本桥之
间，平素是繁华商店旁的熙来攘往，现在却有看不到边的人
群默默辛劳工作，他们拖来有水的木槽，迅速把货物收入篮
子，抬走席垫、整套柜橱，裹在布里的物件，以防被烧来的
火点着，没有叱骂，没有叫喊。我继续走，走近火源，穿过
沉默的人群。[268] 我要走向火，近至眉睫！我已看到熊

日本灭火装置

熊火焰，高耸入云。空气灼烫，头顶烟云乌黑。这里已几乎不见闲人，只有穿着愚蠢制服的消防员，絮棉厚外套、黑布面罩、紧风帽，只留一条露出眼鼻的窄缝，勇士们不停摆弄着绳索和钩子，他们控制火势的策略似乎不在于以水灭火，而是要依次拆除房屋以清除所有的可燃物。但也准备了木泵，两个人正在梁上努力从缸中抽水，第三个人则用一根长竹管把水柱喷向火焰。风！它向我吹来烧焦的薄片、赤灼的颗粒，红的、黑的蝴蝶。巴黎！坚持住，尤金，坚持住啊！我来接你！这一次我更明智，更坚定，不再走了。除了你身边，哪都不去。亚恩，佐伊，小儒勒！［269］坚持住，我来了！不，没了。我在东京，我的朋友们死了，高温已烧焦我的皮肤。

2. 然而，这抽动、闪烁、瞬息间夺走一切曾在者的火，蕴含着净化、救赎的力量，它那么强大，让我心醉神迷。

3. 我忍不住又去了废墟。当在《日本先驱报》上读到，数千房屋被毁、筑地和日本桥之间一片废墟、欧洲聚居地未能幸免、中国区则完全烧毁时，我在颤抖什么。而等待我的是怎样惊心动魄的画面！绝非光秃秃的平野。无数"仓"（kura）仍然环立四周，仿佛什么都没发生过，它们是烧不着的仓库，那些小木塔涂着厚水泥、被刷成黑色，外面还锁着实心的铁窗板，有人对我保证说，它们可以抵御任何风暴、地震或火灾。它们是城市的避难所，是这动荡喧嚣的世界里的安全窟，是每个商人都常备若干、富人至少拥有一个的保险箱。（我也想躲入其中。）一旦危险降临，所有贵重物品都会被藏进去、锁起来，这种方式甚至能经受住索多玛和戈莫拉的命运。遭受大火凌虐却安然无损的塔固然惊人，可它们之间纯然的空更显得毛骨悚然。没有熏黑的墙壁呆望天空，没有曾傲立于世的建筑碳化的骨架，没有家具的残骸，没有变形的炉或灶。空无一物。虚无！只有日本房屋彻底瓦解后化成的细腻灰烬。木、竹、纸，不留丝毫痕迹。我就在这储仓和尘埃构成的诡异风景中四处走动，时不时看到，许多地方已有新框架拔地而起，一群群人在辛勤劳作，好像重建城市再平常不过。男女老少，人人忙碌，清扫、拖拽、锤打、割锯。［270］有些在休息，抽袋烟，喝杯茶，毫无顾忌地递给邻人，后者则递回饭团或点心。对于心酸的损失，没有叱骂，没有抱怨，没有叫喊。人们交流、自助、朗笑。真是个奇特的小民族！我喜欢。

MOI（我）——**1.** 我被法国账划掉，记入了家谱——就像一笔钱。

2. 我受不了这个种族培养的自我轻蔑。在我经历过、见识过这一切之后，我所看到的深渊让我明白，恶习和美德的概念随习俗、阶级和气候而变，也就是说，根本没有稳定不变的理由，没有那种我也许会以之为上帝的幻象，没有一个民族、团体，不是按照自己的神祇解释世界，我们无非只是挣扎求生的黏液和骨骼，这让我不得不得出结论，对我而言，唯有一物神圣：我自己！

3. 读旧日记，让我对自己陌生起来。好多次，我甚至想不起所写的东西，那个黄毛丫头和她愚蠢的见解、心智的偏狭只让我生气、发火。昨天的我，非今天所是，也绝不会是明天的那个。我再也不会遇见刚才碰巧成为我的人。我应该赶紧与自己道别，因为我感到，已经有另一个向我扑来。

4. 我到底怎么了？我怕！

MONDE EXTÉRIEUR（外部世界）—— 仿佛一切都在面纱后，仿佛我被隔绝、感官不过是在演着皮影戏。有时，夜里，我窒息着瞥见屏风上的梦痕，直到最后发现，[271] 那是我的丈夫在另一侧伏案灯下的身影，可认出他来，我并不感到轻松。已经有些日子了，在那些无所事事的时辰里，我就这样穿城而行，却好像根本就不存在，的确，穿上和服和木屐，便再也没有目光窥来。于是我观察那些衣着鲜艳的孩子，他们剃着古怪的头，背后绑着婴儿，在街道尘土中追逐嬉戏，玩着抓小孩（kotoro-kotoro）或天堂地狱。男孩的小脑袋晃得那么剧烈，我怕随时会从身上掉下来。然

日本木屐

而与此同时，这些小人儿悄无声息。大概出生前的几个世纪，他们就已经彻底把沉默牢记在心。我像一束鬼火，观察着老妇传授蹒跚学步的孙子鞠躬之道；装了满车编筐、扫帚和毛掸的小贩，咔哒哒地穿过小巷；盲乐师和他滑稽的旋律；老人在小棒上做出彩色的糖果。我观察两个流浪汉，虽然他们一无所有，却足够体面，繁冗地相互执行鞠躬和微笑的仪式。我，一个幽灵，远远听见托钵僧的小铃、艺伎木偶般哒哒的脚步、女按摩师的笛声、搬运工肩上竹管的吱吱嘎嘎、杂耍者刺耳的尖叫、纸龙的飒飒飘舞，它们仿佛魔鬼，在东京的屋顶光怪陆离地抖动。我觉察到了一切，当然，可一切都与我无关。

MONO NO AWARE（物哀）—— 有个朝圣者的故事。穿行腹地多山的密林时，一头野虎正在那里埋伏。它开始追赶，把他逼到了陡崖边。他别无选择，跳了下去，以免痛苦地死去。[272] 结果，他设法抓住扎根在峭壁上的一段树枝。挂在上面时，他发觉山坡脚下有第二头老虎，正饥肠辘辘地等他掉下来。这时，他感觉渐渐没了力气，便环顾四周，寻找支撑，却发现眼前山岩中长出的一颗野草莓。他小心翼翼地把它送到嘴边，心里清楚，这大概就是他吃的最后一颗。真甜啊！

MUSIQUE（音乐）——可能吗？是从天上掉下来的？钢琴！五个男人唉声叹气地围着乐器跳舞，前一下，后一下，转圈，展身或弯腰，只想设法把它塞进门去，还有一群兴高采烈的路人挤在周围，他们可能这辈子头一回看到如此古怪的箱子。啊，我忍不住拍着手跑向钢琴，掀开琴盖，兴奋地在键盘上来来回回一顿乱弹！闻所未闻的声响让惊讶的人群发出一阵阵哦哦啊啊的感叹，却让可怜的搬运工恼火不已，他们面红耳赤，哭笑不得的表情后一定藏着最难听的骂人话。哦，可爱的乐器完好无损地到达了！乍一看，它在空荡荡的房子和蔺草席上显得有些奇怪，可现在，它那么优雅地立在房间里，仿佛向来如此。我弹了几个小时！手边一本谱子都没有，我就把狡猾的手指还能记得的每首曲子弹了个遍。弹到一个半音阶时，听众们欣喜若狂！谁需要肖邦？谁需要舒曼或巴赫？大概整个街区都挤到了我们的地界上。可可和铃忙得不可开交，大友家肯定从未在一天之内端过那么多茶和甜品。我注意到，骄傲的丈夫哲雄容光焕发。似乎他受的苦终于值得。乐器商德纳维茨先生最后也向我们表达了敬意。让他的医生大友先生高兴的是，［273］虽然他喉咙里的肿瘤几周前才被摘除，这位魁梧的先生已经在尽情练习咀嚼和吞咽米饼了。

OBÉISSANCE（顺从）—— **1.** 我从命。本应如此。

我在此发誓，服从丈夫和婆婆的要求，具体如下：每日奉命学习本地语言；尽职持家；不再抗拒母亲的指示；以服务家庭的福祉、和谐与声誉为万事之先；大方履行为人妻的义务；按本地习俗服侍丈夫的客人；记录与邻居、亲友及他人的礼物往来；培训自己在茶道、插花和弦乐演奏方面的技能；按要求保持沉默；放弃侮辱或嘲讽性的评论；最后弃绝暴力行为，尤其是殴打丈夫或蓄意破坏物品。若我违反上述几点，就将失去家庭的支持与保护。

签名：波莱特·大友

2. 钢琴被抬走了！他说这是"措施"。

SOLITUDE（孤独）——**1.** 日本已经改变了我？让我成为这个胆小、敏感、反复无常的小人？然后又变成禽兽？我不知道我是什么，怎么会、是什么让我如此。一切都远了。我看到影子。

2. 没有人说我的语言。没有人真真正正地说。偶尔讲几句法语，也许。

3. 我姿势错。我坐错。我走错。我鞠躬错。我说、笑、吃、睡、沉默，全错。我倒错茶，脸上的微笑彻底错了。[274] 人怎么能爱错？怎么能？我累了！我受够当木乃伊。这里的一切都让我窒息！大概是我自己。我。错了。

4. 真稀奇。我们今天一起度过了几个小时，快乐的几个小时！我们说了话，拥抱，亲吻，我把自己给了他，可他与我无关。

5. 这是远走他乡所致的灵魂病吗？我心里有那么多不安和怀疑。

6. 这锐痛常常汹涌袭来。一种渴望。渴望什么？家？家在哪？过去？未来？充其量只是过去的未来，不知在哪个弯转处，我迷了路。

7. 没有人能与我认真交流。没有同伴，除了这本日记。我只对你悄悄说我的秘密，答应我，安安静静地保密，好吗？有时候我想死。我不属于任何地方。

8. 可是！没有一天，我不在感恩、不在鼓励自己，我对自己说：波莱特，看一看！你做到了什么。你在哪。你感受得多么强烈。每一天，我都会在某个时刻为胜利悄然大笑，这胜利就是我的生命。不，波莱特永远、永远不会视之为理所当然。我或许孤独，也许这就是代价。可是看啊，有蜻蜓嗡嗡颤动，有竹子生长，有大海咆哮！

9. 并非二人同心的观念，于我有何意义？无法共同体验的幸福，又算是什么？

YOSHIWARA（吉原）——这么狭小的心能做什么！我在发抖。无人性的寒凉，冷冰冰的高烧。我在喘什么？为什么胸中颤摇？怎样的警钟在响？皮肤感觉僵而硬，仿佛一具铠甲。我想，我要变成石头了。有事发生。我的灵魂里，住着深深的悲伤。它滋养着愤怒！它改变了我。这是我体内的毒芽，没有自由的每时每刻，它都在继续膨胀。对此我无能为力。什么也做不了！那个混蛋还没回来。他还在纵情酒色。他也这么冷吗？［275］我跟踪了他。也许他知道，也许这是他的诡计？"跟上他！"我告诉车夫。"快！"他已经

吉原花柳巷

到了拐角。然后呢？人力车嘎嘎作响的车轮，运河上月光苍
白，街头歌者迷人的歌，嘲笑我的醉汉，每次颠簸都可能断
裂的桥。然后呢？不夜城。我忠实的丈夫让他的车夫停车，
我也一样，不远处，藏在阴影里。所以现在坐实了。现在我
看到了我不愿相信的东西。恶心！他不给我呼吸的空气，他
不尊重我，反倒羞辱我。那个王八蛋已穿过开在墙上的大
门。"走开！滚！"我赶走车夫，他默默哆嗦了一下，像条
被打的狗。守卫惊讶地看着我，却放了行，一句话也没说。
我于是走进去。吉原！眼花缭乱的怪城。我鄙视它，却当即
沦陷。不是脏污之地，不，是小巷、房屋、娃娃和各色人等
灿烂而快乐的混合，华丽得举世无双！一条宽阔的人行道从
此开始，道中间有一排篱笆围起的樱树，满地落英缤纷。左
右两侧是可爱至极的小房子，阳台栏杆挂着灯笼和巾子，上
面已挤满妓女。[276] 他走得多么随意从容，好像这是他的
日常工作！就差吹首小曲了。每走一步，就多了一盎司的

毒。我又裹了裹头发上的布，遮住脸，隔着一段距离尾随他，一直走入茶馆鳞次栉比的温柔乡，让我吃惊的是，妓女们竟在茶馆前的栅栏后搔首弄姿，就像动物园里的动物。她们被关在笼子里！每间用绘画和金漆装饰的娃娃牢里都有二十几个的女孩，她们裹着锦衣罗缎，粉面圆白，孔雀般的头饰上插着华丽的簪子。一个挨一个地排在茶几和火盆前，跪在绸垫上，就像在上了锁的首饰盒里。她们吸着小小的银烟斗，用毛笔在宣纸上作画，捏着顶针大小的茶杯，或是用弦乐和歌声诱惑行人。我发现，人人都能在此找到自己的乐趣。真是场琳琅满目的噩梦！热闹的小巷里人头攒动。因为，我确信，那些表演对男人有着异乎寻常的魔力。我的丈夫终于拐进一条岔路，最后停在一个无比谦卑、含情脉脉的妓女面前。哈，可真是顺从的典范！那小小的三连碎步，提裙裾时的娇羞，暗中瞥来的偷偷摸摸的目光，毫无猜忌的小眼睛，叽叽咕咕的小声音！天哪，好恶心！下流的脏话和惊慌失措。他可真会调戏！她装得好殷勤！她点燃她的小烟斗，递给我亲爱的丈夫。生意就这样定了。彻头彻尾的混蛋！我手上没有锋利的东西。于是转身逃跑。现在呢？真冷啊！他在哪？在哪？该死！如何对待所有这些腐烂的感觉！

附 录

楠木稲

[279] 这位我的日记在此结束。吉原的花柳巷是存留下的最后条目。在 1874 年夏的另一个本子上，应该又写了密密麻麻的几百页，可它最终沉入了太平洋。文稿之初已显而易见的内心沉沦，一定让这位我重读时骇然大惊，冲动之下，无奈之中，只能把本子扔入洪水销毁。

任何有关夫妻关系恶化及随后离婚的内容均已消失。现有文献也未提及，之后几个星期，刚满 21 岁的离异者在朋友霍伦音家中得到了温暖和照顾。只有几封信保存下来，虽残缺不全，却仍能让人了解到随后一段时间的情况。

正是在霍伦音家中，波莱特·布兰查德结识了幸存信件的收件人、明显年长的楠本稻，她不遗余力地帮助这位破碎的我重新振作。稻是曾在出岛生活过的德国医生弗朗茨·冯·西博尔德和一位日本妓女欧亚混血的私生女，也是日本第一位在宫廷行医的女医生，她对这位我产生了极大影响。

不止如此：两位女性惺惺相惜。从第一天起，她们就是至交。

无巧不成书，稻的同父异母兄弟竟是这位我在维也纳世博会期间就已结识的海因里希·冯·西博尔德。这位博物学家和收藏家在大森贝冢发现了石器时代的遗迹，引起一时轰动，他也有志于破解岛国及其居民的史前之谜。

或许是那种为体验生命而逃的不可遏制的冲动，激发了她的倔强，让这位我再也放不下一个大胆的想法：［280］随同海因里希·冯·西博尔德一起出征探险。她遭到各方反对。最后，西博尔德拒绝了请求，理由是，在这样的计划中，女性只会成为研究人员的负担。

然而，1874年6月17日，这位我一意孤行地徒步出发了——仅由仆人福多和两个人力车夫相伴，留给她的嫁妆则让她摆脱了经济负担。此前她曾巧妙地与西博尔德打赌，倘若她能取道陆路、在探险队起航之日到达数百英里外的长崎港，就能赢取同行的权利。

几周后，这个独自穿行日本的首位欧洲女性果然随一群研究者和工人登上雷姆利亚号，朝琉球岛方向驶向中国东海中那片几乎未被探索过的群岛。

要重新聚集起所有乌托邦的力量、所有预兆幸福的未来，只是这一次，以畏退之姿，试将自己理解为自然大典中最渺小的部分。

致楠本稻

［281］1874 年 7 月 9 日，于大津琵琶湖

哦，稻，亲爱的姐姐！我向您保证，您完全没有理由担心。我很好。也许四肢疲倦、双脚像我的心一样饱受折磨，可"中山道"① 毕竟对我毫无恶意，路边的石像保护神也一直友善地看着我。请您愉快起来、放下心吧，就像我现在这样。其实，我正坐在茶馆阳台上，在他们曾对我说过的大津的小型轮船码头上。事情又怎么会对我不利？眼前是暮色中的茫茫大海，三井寺晚钟幽沉，身边处处蛙蝉合唱，我对一切都充满信心。

您体贴的信让我感动。但若责备您的兄弟，就错怪了他，毕竟是我自己坚持要走，也是我提议打赌、强迫他接受。无疑，我心里乱得可怕。您那么善解人意，对此知而不言。可我的确要感谢海因里希，因为他是为了我才同意打赌，虽然他很清楚，我得有飞毛腿才能及时到达约定地点。可有什么关系？我必须离开！目标越远、越难以想象，就越有力量带走我、把我从心魔中解救出去。有什么能比陌生

---

① 中山道，除东海道之外，中山道是连接古老帝国的两个中心——京都和江户——的另一条朝圣和商贸之路，波莱特·布兰查德去往京都时大部分取道此路。

的、被冠以幻名琉球的南岛国对我的吸引更大？［282］所以，答应我，不要生海因里希的气，好吗？

您问我目前怎么样？但愿我能准确地说出来。现在我刚好走了三个星期，在这短短的时间内，我却已经感觉截然不同，仿佛我一层又一层地蜕着皮，就像蜿蜒爬过稻田的虎斑游蛇，它们亮闪闪的蛇蜕能时不时在路上看到。我曾经在巴黎遇到过一位先生，他讲话诙谐，反复用的一句话是："当我还是狗的时候……"他大概认为自己不久前才变成人。这就是我现在的状态。我想，我曾是植物或石头吧。很多时候，我甚至不确定自己是否真实存在，有时候，却又感到太过漫长的此生所淤积的疲倦，它催促着我好好地睡上几年！

但我不想用这些奇怪的话搅扰您。无论如何，某些人曾对我生动而神秘地描述过的危险，事实上无需忧虑。目前为止，并无嗜血的武士想杀我解渴，没有仇恨、野蛮与我狭路相逢，没有无赖对我动手动脚，更没有人不怕麻烦把我抢得精光，让我只能赤身裸体、乞讨前行。您愿意转告悲观的戈蒂耶先生吗？稻，其实事情与您周到的预想一样。人们都很友善，都很真诚地关心我的安危！当然，有时候他们会惊奇地围观我，但从不咄咄逼人。唯一让我有些不安的是，一旦得知我抵达，客栈就会把最好的房间留给我。每次离开中山道、闯入较偏僻的山区，经过藏于峡谷、紧贴陡崖的小村庄时，人们都会献给我物资或礼品，［283］那些在富含腐殖质的黑色土壤上种植人参之类的药材或是大面积养蚕的居民们，希望我是来自蛮国的良医，能帮这些可怜人解除疥疮、痛风或其他可怕的痛苦。简言之：我已安然无恙地走了132里①，而且我相信，世界上没有哪个国家会像日本这样安全，能让女人毫无麻烦地四处走动。

目前来看，我的护照也是很有用的证件，它让我畅通无阻地穿越禁区②。每个客栈老板都会认真记录我的身份信息，同时毫不迟疑地向下一个岗哨送信，通报有个来自法国的外国女人，有些人根本不清楚法国是怎样一个遥远的国度，有时当地尊敬的官员们会穿着欧洲制服前来拜访，他们总是以仆人般的礼貌问我一两个问题，探明我旅行的神秘目的。一直忠心耿耿服侍我的福多在这些事上也很精明，他会出示我随身携带的外国书籍，让人们以为我是学者或朝圣的诗人，后者在这个国家显然见惯不怪，起码会让女人有合理的理由外出。

开始几天的旅程最好还是别说了。我紧张的痛苦、迷茫、炎热。您知道，这让我饱受折磨。我的心仍还痛不可忍，[284] 那个讨厌的问题又在脑海中隆隆响起：我怎么会变得对自己如此陌生？怎么会放弃我的原则？我胸中活着

---

① 里，日本的长度单位，1里大致相当于巴黎的古法里（lieue），0.521英里或3.927千米。

② 虽有条约，日本腹地仍禁止外国人进入。只有通商口岸横滨、兵库、长崎、新潟、函馆，大城市大阪和东京，才允许外国人经商和自由活动。然而，波莱特·布兰查德还是设法通过法国使馆在横滨搞到了一张允许她自由出入内陆的护照。

的是什么？是心吗？我还能爱吗？还是那个器官已变得枯萎
而苦涩？它已经完全以理智为榜样了吗？哦，稻，您有过类
似的经历吗？我们体内沉睡着多少我们一无所知的东西！我
们内心的地图仍标记着大片大片的空白。抑或，这猛烈的抽
搐从外部而来？是环境让我如此吗？唉，关东宿屋①的两夜
充满了焦虑和怀疑，我几乎打算放弃我的计划！我又能如何
呢？街上的闷热和吵闹，三味线的琴声，艺妓带着鼻音的歌
声，商贩"冰块，冰块"的叫嚷，喧天的锣鼓，刺耳的佛
教祈祷，秃头的按摩师②一直吹到午夜的笛声，我受着地狱
的酷刑！我根本不想提跳蚤。人们没完没了地从缝隙中窥
视，放肆地拉开纸门，眼睛闪闪发亮地盯着我不放。快走
吧，去山里！我把赤膊纹身的人力车夫留在了碓冰川
（Usuigawa）岸边。因为我只想做一件事。爬山。去高处！
离开平原的阴郁和混乱，呼吸高山上的清澈空气和一览无
余。我想俯瞰，我想看。如有必要，就重新学习。我匆匆前
行，把竹林、桑丛、长着日本柏的美丽大道甩在身后，好心
的福多有时远远在我身后，有时要我在茶馆休息，借口是马
子（Mago）③必须给驮行李的驮马扎上新草鞋。[285] 每
天两次！可是连碓冰岭（Usui-Pass）也没有让我放松。我
当然早就知道，自己要迫不及待地去往何处。是浅间山，那

---

① 宿屋，日本客栈。
② 按摩师，盲人肌肉按摩师，吹竹笛揽客。
③ 马子，日本驮马的牵引者。

座光秃秃的雄伟山锥。我远远就看到盘旋山顶的烟柱升入天空，上方则是罗兰紫和火红云霭微微发亮的薄纱。

次日天不亮我们就出发了——万籁俱寂，头顶仍有无数星光闪烁，我们把所有不必要的重物都留在身后，开始了艰难的攀登。据说，这几天，火山比平素更不安分。新近的几次喷发只落下灰雨，几年前有过最后一场。而山体真正裂开深渊，几乎已是一个世纪前的事了。1783年夏末，火山喷发得如此猛烈，让周围山谷中的居民至今仍心有余悸，当他们自己还是孩子的时候，曾从父母和祖父母口中听闻此事，而今提起，就像在讲恐怖的故事。当时，浩瀚岩浆汹汹滚过村庄和原始森林，炽红的大石倾泻如雹，灰雨把白昼变成漆黑的长夜。整片沃土瞬间沦为荒野，数十村庄被毁，上百人和无数猴、鹿、狐、浣熊、野猪、鸟在滚烫的石雨中丧命，甚至那些幸免于瓦砾和火弹的生物也最终饿死，因为降落的熔岩覆盖了方圆几英里，大地上的所有生命均随之被一同埋葬。

这是我一路上经历的最残酷却最美的死。我内心随后的重生也因此更加盛大。您可见过这样的深渊？那是我从未领略过的惊心动魄。您知道希腊神话里的塔尔塔罗斯吗？它是幽深至极的冥府之谷，赫西俄德写过，[286]一个从地面扔入其中的铁砧，坠落九日，才能最终触及地狱谷底，这也是它从月亮落至大地所需的时间。我站在巨大的火山

口前，因腾腾升起的蒸汽、因高悬的烈日直晒头顶、因四
肢和灵魂的精疲力竭而头晕眼花，峭壁仍在远处，我不敢
靠近，便默默倾听。我从未听过那样的声音！从如此罅隙
中涌出的悍戾、翻滚、地狱般的轰鸣，绝无任何尘世喧嚣
可比。

我最先想到流瀑激湍、暴雨雷霆、稠汤涫沸、大炮和霰
弹之声。可它们无一能形容那震栗狂荡，那种眼见天体迸
裂、伤口剧烈发酵的咆哮。仿佛是我自己的血在汹涌澎湃。
于是我冲到岩石边缘。地狱谷的哀嚎怒吼更加震耳欲聋！风
吹走眼前的硫磺蒸汽，我低头俯视下去，垂直的岩壁枯焦闪
烁，直沉入火山口底，无数裂缝罅隙吐泄出嘶嘶作响的硫磺
蒸气，红烫的熔岩从沟槽、井道中汩汩渗涌而出，在熊熊火
焰中紧张地痉挛抽动。我想坠落，稻，落入地球的心跳之
中，跌入造物的嘈嘈切切。最终烧成灰烬！

我真是疯了！可那是我看过的最美的景象。相信我，亲
爱的朋友，从那时起，我已脱胎换骨。好像我在那个奇怪的
地穴中酩酊大醉，心中颤悸不已，好像我在那里目睹了事
物——因而也是我自己的——始和终，好像此后所有生命的
灼热都与我休戚相关。啊，在你听来，这一定可笑至极吧。
请原谅我在此胡言乱语，我说的话无疑有虚张声势之嫌。可
是！不论如何，我感觉到，我变了。再上路时，我多么轻
松！［287］连福多也像变了个人似的，自打他的女主人不再
挂着一副愤懑、古怪的受苦的表情，他也如释重负地开朗起

来。啊，稻，我们嘻嘻哈哈，路上忘乎所以地开怀大笑，甚至惊起灌木丛里的雷鸟！但这次冒险后，我疲惫不堪，是的，我突然身体不适，不得不坐驾笼①走了一段路。那种摇摇晃晃的古老交通工具，几乎让我贴着地面掠过荒无人烟的矮林，简直就像滑过山尖的鸢和鹰，还有什么能让我更鲜明地体验到生命初启的感觉，惊异于欣欣向荣的绽放？太幸福了！在草地上悠荡时，草叶、爬藤和花儿抚过我的脸颊，清晨的露水凉凉地触着我的脚趾，我无所顾忌的目光看向常被远足者无意踩踏的新奇领域。一个小而宝贵的世界开显出来。光影在茎秆和花梗的丛林中淘气地嬉闹，小蠕虫、甲虫和蝴蝶！处处窸窸窣窣，处处嗡嗡嘤嘤。矮竹草和玉簪，舞鹤草、柳叶菜、胡枝子、中国芒。但愿我有合适的书，能完美地鉴定这些植物！想一想吧，我发现了一株日本高山钟花！它孤零零地站在一块长满青苔的石头的阴影里，紧挨一座神龛，期待着被我找到。我把它随信寄给您，并轻吻它一下，以表达我的感谢。再附上一块扁柏树皮，它的香气让我头昏脑涨。还有我秘密偷来的蚕茧，一个不可思议的小玩意。

[288] 您说的那位诗人②我还不了解。可您译的那几行

---

① 驾笼（Kago），二等日本轿子（仅次于精致的乘物［Norimono］），由编织物和木头建造的小屋，上方固定抬杆，通常由两位力工抬运。

② 诗人指松尾芭蕉（1644—1694）。

诗就像越来越让人喜欢的旅伴，一直陪伴着我。福多很热心，又凭记忆给我翻译了这位俳句诗人的其他作品，我想把我最喜欢、也是最贴近我经历的一首，抄给您看。

　　蚤虱横行

　　枕畔

　　还有马儿尿。

　　您看，我忍不住哈哈大笑。我想念您，亲爱的稻，我常把那张霍伦音给您画的像拿在手里，对我来说，它是一份安慰。（昨天我刚给那位亲爱的朋友单寄了一封信![①]) 快给我写信吧！最好寄到下关或长崎，我一定能在那边收到。告诉我您的妇产医院情况如何！我希望，能有许许多多刚出世的小人儿最先看到您的脸。

真诚地拥抱您

完全属于您的

波莱特

----

　　①　这封信没有保存下来。

致楠本稻

[289] 1874 年 8 月 15 日，于琉球那霸港

哦，稻！如果仅仅是竹子在四周颤摇、受惊的鸟儿从树枝上飞起、田鼠冲出灌木丛、在狭窄的空地上皱皱小鼻子，又算是什么地震?①（它还瞪大眼睛看了看我！）根本没什么大不了！几分钟后就忘了，一切又回归正轨。黄绿相间的绣眼鸟重新择枝高歌，田鼠给自己挖了条新路，因为大地又让它安了心，竹子在夏日的风里沙沙地响着。倘若我们仍活在野外而不是城里，倘若我们露宿于天空下而不是一层层爬上楼去，屋顶就不会塌到我们头上！

哦，稻，这些日子，一有时间我就贪婪地阅读兆民先生②寄给我的卢梭，不可思议的是，一切都好像清晰起来，好像我手中拿着一把钥匙，让我终于明白了我的际遇。

您问我的粗浅判断？相信霍布斯还是卢梭？厌世的霍布斯认为，人本质上就是禽兽，[290] 人人生而无异，所欲之事也因此完全相同，必然成为一心利己的竞争者，人与

---

①　1874 年 8 月 13 日，琉球群岛地震。波莱特·布兰查德在上一封信里曾对楠本稻提及此事。可惜此前至少有两封信遗失。

②　兆民先生指中江兆民，哲学家，楠本稻的朋友，曾将若干卢梭的文章译为日语。

人，就像相互为敌的狼，充满打杀争斗，直至最终文明赐福、控制住野蛮，随后就需要国家和法律，去约束、驯服蒙昧人兽的残暴天性、劫掠欲望。反之，预事更悲观的卢梭向我们证明，人生而良善，具有纯洁的同情心，他曾是自由的生命，而非任何人的奴才，他没有语言或住所，因自足而无欲无求，不知任何罪恶或美德，既不懂爱情也不懂战争，是永远的孩子；只是理性，给他插上翅膀，也让他遭受诅咒，使他不幸地脱离了原始状态，用杜撰的私有物决定了他的堕落，因为只有财产才会创造出穷人和富人，不久后是统治者和被统治者，不久后又出现了主人和奴隶，自爱、名誉和贪婪很快挤走满足和同情，最后他只能写："人生而自由，却无往不在枷锁之中！"如果让我选择，是赞同鄙视人类的霍布斯还是失败主义者卢梭，我一定会站在后者一方。在我看来，其他推论都没有可能！

哦，稻，是这个世界，把我变成野兽！这句话让我泪流满面。也许，肥沃的大地上渗出了良药。于是我在自然中找到安慰。此外还有何处？只有你和霍伦音身边。

亲爱的朋友，我今天情绪激动，写不下去了。

紧紧拥抱

您的

波莱特

致楠本稻

[291]　1874 年 8 月 26 日，于琉球巴罗湾

　　哦，稻，您的来信使我振作，让我忍不住笑出来！要是您知道就好了！我到底还是成了四脚兽，确实是手足并用。爬着爬着，就十分偶然地发现了一个小人的遗骸，他很幸运，还能完全在卢梭的自然状态里过日子。没染上任何可憎的文明。但您放心好了，我可不想和骨头换。他虽然七零八碎，可仍旧如您所写，美得不可思议。

　　现在我终于要讲给你听！我们离开那霸港，去了群岛南岬——一个几乎只有古珊瑚礁、被沟谷溪壑犁碎的地方，风化的峭壁和珊瑚堤处处尖耸，刺眼的灰白锯齿在天空映衬下轮廓锋利。第三日清晨，按照给我们介绍过洞穴和坟墓的当地人的指点，我们闯入那条非同寻常的峡谷。这让那个英国怪人芬克尔斯坦大为恼火，他是传教士，生活在那霸港附近礁石上的破庙里，对达尔文的思想和我们的探险只有冷嘲热讽！海因里希觉得他很滑稽，这让我放下心来。当地宗教的萨满让我们了解到，谷内有很老的人骨，是远古祖先的遗骸。稻，我想象的伊甸园也不会更迷人！连凡·吕文先生也因此异常兴奋，您知道的，他性格内敛得几乎是日本人。这条峡谷曾是地下河的河道，[292] 大

概亿万年的水擦伤、磨穿了石灰石，直至如此形成的洞穴终于坍塌并因此敞开成谷，时至今日，仍有一条浅河潺潺地蜿蜒流过。显然，生命在此找到了沃土，因为我们发现，整个谷底郁郁葱葱，风景如画，完全被狂迷状态的自然吞没。伞般大小的海芋，巨叶慈姑，日本铁树，班兰，假菠萝，茂密的孟宗竹林，凤尾蕉——凡·吕文先生告诉我，它是史前时代的遗存！——还有被当地人称为"我树丸"（Gajumaru）的榕树，它们的无数气生根虬结为密网，仿佛垂下树枝以寻找地面的藤蔓，甚至让人错觉这些树木自己会向前迈步。哦，我开心极了！稻，您一定要亲眼看看那些树冠，那些纷纭杂沓的形状和结构，恣肆闪烁、错落交叠，让我头晕目眩，却又同时感到，它们似乎合乎逻辑、井然有序。大概自远古时代以来，整个河谷就已有人定居，或至少有猎人和采集者漫行其间，无数天然洞穴必曾为他们提供过保护，使其免受常常无情席卷整个岛屿的暴雨飓风的袭击。不久后，我们就遇到了一群来到河谷朝圣祭拜的当地人。秋俊，精明的小翻译和寸步不离我们身边的岛国小间谍，不无鄙夷地对我们解释说，此地有两个生育神的山洞，单纯的岛民从各地涌来求子或祈祷分娩顺利。以纳古洞（Inagudo）中生活着一位女神，以齐加洞（Ikiga-do）里则住着一位男性神。于是我们去了后一个洞，果然在尽头发现了一块酷似男性生殖器的巨大钟乳石，［293］它已被偶像崇拜者们为了未来的幸福毫不害臊地仔细揉搓过。不，我才不会去摸一具可能比我还大的阴茎！我禁不住想到，它可能会断掉、压住我。我们还找到一个有坟墓的洞窟，但无暇细看，何况也没多大意思，因为它们显然是近代的。男士们先钻过它，才到达所谓的玉泉洞。看起来还另有一条河道从别处通入洞中，但据说，岛民的祖先始终拒斥、回避着那条暗道，因为里面住着一条巨大的眼镜蛇，那个恶魔不久之前才被一位来自首里的和尚念经驯服并赶走。我不确定是否应该相信。在一个洞顶塌陷处，密郁的野生植物撑破裂口，成了我们进入地内的窄门！哦，稻，这有一只奇妙的小鸟叽叽喳喳地与我们道别，它的羽毛华丽黑亮，眼周闪烁着蓝色斑纹，尾巴大概有身体的三倍长。凡·吕文先生说它是一只日本绶带鸟，赶紧趁海因里希和布里斯托尔先生安绳梯的工夫，为这个不谦虚的美人画了幅素描，它也真就煞有介事起来，耐心地努力摆着姿势，平时辛苦的力工们——当然除了腰布什么都不穿，则在树荫下啜着茶、抽着烟斗，善意地嘲笑着主动爬进地缝里的外国人。亲爱的朋友，真是黑得可怕！而且很潮，就像在空气里洗冷水澡。我的心怦怦直跳！膝盖发软、抖了起来。稻啊，我应该怎么对你描述我在火把暗光中的所见？请您想象一座宏伟的教堂，比如巴黎圣母院或更好是罗马的圣彼得大教堂；建筑纯然的庞大，您自己齑粉般的渺小，因壮美所致的自惭形秽；现在您设想，［294］这巍峨巨筑由蜡制成，极尽世间色彩的光影明暗，从沼泽的浓

313

棕到黏土的红直至沉郁的灰。现在，亲爱的朋友，请您让这座蜡质的大教堂在您脑海中融化，一点点坍塌，曾经的穹顶大概会在此过程中形成浩繁的蜡线蜡滴，成千上万的小蜡珠继续不停地滴落其上、向下流淌，直至某一刻凝结定型；不止拱顶穹隆，不，您想一下，就好像重力颠倒了方向，枝枝杈杈的溪流立柱般拔地而起，融化着耸入天空，这样您就能约略了解到，我眼前是怎样奇特的世界，以及我作何感受。那是难以置信的阵列！如梦似幻的形态和角色，墓冢之海，冰榫苍穹，由门阙、方尖碑、挂钟和布道台构成的无意义的不真建筑，是倒伏的佛陀和基督被钉上十字架的身体，是瀑布和空中花园，是成群的动物和缠绕的累累硕果！我看到多少脸孔，正用幽黑的眼睛紧盯着我！因为，火把跳动的光无法照亮的那些区域、罅隙和龛槽，只能隐入灰黑。而其他光路反倒熠熠生辉，好像铺满钻石，虽然不过是些结晶的小岩片反射了我们的光源。在这样的地下隧道中穿行时，想象力不应该过于旺盛。因为太容易把这一切归功于远古的诡谲艺术，而不是自然缓慢、淡漠的工作。处处悬挂着渗水的珍珠，当我们以试探的脚步鱼贯穿过地下世界，耳边相伴的便是无休无止的滴答滴答，那回荡着穿石声的一个个瞬间让我心醉神迷。亲爱的朋友，路一直向下坠！我们越来越深地爬向地心，我甚至以为，一定很快就会到达海底，按照岛民人人皆知的神话，海神的珠母宫殿就坐落在那里。[295] 脚下似乎是黏土，却坚实且不滑，遍布着钻出地面的石笋，必要时可以抓住保持平衡。但我的头很快就在这些邪恶的石栓上磕了好几下，撞得我耳鸣眼花。我们在一条地下河里蹚了很久，及膝的河水晶莹清澈，我简单的旅行装于是又一次派上用场，我不仅脱下长筒袜，也放弃了鞋子，我把裙子放肆地提到腰上，相信轻便的长裤就足以维持麻烦的体面！这洞里的寂静真是异乎寻常，周围一切都鸦雀无声，竟让熟悉的流水潺潺也变得阴森起来。稻，我很勇敢，甚至极近地观察了毛茸茸的蝙蝠，它们倒挂在蜿蜒的暗道里，裹在黑漆漆的翅膀中，从洞顶垂下，就在我耳边，看上去恬淡安宁。它们下面有一堆粪便，凡·吕文先生颇有几分技巧地引起我对它的兴趣。排泄物会被细菌分解，成为小蠕虫和爬虫的食物，更大的昆虫，比如说蜘蛛，又吃掉后者，连黑暗中的蜥蜴和蛇也会以之为食。不可思议，是吧？然后我看到岩壁上有一只巨大的沙蚕向我们爬过来，凡·吕文先生以后只能凑合着对那只多腿的听众说了，因为我已经走开了！现在开始了下一段路——我们一定已经在洞里走了一个小时甚至更久，我开始担心，我们是否还会再见到阳光——起初还像教堂似的地洞变得越来越窄，很快，部分分岔的暗道狭仄得让我们不得不得出结论，能走的路到了头。然而这时，我们发现了一个一人肩宽、几乎高不及腰的小开口，海因里希立刻自告奋勇前去勘察。他熄灭他的火把，拿了一盏小油灯，爬行着消失在漆黑的洞口！我们随即跟上他，一个接一个，［296］因为在窄颈之后，低矮压抑的洞窟几乎只容得下一个人。哦，稻，我像蠕虫似的在逼仄的岩石管道里匍匐扭动，一点点向前推着我的小灯，一边喃喃祈祷，感觉空气越来越稀薄。如果现在再次地震？这里就将是我的坟墓！彻底被岩石封锁。稻，当我意识到，我的裙子不知卡在了哪里，真是感觉必死无疑，也许是岩壁上一块可恨的小突出，让我既不能进也不能退。我被卡住了，亲爱的朋友！被死死卡住！是真的吗？岩石向我压来？它不是越来越近？不是每一秒都更重、更冷？不是已经又湿又凉地贴在我的腿上、我的胸口？不是死到临头？这时，我的裙子突然挣脱，我猛地向前扑入窄洞，却撞翻我的小灯，它立刻熄灭了。于是一片漆黑。从未有过的黑。没有，没有任何声音入耳。除了我的呼吸和我发了疯的心脏。耳朵高度敏感。没有流水。没有声音。眼睛大睁，不论怎么找，都收不到一丝光。是，可能还有空气吧。我躺在多深的地方？地下 50、100、1000 寻？我摸索起来，摸索我的斗室，四周的沙土又潮又凉；一口石头和沙土的棺材。寂静无情，吸收了一切。我心里突然如此平静，好像恐惧、痛苦，都像声和光一样，被悉数吞没。稻，我躺在地下，深葬在黑暗的寂静里，不再孤独或害怕。相反，我离我的身体那么近。或许，也离我自己那么近。没什么可怕。如果这就是死亡，我也死得其所。也许，在进入严寒的世界之前，胎儿在母亲体内就是这种感觉。它在昏黑里漂浮，没有自我，还不需要那个古怪的东西。我平静地往前爬，从另一端爬出斗室。也许，我从未如此清醒地平静过。［297］就在那一刻，当我摆脱弯弯曲曲的狭缝，当暗道在我面前和头顶豁然敞开时，我发现远处微微闪烁的光，那是不知从何处钻入洞穴的白昼。

亲爱的朋友，太不可思议了！很快，结果表明，勾住我的裙子死死不放，仿佛要拦下我的，是一块石器时代的骨头。我后面的布里斯托先生还在隧道里看见了那片浅色的碎布，挂在骨头上，像面旗似的，意思是："看呀！我在这呢！厉害吧？"

现在，海因里希已经在工人的帮助下花了差不多一个星期勘察、挖掘现场，在黑暗、狭窄、潮湿的暗道中工作，大概就像在地狱里吧。果然，稻，他就那样，一小块一小块，像史前拼图游戏似的，挖出了一具人类骨骼的四肢，最后居然还有个骷髅头，当然，已经熔结、裹着厚厚的钙华。我毛骨悚然！海因里希称之为奇迹，兴奋得忘乎所以。他把那些骨骸叫作"玉泉洞的孩子"，因为它可能是个儿童，骨骼那么小，尤其是头颅。您的兄弟猜，这个纤瘦的小家伙可能是史前的语障者（Alali），也就是还不怎么会说话的猿人。他渐渐自负起来，得意洋洋地宣称我们发现了一位岛国的始祖！因为日本史里记载说——亲爱的朋友，如果您早已知道，就请原谅我的啰嗦，因为我自己才刚刚得知——日本的第一任统治者神武天皇，是太阳女神天照大神的后裔，他自南出征，祖籍在某个龙岛，而"琉球"之名正是此意！当地岛民的语言与古日本大和语言的相似性，也为这种关系提供了信息。另外还有那些"勾玉"的发现，在直至北海道的日本诸岛上，[298]均有出土过这种祭礼石珍珠的记载；而几天前，我们也终于在巴罗湾的贝冢发现了它们。亲爱的稻，您听说过雷姆利亚吗？我知道我们的船被赋予此名，但我这个不明就里的人还以为，它无非是个异国腔调的小把戏。哦，稻，自从听说此事，我的想象力一发不可收拾。雷姆利亚！海因里希太过冷静地对我解释说，它其实是一块沉没在印度洋海面下的大陆，可能曾经在亚洲以南从马达加斯加一直到延伸至巽他群岛，因一次次席卷我们地球的毁灭性的激变而沉没、毁灭。最初我满腹狐疑，以为这个故事是您兄弟的杜撰，他显然有些恼火，于是翻出了一本博物学家黑克尔（Haeckel）的书，给我大声朗读了与我们话题有关的段落。实在有趣！这位自然史作者认为，雷姆利亚曾经必定是人类的原始故乡，狭鼻猴在这里演化为我们最早的祖先，然后才移居全球。琉球本地人传说，有一个叫仪来河内（Nirai Kanai）的富饶天堂，它是曾存在于大海彼岸的极乐之国，所有生命都源于彼处，而诸神正是从那里带来谷物和知识。另一个岛民的神话则说，仪来河内是龙和琉球王曾经的海底帝国！只要把一个和另一个连起来讲。哦，稻，您怎么认为，有可能吗？反正海因里希坚决认定，我们这具小骷髅的部族一定直接源于如今沉没的雷姆利亚，经巽他群岛迁徙至琉球岛，尽管无法确定，他们流浪了多久、走过了多远。我可以想象，那些上古的野蛮人，那些原始、快乐、用贝壳和羽毛装饰着裸体的毛茸茸的生物，听从着本能冒险漫游，［299］或许是为了逃离野兽或难捱的饥饿，寻找着猎场、渔场和肥沃的土地，乘筏子或独木舟漂洋过海，把生死交付给大浪，被暴风威胁驱赶，最终登陆龙岛。这个被逐出天堂的小人，会过着怎样的生活？他几岁了？为何死去？也许跌入了一条地缝？太可怕了！还是被他的亲生父母葬入了洞中？哦，稻，这一切都让我浮想联翩。尤其是您那位已经看到自己加官晋爵的兄弟，他一时脆弱，不，其实是勇敢地对我透露说，现在终于有望理直气壮地成为您那位太过强大的父亲的后代了。可怜的海因里希！

　　我几乎整晚都在坐着写信、赶蚊子，现在累得好像昨天也从早到晚游荡、挣扎着穿过原始密林。那正是我们在岛屿中部巡行数日后继续北上的经历。但我仍不想睡。就像以前，还是孩子的时候，不想上床，因为生活太激动人心，舍不得闭上眼睛。天已泛白，一切都在苏醒，先生们很快就会起来，动身在酷暑中翻掘贝冢，搜寻化石等文物。所以现在，在我把疲惫的身体摊到公馆①的软垫上、被茂密的芭蕉和竹林荫蔽之前，我更想，悄悄地，走向海湾的渔村，因为我迫不及待地想去珊瑚之海。哦，稻，您大概可以想象；无

---

①　公馆（Kung-kwa）琉球岛上的客栈。

需多言，几个手势就能很容易地说服当地渔民，把一位来自远方世界的年轻女士带上他们的船。［300］他们甚至会争论让我登上哪条独木舟。大海风平浪静，太阳从地平线上升起，我将摇摇晃晃地坐在撒巴尼（Sabani）上，那是柏树或松树挖空树干制成的独木舟。竹桅杆上扬着朴素的白帆，滑过当地人的神圣潟湖，滑过光怪陆离的珊瑚、鲜艳的鱼、海草和各种贝类，继续驶入绿松石般波光粼粼的海。当渔夫们用网、篮、鱼枪和三叉戟开始忙碌起工作，我也许会在远处看着这十几个几乎赤裸的岛民，从小船上跳入波涛，不久后大口喘着气从水中露头，很快又重新潜入深处，用计把水下的一群群鱼赶入两船间张起的网。只凭着微鼓的帆，我们离群而孤独地滑向天边，因此我会听到紧贴着船的海浪；在汹涌水声和泡沫下，离我们只有几英尺远的地方，一头巨大的座头鲸将从水面温柔地升起背部。稻，您能看见吗？这庞然大物，与我们一样生育、哺乳，与我们一样唱歌、游戏、浪迹天涯，它会喷出一股水柱，把细雨洒在我们身上。它会时仰时俯地玩耍，小心翼翼地避免海浪伤害我们，最后依偎在船边，近到我能伸出手去，抚摸它厚厚的皮肤，于是这敏感的生物，会在距离五六艘船长的远处舒适地晃一晃鳍。一旦缔结友谊，我就会下船骑上鲸背，像粘在它皮肤上的金色硅藻一样，紧抓它的背鳍，就这样轻轻结合着，沉入深处，沉向消失的大陆雷姆利亚，沉向被自然不断重建的海底宫殿。

［301］啊，稻，原谅我不去睡，反倒醒着做梦，原谅

我停不下笔。真怪。多年来我只为自己而写，从未写给任何人，因为我怕弄丢我自己。您就不一样了。我很累，但很开心。

好梦，全都属于您的

波莱特

致楠本稻

[302] 1874 年 9 月 15 日，于长崎

亲爱的朋友！现在我终于有了把握，我身体忽好忽坏的原因已确定无疑。突然发作的虚弱让我摔下小山崖。或许，需要一大场虚惊和欧纳里神①，才能让我看到我竭力压制却显而易见的事。我腹中怀着孩子。当然是大友先生的，这毋庸置疑。虽然表面上几乎看不出，却一定已经好几个月了。我别无选择，只能返回欧洲。马上。我的孩子应该生活在自由里。尽我所能。我很孤独，现在更孤独，因为知道了，我是两个。因为，我怀着那块陌异时光的疮疤，无法对此感到幸福。如今，在这件事上，我们也成了姐妹。②稻，我要以您和您强悍的叛逆之心为榜样，从痛苦中剥出它孕育的果实，抚平伤口，用全部力气、用超人的力气，去爱这个即将到来的小生命。我的船明天出发。一到欧洲，我就给您写信。

千万柔情，您的

波莱特

---

① 欧纳里神（Onarigami），琉球岛上的部落女祭司和精神疗愈者。

② 楠本稻的女儿可能也是她被强奸的结果。

[303]（鲸鱼奇遇。①）作为一件趣事，或许是海底电缆营运过程中唯一的奇事，《泰晤士报》带来以下这则由西美电报公司董事长接收的消息，它让我们看到，一头攻击海底电缆的鲸鱼下场多么可悲。上述公司一度断线 7 天，负责维修的轮船已将电缆复原。该公司的船长报告了故障原因，现摘录如下："当我们捞出 21 节长的电缆并仍在继续打捞时，来了一头巨鲸，它缠入电缆，被拉向船头。巨鲸长约 70 英尺。挣脱中，电缆深深切入它的一侧身体，致使肠子涌出、鲜血横流。最后的死战中，它在船头边棱上割断电缆，然后迎风游走。电缆约有两英寻长的一段散为钢丝，在 6 个不同位置上几乎被咬断，通讯因此受阻。毋庸置疑，是鲸鱼造成了故障。"该公司驻扎美国的代理商对这则报道补充如下："莫顿船长的报告已经表明：故障原因是一头缠入电缆圈内、7 日不得脱身的巨鲸。电缆故障实属不幸，却让我们十分满意地得知，电缆结实耐用。捞出水面的一段，不论护套或内芯，均状况绝佳，外观完好，不亚于铺设之日。"

---

① 9 月 15 日的信中附有一则报道——从 1874 年 9 月 3 日的《时代报》上手撕下来。报纸可能是波莱特在长崎买到的。